Al salir del infierno

John Franklin Bardin

Barcelona • Bogotá • Buenos Aires • Caracas • Madrid • México D.F. • Montevideo • Quito • Santiago de Chile

Título original: *Devil take the Blue-Tail Fly*

Traducción: Miguel Martínez-Lage

1.ª edición: marzo 1998

Bailén, 84 - 08009 Barcelona (España)

Printed in Spain
ISBN: 84-406-8017-1
Depósito legal: B. 5.461-1998

Impreso por LITOGRAFÍA ROSÉS

Publicado por acuerdo con Lennart Sane Agency AB.

Al salir del infierno

John Franklin Bardin

Nota del autor

Todos los personajes que aparecen en este libro son ficticios. En ningún momento se hace referencia a persona alguna que exista realmente.

A John C. Madden,
con respeto y admiración

When I was young I used to wait
On massa and give him his plate,
And pass the bottle when he got dry
And brush away the blue-tail fly.

Chorus

Jimmy crack corn and I don't care,
Jimmy crack corn and I don't care,
Jimmy crack corn and I don't care,
My massa's gone away.

And when he'd ride in the afternoon,
I'd follow after him with a hickory broom,
The pony being rather shy,
When bitten by a blue-tail fly.

Chorus

One day he'd ride round the farm,
The flies so numerous they did swarm,
One chanced to bite him on the thigh...
The devil take the blue-tail fly!

Chorus

The pony run, he jump, he pitch
He threw my massa in the ditch:
He died and the jury wondered why...
The verdict was the blue-tail fly!

Chorus

They lay him under a 'simmon tree
His epitaph is there to see...
«Beneath this stone I'm forced to lie...
Victim of the blue-tail fly!»

Chorus

[AUTÉNTICO ESPIRITUAL NEGRO DE, APROXIMADAMENTE, 1840]

De joven me tocaba atender
al amo y servirle la comida
y pasarle la botella cada vez que le entraba la sed
y apartarle el moscardón.

Estribillo

Jimmy desgrana el maíz y me da igual,
Jimmy desgrana el maíz y me da igual,
Jimmy desgrana el maíz y me da igual.
Mi amo ya no está.

Y cuando por la tarde salía a cabalgar,
yo iba tras él con una vara de avellano,
pues el caballo se encabritaba
al picarle el moscardón.

Estribillo

Un buen día recorrió la granja a caballo
y eran tantos los moscardones, que parecían una plaga;
uno se atrevió a picarle en el muslo...
¡el demonio se lleve al moscardón!

Estribillo

Corrió el caballo, saltó, arrojó
al amo en una zanja,
se murió del golpe y el jurado preguntó por qué...
¡para declarar culpable al moscardón!

Estribillo

Lo enterraron bajo un caqui
y allí está su epitafio...
«Bajo esta lápida he de yacer...
¡Víctima del moscardón!»

Estribillo.

1

Al despertar, su primer pensamiento fue: «Ha llegado el día», y lo repitió una y otra vez, encantada por el eco de las sílabas, por el ascenso y descenso de su cadencia, hasta pronunciarlas incluso en voz alta, acentuándolas con un tono festivo: «Ha llegado el día.» Ellen respiró hondo y estiró los brazos hacia el techo verde claro, hasta que le chasquearon las articulaciones y los tendones cedieron un punto. La clara luz de la mañana bañaba la habitación, inmaculada y aséptica, salpicándola de sol, como una batidora salpica de crema las paredes del molde. Ellen rió al pararse a pensar en esa imagen, complacida por su propia ingenuidad. Ciertamente, no había olvidado nada. Sólo había visto una vez batir la crema para hacer mantequilla —fue durante aquel mes, su primer mes de casada, que pasaron Basil y ella en una granja de Vermont—; sólo había visto una vez la crema amarillenta y espesa, aquella mantequilla extraña, blanquecina, que tenía un sabor maravilloso, y la pala de batir, llena de espuma hasta el mango. Ah, ya estaba bien de nuevo, no le cupo la menor duda; de otro modo, jamás se le habría ocurrido pensar en aquello. Y le pareció tan adecuado —el sol sobre las paredes color verde claro parecía, de hecho, la crema batida volviéndose poco a poco mantequilla— que no pudo por menos que sentirse feliz. Lo cierto es que se sintió tan feliz en ese instante como lo había sido a lo largo de aquel mes, aquel mes idílico e increíble, recién casada con Basil. Su estado de ánimo, el sol y la mantequilla, todo era una y la misma cosa, todo era de una sola pieza. Ellen dejó caer los brazos y, con un suspiro exultante de contento, dejó vaciar los pulmones de la enorme bocanada de aire que había contenido, que había guardado celosamente, como si de ese modo pudiera atesorar para siempre la perfección de aquel instante. Y botó y rebotó pese a la dureza de los muelles y el colchón, arrojando a un lado sábana, manta y colcha, para saltar de la cama.

—¡Hoy me voy a casa!

Basil iba a acudir a recogerla. Ella se agarraría a su brazo, con cierta gravedad, tal vez cohibida en exceso, y recorrerían juntos el pasillo. Permanecería a su lado mientras Martha —¿o acaso sería Mary?— les abría la puerta, sólo que en esa ocasión no le apretaría el brazo con más fuerza, no se tensarían sus dedos sobre el áspero tweed de su traje. En esa ocasión no tendría que detenerse ante la puerta, no tendría que permanecer unos instantes sola, desamparada, mientras Basil la besaba en la mejilla, en la frente y, con una precaución para ella del todo desconocida hasta entonces, en los labios. No tendría que sonreír, no tendría que hacer un comentario intrascendente, insignificante, animado, dedicado unas veces a Martha —otras veces había sido Mary— mientras él se alejaba a buen paso y traspasaba el umbral para bajar haciendo ruido las escaleras de metal, a prueba de incendios. No tendría que dar la vuelta en redondo y recorrer el pasillo hasta su habitación, una habitación idéntica a todas las demás a pesar de los gruesos visillos, los volúmenes encuadernados con partituras de Bach y Haendel, de Rameau y Couperin, de Haydn y Mozart, ordenados en el anaquel que había pedido y que Basil se encargó de traerle de la ciudad. ¡Hoy no! No, ya nunca más tendría que sentarse junto a la ventana, de espaldas, para no verle alejarse por el camino enlosado, en compañía del doctor Danzer, con el peso muerto de su Bach preferido sobre el regazo, abierto por la primera página del texto, agitándose las negras notas como un enjambre ante sus ojos, arqueados los dedos en una complicada postura al practicar el primer acorde, con todos los sentidos puestos en el ritmo, apoyándose en la nota más alta, percibiendo con absoluta precisión el momento en que debía finalizarlo —que no sea demasiado pronto ni demasiado tarde—, sintiendo una vez más la melodía en los oídos, la lenta dignidad de la zarabanda de Ana Magdalena, delicado ornamento de su melancolía.

—¡Hoy me voy a casa!

Volvió a decirlo en voz alta, riendo entre dientes al tiempo que se cepillaba con gestos vivaces el cabello, hasta dejárselo centelleante. Se vistió con rapidez, con seguridad, sin vacilar a la hora de elegir las prendas que iba a ponerse: eligió de forma irrevocable el traje de chaqueta de un tono verde bosque, los zapatos marrones de suela flexible, el sombrero con una pluma por adorno que a ella no le entusiasmaba, pero que Basil se había tomado la molestia de escoger personalmente para llevárselo, muy orgulloso de su elección. En aquel momento no necesitó decidirse, pues estaba decidida desde varios meses antes, desde que osó por vez primera anticiparse a ese día. Estaba todo elegido, a decir verdad, con la sola excepción del sombrero; ella había decidido ponerse otro, algo más masculino tal vez, pero que le sentaba mejor y que, además, le pareció más indicado para la ocasión. Después Basil le llevó el de la pluma, y ella no iba a dejar de ponérselo, dado que por nada del mundo deseaba herir sus sentimientos. No; en adelante iba a anteponer a todo la felicidad de Basil, que para ella había de ser condición *sine qua non*, pues él lo merecía. ¿Dónde estaría ella de no haber sido por Basil? ¿Quién había cuidado de ella, quién había hablado y razonado con ella cuando más enferma estuvo? ¿Quién permaneció a su lado en todo momento? Basil. ¿Y quién había acudido a verla todos y cada uno de los días de visita, pese a saber que de nada serviría, viajando desde la ciudad hasta el villorrio en tren, y del villorrio al hospital en un atestado autobús? Basil. Y la última vez —después que a él se lo comunicaran— le llevó aquel sombrero. Un sombrerito tonto, una fruslería con una absurda pluma por adorno, de esos que compran las mujeres cuando están enamoradas y los hombres cuando entran en una tienda, algo avergonzados, y terminan por decir «quisiera un sombrero... para regalar». Y en ambos casos, la confesión suscita las mismas palabras que pronuncia la dependienta: «Oh, a la señora le quedará tan *chic*...», y luego ese balbuceo, esa misma forma de buscar el monedero o la billetera con cierta vergüenza, el mismo sonrojo al pensar más tarde en la escena, a sabiendas, tanto si se admite como si no, que uno ha metido la pata. En fin, después de todo, ¿qué más daba? ¿Qué podía importar que el día requiriese un sombrero más serio, más sobrio? ¿Acaso no lo había comprado Basil, acaso no valía ese solo hecho más que todos los prejuicios femeninos? Oh, no había más que hablar: se pondría el sombrero y además de mil amores, pues por algo amaba a Basil, aparte de ser el día en que se iba a casa con él. Eso era lo único importante, ése era el hecho maravilloso.

Tras terminar de vestirse, tras hacer la rígida, alta cama del hospital por última vez, miró la hora y vio que eran poco más de las seis. El desayuno no estaría listo hasta las siete y el doctor no la recibiría antes de las ocho. Aun en el caso de que Basil hubiese tomado el tren de la tarde el día anterior, tal como prometió, aunque hubiese pasado la noche en el hotel del villorrio, no podría presentarse en el hospital antes de las nueve. Le quedaban, pues, tres horas, tal vez más, para hacer la maleta, recoger sus ropas, sus libros y partituras, despedirse de Mary y de Martha, agradecerle al doctor Danzer todo cuanto había hecho por ella... Al menos faltaban tres horas para partir. Se le harían muy largas, ahora le parecía que nunca acabarían de pasar. Pero, por otro lado, ¿le bastaría con ese tiempo? ¿Qué son tres horas en comparación con dos años, si sobre esas horas gravitan los años transcurridos, si el tiempo pasado deja sentir su peso en el presente, abrumándolo con el peso del significado que le corresponde? De seis a nueve tendría conciencia plena del paso de cada instante, tal como le pareció, en aquel momento, que había tenido conciencia plena de cada hora pasada de día o de noche en el hospital a lo largo de los dos últimos años que finalizaban en esos momentos. Sin embargo —y miró por la ventana y vio el césped verde, la curva del camino enlosado, los olmos que crecían junto a la alta tapia de piedra, la verja de hierro colado y la garita de ladrillo del vigilante—, llegarían las nueve; aunque el tiempo transcurriese con lentitud, llegaría Basil y ella le cogería del brazo, le dedicaría su mejor sonrisa y entonces, definitiva e irreversiblemente, habrían terminado los años y las horas.

Se acercó al anaquel y acarició los estrechos lomos de sus volúmenes de partituras, encuadernados en piel sobredorada, arqueando los dedos, formando arpegios, apoyaturas y glisandos, sintiendo la firmeza del bucarán, la suavidad de la vitela, sintiendo por última vez una punzada de nostálgico dolor por la dura, pulida veracidad de las teclas, imaginando el sonido metálico, satisfactorio y brillante de una cuerda recién pulsada, oyendo el corazón mismo de la nota, la vibración de un acorde, la cosquilleante precisión de un barrido a lo largo del teclado, de un trino.

Unas cuantas millas montañosas en un autobús repleto de pasajeros, Basil a su lado tomándole la mano, la velocidad de un tren atraído a la ciudad como por un imán, la frustración propia de los arranques y las detenciones de un taxi, Basil muy cerca de ella, encerrado con ella en un reducido espacio, sus oídos molestos, como los de ella, por el tictac del taxímetro, igual que el de un metrónomo, y subiría la escalinata de piedra de su casa, intercambiando reverencias con Suky, el mayordomo —la de él sería una ágil inclinación desde la cintura; la de ella, una mera inclinación de la cabeza, un encogimiento de hombros—, y habría rebasado a Suky, subiendo a todo correr las escaleras de su estudio; haría un alto ante la puerta para fijarse en las paredes rosadas, en la suave iluminación que se derramaría desde el techo, en el largo diván en que solía tenderse al sentir cierto dolor de espalda, el ventanal... Pero ese alto duraría un solo instante antes de dirigirse con plena confianza hacia su instrumento, sentarse en el taburete y pasar suavemente ambas manos sobre la vieja madera de la tapa, levantarla y descubrir las hileras de teclas y bajar la mano con cierta brusquedad. Luego sentiría cómo cedían las superficies marfileñas y cómo volvían a su posición, suavemente, bajo sus dedos, y al pisar el pedal con el pie derecho, oiría el acorde y su expansión tonal y percibiría la aguda pureza del corazón de la nota, rodeada en ese momento por una nube de tonos entreverados, la esencia de la música que sólo puede destilarse en un clavicordio. Para entonces ya sería mediodía; a lo sumo mediodía, aunque tal vez incluso antes tuviese la ocasión de volver a tocar. No la obedecerían los dedos. Con este hecho sencillo se había reconciliado, por más que hubiese procurado conservar su flexibilidad durante sus años de alienación, mediante el ejercicio y la práctica silenciosa. Se sabría las partituras —las sabía del derecho y del revés, de tantísimas veces como las había leído—, pero estaba segura de que al principio los dedos trastabillarían, faltos de coordinación, por culpa de su actitud tensa, de la inconsistencia del ritmo. Pero al menos volvería a hallarse frente al teclado, volvería a pulsar aquellas notas resonantes cuando lo deseara, esbozaría una melodía, improvisaría una ornamentación, y con los días que la esperaban, en un futuro, llegarían las largas mañanas, las tardes ante el instrumento, y sus dedos trabajarían poco a poco las teclas, recobrarían la facilidad, el don, aprenderían a traducir en música real aquellos sonidos ideales que ella oía mentalmente. Llegaría, tendría que llegar..., todo volvería a ser suyo. Y pensando en esto, comenzó a tomar los volúmenes del anaquel, de uno en uno, de dos en dos, y a llevarlos a la maleta abierta sobre la cama, colocándolos cuidadosamente, yendo de acá para allá, veloz, tranquila, feliz.

Cuando hubo guardado todos sus libros y partituras y hubo cerrado la maleta grande, después de arrastrar el peso con dificultad y haberla depositado en el suelo, colocó sus otras dos maletas, más pequeñas, sobre las dos sillas de la habitación, y se dirigió al armario a recoger sus ropas. Dos viejos saltos de cama, unos cuantos vestidos, varios pares de zapatos gruesos y unos zapatos bajos, de charol, que solamente se había puesto una vez, un día poco después de llegar al sanatorio. Resbaló y se cayó por culpa de aquellos zapatos. Se los retiraron y permanecieron varios meses bajo custodia junto con sus tijeras de manicura, su reloj, su pluma estilográfica, su laca de uñas: todos los pequeños objetos a los que estaba acostumbrada, de los que en cierto modo dependía. «Seguramente no va a necesitarlos, ¿verdad?», le dijeron. Pero, evidentemente, los había echado en falta, los había necesitado; más aún: los había deseado, pese a saber que todas sus protestas hubieran sido vanas, que en el sanatorio existía una rutina, un método. Hasta el propio Basil dijo que allí sabían lo que hacían. Aparte de estos zapatos y de los vestidos, en el armario guardaba su abrigo, el que se puso por vez primera durante aquel invierno para dar largos paseos en compañía de Martha y de Mary.

También estaban los demás sombreros. Lo cogió todo en tres o cuatro montones y lo arrojó en ambas maletas, alisando y doblando la ropa con apresurados movimientos, con diestras palmadas, de forma mucho más descuidada que sus libros y partituras, pues por algo sabía que aquella ropa no volvería a ponérsela salvo para andar por casa, pues la moda habría cambiado tanto que sin duda le harían falta muchísimas prendas nuevas.

Vació el cajón del reluciente armario blanco, metálico, en el cual había guardado sus medias, su ropa interior y otras cosillas, y lo embutió todo en una bolsa, sin pararse a mirarlo, para cerrarla con presteza y decisión. De pie en el centro de su habitación, miró a su alrededor para ver qué olvidaba, qué quedaba allí de todo lo que le había pertenecido, y examinar si deseaba conservar algo, por más que no eran muchas sus pertenencias. La radio se la había regalado a Mary algunos meses antes, pues las únicas emisoras que conseguía sintonizar daban programas insufribles: seriales, jazz, anuncios, noticias. Sin embargo, en cierto momento le hubiera ido de perlas: durante aquellos días en que empezó a mejorar, aquellos días en que se le permitió volver a ver a Basil, cuando él le llevó el aparato con su llamativo dial y su brillante barniz; días en que oír una voz en la habitación le había devuelto la confianza, una voz perteneciente a un desconocido, con una falsa calidez y afabilidad sin duda extrañas a ella, pero indudablemente humana, aunque perteneciera a alguien a quien no conocía, alguien que no sentía la menor preocupación por ella, alguien que en modo alguno podía tener un plan para ella. Las estampas que había pedido a Martha que recortara de algunas revistas y pegase a la pared —un dibujo de Picasso, una cuatricromía de una de las muchachas de cabellos dorados que pintara Renoir, un severo diagrama de Mondrian y el plano de una máquina voladora de Leonardo— las había arrancado y las había hecho trizas la noche anterior, a sabiendas de que ningún paciente, ninguna enfermera desearía quedárselas... Habían tenido por único propósito recordarle el orden existente en el mundo, el orden que por fuerza ella debía emular, y su función había dejado de ser necesaria, ya que pronto volvería a su casa, donde se vería rodeada por los cuadros que Basil y ella habían adquirido juntos, de modo que aquellos sustitutos estarían mucho mejor en la papelera. No quedaba, pues, otra cosa que las cortinas, y dudó si quitarlas o no, ya que dejaría la habitación desnuda, con lo que resaltaría su esterilidad hasta lo más obvio, y subrayaría todas aquellas restricciones. Pese a saber que no debiera, que lo que ocurriese allí después de su partida no era de su incumbencia, no pudo evitar pensar en el siguiente inquilino; no pudo evitar proyectar sobre semejante persona la desesperación, la soledad, el temor que había sentido al entrar por primera vez en aquella habitación, al ver aquellas paredes verdes, aquella cama alta, la ventana enrejada, pues en aquel momento supo que era una caja cerrada, una celda, una tumba donde iba a ser enterrada en vida. Recordó las noches que había yacido en cama, despierta, contemplando la luna, cuya luminosidad esparcía en infinidad de fragmentos el entrecruzado de la reja, y cómo aquella luminosidad se arrastraba por el suelo, trepaba por las paredes, por la cama, amenazándola. Y recordó las afiladas aristas del sol hecho añicos que le acuchillaban los ojos como si fueran dagas en los días de luz más intensa. Y se acercó a la otra silla, se inclinó sobre la segunda maleta y la cerró de golpe, afianzó los cierres e hizo girar la llave en la cerradura tras haber decidido que dejaría las cortinas puestas, pues al fin y al cabo pertenecían a aquellas ventanas.

Pocos minutos después, entró Mary con el desayuno, un desayuno familiar que había podido probar en infinidad de ocasiones: zumo de naranja, frío pero con sabor a lata; un plato de harina de avena espesa, caliente, gelatinosa; dos tajadas de pan integral de trigo y un poco de mantequilla; café con una jarrita de crema y un terrón de azúcar que jamás había utilizado, pero que seguía encontrando a diario en el platillo. El rostro de Mary le pareció tan relamido y tan pulcro como siempre (Ellen había llegado a imaginar que después de lavarse era probable que se lo restregara con una toalla hasta sacarle brillo). Sus cabellos, de un color gris hierro, recios como alambres, bullían bajo la cofia, saliéndosele aquí y allá, como siempre. Sin embargo, aquella mañana a Ellen le pareció que la sonrisa de la enfermera era menos automática que de costumbre, que los rápidos gestos de sus manos manifestaban cierto nerviosismo, tal vez achacable al entusiasmo; es decir, que Mary, como ella, se alegraba de que Basil fuera a recogerla, de que volviese a casa.

—El doctor Danzer se retrasará un poco esta mañana, señora Purcell —anunció Mary—. ¿Dónde —añadió, sin pausa— quiere que deje la bandeja?

Ellen atravesó la habitación, asintiendo, para tomar el vaso de zumo de naranja antes que la enfermera depositara la bandeja sobre la mesa, y engulló de un sorbo el frío líquido, para ahorrarse aquel regusto que no le agradaba lo más mínimo.

—Hoy vuelvo a casa, Mary.

Lo dijo a sabiendas de que era superfluo, pero la movía el deseo de oír el dulce son de aquellas palabras, como si hubiese tenido ganas de tararear una melodía de Mozart por el solo hecho de que oírla la contentaba.

La enfermera asintió con gesto vivaz, pero se le marcaron las arrugas que tenía alrededor de los ojos, y Ellen alcanzó a darse cuenta de que estaba relajada, de que al menos en aquella ocasión Mary se presentaba ante ella si no como una amiga sí, al menos, como una persona neutral.

—Vamos a echarla de menos, señora Purcell —comentó, con una sonrisa sincera—. Por algo es usted nuestra paciente favorita, ya lo sabe.

Ellen probó la harina de avena y bajó la mirada hacia la bandeja para evitar que la enfermera se percatase de lo mucho que le agradaba lo que acababa de oír.

—¿De veras? —No es que lo dudase; su pregunta era una reacción infantil para ganarse otro piropo—. Vaya, no lo sabía en absoluto.

—Pues eso es lo que dice el doctor Danzer.

Ellen dejó caer ruidosamente la cuchara sobre la bandeja y se dio la vuelta en redondo, para ver quién acababa de hablar. Era Martha, que estaba en el umbral. También sonreía; claro que Martha siempre estaba sonriendo.

Las dos enfermeras encarnaban dos tipos muy distintos: Martha era alta, joven, rubia y tenía una cara adorable, que se maquillaba con sumo cuidado, graciosos movimientos y largas extremidades que uno espera más de una modelo o una actriz que de una enfermera. Mary, baja y robusta, pero de carnes firmes, era mayor que Martha aunque sin llegar a vieja, de gestos rápidos y más bien mecánicos, reposada y siempre vigilante. Con todo, en ellas las diferencias no eran lo que más llamaba la atención, sino precisamente los parecidos. Daban la sensación de estar siempre presentes, siempre alerta, siempre cautas. Ellen, aun sin verlas, sabía que acechaban por alguna parte. Al estar con alguien, fuera quien fuese, no le quitaban el ojo de encima, sin importarles qué otra cosa estuvieran haciendo, sin aflojar en ningún momento su estrecha vigilancia. En cierta ocasión, a Ellen llegó a dolerle tan intensa vigilancia, y se lamentó, aunque en silencio. Se había sentido aislada del resto de la humanidad, como sin duda les sucede a los prisioneros. Incluso aquella misma mañana, pese a saber que ninguna de las dos tenía ya motivos para mirarla más que de forma amistosa, escrutó sus rostros en busca de alguna señal que delatara su cautela, y sintió cierto alivio al comprobar que ya habían depuesto esa actitud, si bien se mantuvo ojo avizor, como si en el fondo esperase que su particular forma de mantenerse alerta volviera a manifestarse de un momento a otro.

Martha había entrado en la habitación, acercándose a la mesa. «Con que sólo me diera la espalda —pensó Ellen—, sabría con toda seguridad que lo que acaba de decir lo ha dicho en serio.» Volvió a mirar el plato, tomó la cuchara, y esta vez sí se llevó una cucharada de harina de avena a la boca, tragando sin pausa el mejunje pegajoso. Martha seguía hablando con voz agradable, despreocupada.

—Sí, el doctor Danzer nos decía el otro día que usted es un «triunfo». Aseguraba que jamás había tenido una paciente que respondiera al tratamiento tan bien como usted..., que haya efectuado un «reajuste» tan completo...

La segunda enfermera tenía una forma de hablar tan enfática que a Ellen a veces le resultaba molesta. Acentuaba las palabras no por la posición que ocuparan en la frase o en el conjunto de frases, como le gustaba hacer a la propia Ellen, sino con objeto de subrayar su significado. Martha hablaba como se habla a los niños. A pesar de que no repitiera todo lo que decía, el efecto de sus palabras era el más parecido a una repetición hecha adrede. Y tras ese énfasis, Ellen entreveía la altisonancia de la autoridad, el retintín de una voz de mando.

Apartó la vista del desayuno para mirarlas a las dos, la alta y la baja, que seguían a su lado.

—Es muy amable de su parte. Pero me pregunto cómo es posible que haya quien no mejore con tantísimos cuidados.

Era algo que había pensado con todo detenimiento, hasta llegar a la conclusión de que era precisamente lo que debía decir: una afirmación que ponía de relieve equilibrio, ecuanimidad y confianza, aquellas cualidades de las que había carecido. Sin embargo, de una manera más sutil si cabe, era también una mentira, una falsedad que a ella se le antojaba preocupante. Mary y Martha le gustaban; jamás se habían portado de modo descortés, pero no era menos cierto que se alegraba de no volver a verlas en el futuro, de que sus personalidades y su actitud vigilante formasen parte de la vida de la que iba a escapar, como también formaba parte de esa vida el enrejado de la ventana.

—Pues algunos no... —empezó Mary, y calló lo que fuera a decir.

Y, tal como en un equipo un miembro ayuda a otro a recuperarse de una torpeza, Martha aprovechó el silencio subsiguiente:

—El doctor Danzer nos ha dicho que va a reanudar su actividad musical..., que va a ofrecer un concierto dentro de poco. ¿Nos enviará entradas para su primer recital?

—Desde luego que sí... Lo prometo —dijo Ellen, tomando varias cucharadas seguidas de harina de avena—. Para el primer concierto que dé. Pero les advierto que es probable que no les agrade... Estoy un poco en baja forma. Me temo que he perdido el secreto de la digitación.

Y al hablar, pensaba qué habría querido decir Mary con lo de que «algunos no...». ¿Qué algunos no se recuperan jamás? Claro que tal cosa era una verdad como un puño, y que ella lo sabía. ¿O acaso la mayor de las dos enfermeras habría querido decir, y no lo habría hecho por cuestión de tacto, que algunos parecen recobrarse pero tienen recaídas, que algunos no se mantienen reajustados, que regresan los viejos temores y con ellos la vieja enfermedad?

Ellen tomó la palabra impulsivamente, con falsa valentía, más para ponerse a prueba, para probar su fuerza de voluntad, que por pura necesidad interior:

—Martha, antes de irme... —Hizo una pausa y rió, de modo que aquello pasara por un chiste— me gustaría que me hiciese un favor. Quisiera que se diese la vuelta, que las dos se dieran la vuelta, ¡y que me vuelvan la espalda durante más de un minuto!

Martha sonrió y no dijo nada. Mary ni siquiera sonrió. Las dos la observaron en silencio, aunque por poco tiempo, que a ella se le hizo larguísimo, mientras se llevaba a la boca otra cucharada. Bajó la vista, creyendo que las dos enfermeras querrían mirarse, calibrar la una los pensamientos de la otra para comprobar si a las dos les parecía acertado acceder a aquella petición. Pero tan pronto hubo bajado la mirada se obligó a levantarla. Si ambas enfermeras se habían mirado, sólo habían podido mirarse de reojo durante un brevísimo instante. Pero Ellen sintió que lo habían conseguido, ya que Martha volvía a sonreír abiertamente. Claro que, a decir verdad, Martha siempre esbozaba una sonrisa.

—Claro, si de veras le apetece —dijo Mary—. Pero no veo por qué.

Sin embargo, tras mostrarse dispuesta a darse la vuelta no lo hizo, ni tampoco Martha. Las dos permanecieron observándola, esperando una explicación, sonrientes. Y Ellen se dio cuenta de que una vez más tendría que dar explicaciones.

—Ya sé que puede parecer un poco tonto por mi parte —reconoció—, pero después de todo el tiempo que he estado aquí he podido darme cuenta de que cada vez que una de las dos entra en esta habitación jamás me da la espalda. También sé a qué se debe, y no creo que deba echarles la culpa. En fin —abrió las manos, arqueó los dedos, los extendió hasta cubrir una octava en la escala, a sabiendas de que esos gestos traicionaban su nerviosismo, pero incapaz de dominarlos—, lo que quiero decir es que, ahora que me marcho a casa, me sentiría mucho mejor si las dos me volvieran la espalda durante unos instantes.

Alzó la vista al terminar de hablar, y esta vez

sí las vio intercambiar una mirada. Martha rió y se quedó con su perenne sonrisa en la cara.

—Bueno, a mí la verdad es que me parece una tontería, pero si insiste...

E hizo ademán de darse la vuelta, aunque titubeó.

—Pues claro, si de veras lo quiere —dijo Mary.

Empezó a volverse, pero no terminó. Ellen se dio cuenta de que su petición tenía algo de exceso extravagante, y que el mero hecho de haberla formulado había quebrado su talante amistoso: en ese momento, por más que las dos supieran que no estaban obligadas, volvían a pensar en Ellen tal como pensaban en los demás pacientes, y regresó a las dos su actitud alerta, no de súbito, sino poco a poco.

Por eso Ellen volvió a reír, más nerviosamente que antes.

—No, no se den la vuelta. No hace falta. Ha sido una tontería por mi parte. ¡Qué idea tan absurda! No, no hace falta.

—Pero sí podemos, si de veras desea que nos demos la vuelta... —dijo Martha.

—Se hace tarde —apremió Mary tras dedicarle una larga mirada—. Tenemos que repartir los restantes desayunos.

Y Ellen volvió a reír, viéndolas salir de la habitación, y no probó ya la papilla de avena.

Tras beber el café le apeteció fumar un cigarrillo, así que buscó en el paquete de su bolso, extrajo uno y se lo llevó a la boca, sin darse cuenta de que no tenía cerillas. A ninguno de los pacientes se le permitía disponer de ellas, ni siquiera el mismo día de su vuelta a casa. Podría llamar a la enfermera con sólo pulsar el timbre: llegaría puntual, le daría fuego y permanecería a su lado hasta ver el cigarrillo perfectamente apagado, y esto era algo que en modo alguno podía apetecerle. Se acercó a la ventana y se plantó ante ella, a un par de pasos, para mirar por entre el enrejado, hacia el césped, hacia la curva del sendero, la cancela y los olmos. El cielo que alcanzaba a ver era de un azul profundo y claro, el azul típico del verano. Las hojas de los olmos se habían tornado oscuras bajo el calor del sol, y la hierba, aunque bien cortada, la estropeaban algunas manchas peladas, ocres: julio aún no había acabado, pero la estación había sembrado las semillas de su propia destrucción. El calor del día ya rezumaba, empapando la habitación. Se sintió algo sonrojada, y al pasarse la mano por la frente se la notó humedecida. Se acercó al lavabo y mojó una toalla, para llevársela después, bien fresca, a la cara. Se puso un poco de maquillaje en las mejillas y algo de carmín en los labios, de una barra nueva, acercándose mucho al espejo. Vio que su cabello conservaba un aspecto aceptable, que sus ojos tenían el mismo azul transparente, que eran pocas las arrugas de su rostro. Tenía los labios bien dibujados y el mentón adelantado, el cuello no era largo en exceso, y la piel parecía suave. «Pero ¿qué puedo yo decir de mi aspecto? —se preguntó—. Caso de haber cambios, éstos acaecen de un día para otro, de modo que me acostumbro, y por más que con los meses y con los años madure mi rostro, se torne áspero, se burle de su juventud, los pequeños progresos que a diario hace la edad son algo que no alcanzo a ver jamás, algo que nunca alcanzo a comprender.» Pensando en esto recogió sus objetos de tocador, se los llevó a uno de los maletines, volvió a abrirlo, los guardó y lo cerró de golpe. Nada más hacerlo tuvo más constancia que nunca de que ya eran las siete y media, de que la enfermera le había dicho que el doctor se retrasaría, de que incluso si Basil llegaba temprano no le dejarían pasar a recogerla hasta haberse entrevistado con el doctor y haber firmado el alta; de que, en fin, pasaría más de una hora antes de que pudiera marcharse.

Había guardado los libros y también la música... No le quedaba ni siquiera un periódico que leer para pasar el rato. Si permaneciera sentada mano sobre mano, sin hacer nada, comenzaría a recordar todos los incidentes de su convalecencia, y el recuerdo se apoderaría de ella con toda morosidad. En ello, por más que su sensación de felicidad no la hubiese abandonado, sentía la inminencia del peligro. Por descontado, podía abrir la maleta y sacar un libro; de hecho, era lo más sensato que podía hacer. Claro que la tarea de cerrar las maletas había supuesto un momento importante por su significado, pues marcaba el final de su vida en aquella habitación; ni siquiera le había complacido tener que abrir uno de los maletines para guardar los cosméticos. No, no quería leer. En cambio, decidió qué quería hacer: pasaría a visitar a Ella, a despedirse.

Llegó hasta la puerta y puso la mano sobre el pomo, lo hizo girar —tal vez esperaba encontrarse con que no giraría del todo, por más que supiera que hacía ya varios meses que no la encerraban—, oyó un suave clic y abrió de par en par la pesada puerta. Tras salir al corredor, la dejó abierta y accionó el pasador que impediría cerrarla por accidente: era una de las reglas del sanatorio. Se adentró por el corredor, avanzando por entre las verdes paredes y sin hacer ruido sobre el suelo de linóleo, hasta llegar a la habitación de Ella. La puerta estaba también abierta, así que entró sin molestarse en llamar.

Encontró a Ella sentada en una silla junto a la ventana, la cara vuelta hacia el sol, su cuerpo grandón en una postura abandonada, como desmoronado, mientras un celador le daba a la boca el desayuno. Ellen hizo un alto en el umbral, esperó a que el celador le hiciera una seña con la cabeza, indicándole que entrase, y luego caminó hacia la ventana, hacia aquella mujer enorme y avejentada. Ella ejercía sobre su imaginación una fascinación evidente, una atracción que no podría explicarse por completo acudiendo a la similitud de sus nombres, tal como en cierta ocasión había intentado explicarle al doctor Danzer, aunque ella misma reconocía que parte de su compulsión tenía origen en esa similitud. El invierno anterior, cuando fue ingresada Ella en el sanatorio, había oído que las enfermeras y los celadores conversaban acerca de una tal «Ella», acerca de sus intervalos de violencia incontenible, de su estado de avanzada demencia. Y las primeras veces que oyó pronunciar aquel nombre creyó entender que hacían referencia a ella misma, creyó que decían «Ellen», y se aterrorizó. Durante varios días ocultó sus temores al doctor Danzer, por más que éste descubriera los efectos del terror en su paciente, de modo que se dedicó con ahínco a proponerle asociaciones de palabras, al tiempo que se tomaba un renovado interés por sus sueños... Ahora, Ellen ya podía reírse de aquel pánico que la atenazó, si bien entonces llegó a creer que los síntomas de Ella, de los cuales había oído hablar, eran los suyos propios: creyó que estaba pasando por episodios de violencia para olvidarlos después por completo. Por último, participó sus temores al doctor Danzer, el cual, a fin de aquietarlos, la llevó a ver a Ella, según dijo, «para que entienda usted que cuando decimos "Ella" no hacemos referencia a "Ellen"».

Al cruzar la habitación recordó aquella primera vez que pudo ver a Ella: su cuerpo enorme, colapsado sobre la cama, bajo un alud de mantas, el retorcerse y rechinar de aquel cuerpo grande como una montaña, la respiración pesada y el rostro sorprendentemente plácido que coronaba semejante desorden, las mejillas de un tono gris, abultadas, los labios anchos, gruesos, los ojos abiertos de par en par, grises y acuosos, como si no quisiera perder detalle. Su primera reacción había sido la repugnancia, seguida del alivio y, por último, la compasión. El doctor Danzer le refirió en parte la historia de Ella: le contó que había sido una mujer dedicada a los negocios, en los que consiguió un notable éxito, que tuvo muchísimos amigos y que era jovial y amable; le contó cómo el alcohol había sido en principio un placer, después una pasión y por último una manía. Se sometió a diversas «curas» en instituciones de dudosa reputación, pero la última vez que se corrió una juerga fue mucho peor, con diferencia, que todas las anteriores, pues se presentaron complicaciones: una degeneración cerebral. «Nunca se había sometido a la terapia de Wassermann —dijo el doctor— hasta que un amigo suyo nos la trajo aquí. Ahora está bajo tratamiento. Tal vez logremos poner freno al avance de la enfermedad, pero no podemos albergar la más remota esperanza de recuperar todo lo que ha sido destruido.»

Visitar la habitación de Ella varias veces por semana terminó por convertirse en una costumbre: se sentaba a su lado, en la cama o en la silla junto a la ventana, con el solo objeto de contemplar su plácido rostro. Rara vez se ponía violenta, y pasaba la mayor parte del día junto a la ventana. Por qué le gustaba tanto a Ella mirar por la ventana era algo que a Ellen se le escapaba, aunque se había percatado de que los ojos de la anciana perseguían el sol, y sólo los días más soleados cambiaba algo su expresión facial, hasta el punto de que algo en cierto modo parecido a una sonrisa animaba sus rasgos deshabitados. Aquella mujer grandona rara vez emitía un sonido, salvo alguna queja, un gemido; ni siquiera un intento de encadenar las palabras. Su rostro encerraba para Ellen tantos misterios como el mar. Estaba convencida de que su placidez de máscara no era sino la superficie más visible de un universo profundo donde, a muy diversos niveles, reinaba el desorden. Sentarse a observar aquellos planos y curvas inmóviles, volver a su habitación y escrutar el espejo, inspeccionar su propia sensibilidad tal como afloraba en sus carnes firmes, en su semblante tornadizo, era lo mismo que recobrar la fe en su propia inteligencia. Por eso iba a la habitación de Ella siempre que dudaba de sí misma, siempre que tenía miedo.

Ella estaba comiendo; mejor dicho, la estaban alimentando, y Ellen supo que su sola presencia era una molestia para el celador. Claro que éste había asentido, de modo que se llegó hasta la ventana y se dedicó a observar alternativamente a la corpulenta enferma, al delgado joven vestido de blanco que le daba cucharada tras cucharada, o las manos carnosas, descomunales, asidas con fuerza al brazo de la silla, de pronto relajadas, de nuevo tensas, relajadas de nuevo, tal como aprieta y afloja el puño un niño al mamar del pecho de la madre. Sin embargo, ésa era la única similitud de Ella con un niño; su placidez parecía más bien la marca visible de una madurez sobrehumana, la expresión de una paz propia de una diosa. De hecho, sus rasgos no diferían demasiado de los de un Buda: aunque nunca se sentase con las piernas cruzadas, su cuerpo era lo bastante voluminoso y poseía el misterio preciso. Cuando estaba en calma, era como si estuviese petrificada, pues su único movimiento consistía en una oscilación de la cabeza, a medida que sus ojos ausentes seguían el sol. Este movimiento, sin embargo, era más una invasión, como el alargarse de la sombra del gnomon en un reloj de sol, como la lenta progresión de la manecilla de un reloj al pasar de un número al siguiente. «Dicen que Ella ya no percibe la realidad —pensó—, pero, en ese caso, ¿por qué sigue el sol con los ojos? ¿No indica acaso esa compulsión una percepción del paso del tiempo, un conocimiento de la destrucción continua y gradual de la vida misma? ¿No es posible que siga siendo inteligente, por más que haya perdido la capacidad de hablar, junto con el control de la mayoría de sus músculos, de todos, salvo los de la cabeza y los ojos? De ser así, mantener erguida la cabeza y buscar con la mirada el sol no es sino su forma de hacernos saber su determinación de seguir viva. Y podría darse el caso de que sus frases violentas fueran un gran espasmo producido por la exasperación, por la desesperación; una afirmación desbocada de su anhelo. De resultar eso cierto, su imbecilidad es para ella una tragedia, como lo es para nosotros.»

Cuando el celador hubo terminado de darle el desayuno a su paciente, le limpió la boca con una ternura brusca, masculina, recogió la bandeja y ofreció su silla a Ellen. Tomó asiento de espaldas a la ventana y miró más de cerca el rostro ido de la mujer, tratando de imaginarlo tal como había sido cuando era una persona de éxito, cuando tenía infinidad de amigos. Siempre debió de tener grande la cara, eso era evidente; resultaba fácil deducirlo de la forma del cráneo y de la estructura de los huesos. Y sentía cierta inclinación a pensar que siempre había tenido algo al menos de la máscara en que se había convertido ahora. No en la misma medida, pues seguro que presentaba mayor variedad: sin duda hubo una máscara alegre, una máscara seria y, tal vez, una máscara enfurruñada. Pero Ellen tenía la práctica seguridad de que su casi homónima jamás manifestaba sus emociones; fue en exceso una actriz, una perfecta vendedora... ¿No se había mostrado acaso jovial, no había tenido infinidad de amigos? Así pues, lo que veía al mirarla en aquella situación no era tanto la desintegración de su persona, sino un aumento, una intensificación. Su conflicto había estado siempre en su interior, y a ello achacaba el doctor Danzer el origen de su crisis, y no al alcohol: ese conflicto estaba hoy tan oculto como siempre, y precisamente ese conflicto, según intuía Ellen, era el meollo de su personalidad. ¿Cómo sería posible sondear aquellas plácidas honduras y encontrarlo? ¿Dónde estaría la clave, la llave que diera entrada a su secreto, la cuña mediante la cual sería posible forzarlo? Ellen tuvo la impresión de saberlo, de que era algo que saltaba a la vista; era la única excentricidad, el único vestigio de su carácter: los ojos de la mujer y su hábito de seguir el sol con la mirada. «He aquí una persona —pensó— que ha descubierto el secreto del tiempo, una persona a la cual el tiempo ya no le produce el menor terror, una persona que, posiblemente, ha terminado por ser una y la misma con su genio destructor.»

Pensando en esto, miró la hora y vio que pasaban ya de las ocho. Se puso en pie para marcharse, pues no quería estar fuera de su habitación cuando el doctor pasara a visitarla, pero volvió a mirar a Ella, taciturna y misteriosa. Sabiendo a ciencia cierta que de alguna manera Ella le había dado fuerza, que Ella había construido su esperanza —recordaría con agrado a aquella plácida mujer que tan violenta podía llegar a mostrarse—, salió y se dirigió a su habitación. Allí estaba el doctor Danzer, esperándola.

Estaba frente a la ventana, posada la mano sobre una de las cortinas, el cuerpo medio vuelto hacia la entrada, los ojos pensativos y puestos sobre ella. Era un hombre bajo, lento, amable. Al entrar ella en la habitación y acercársele, sintió la misma sorpresa que había experimentado tantísimas veces al verlo: volvió a sorprenderle, por inesperada, su escasa estatura y su liviana complexión, la pequeñez de sus manos, la aparente inmadurez de sus rasgos. Tras las gafas de concha, sus ojos oscuros tenían la intensidad, la capacidad de sentir dolor que uno espera en un adolescente. Su boca denotaba la capacidad de impresionarse, sus labios eran como una conjetura, como si todo lo que fuera a decir no pasara de mera tentativa, como si no tuviera respecto de sí más certidumbre que la que le inspiraban los demás. Pero tan pronto tomaba la palabra, desaparecía toda vaguedad, toda indecisión. Sus palabras existían por derecho propio; las pronunciaba con toda deliberación y exactitud, aunque con calma, dando a entender la lógica que le había llevado a escogerlas, la intuición que subyacía al saber. Ellen siempre se sintió segura con aquel hombre y le agradaba tanto por sí mismo como por esa seguridad que le infundía. En aquel momento todavía le agradó más, y a punto estuvo de prorrumpir en una exclamación de júbilo cuando él dijo las palabras, sus palabras, las que tanto significado tenían para ella. Cómo supo que debía decirlas era lo de menos; lo importante era que las dijo, con lentitud y precisión, entregándoselas como si fuera el símbolo de su libertad:

—Bueno, Ellen: hoy es el día.

Ella tomó asiento a su lado y le miró, sin atreverse a decir nada. Se sintió cerca de él, como uno se siente cerca de un amigo. Había muchas cosas que había deseado decir, que tenía planeado decir en aquel momento... Quiso hacerle saber cuánto resentimiento le inspiró al principio, cuánto le odió, cómo luchó con todo su ser contra él; cómo empezó poco a poco a ansiar sus visitas, cómo aprendió de él a divertirse con los trucos y embustes que una parte de ella imponía al resto de su persona y al doctor; cómo se acostumbró a poner a prueba todos sus motivos, todas las razones que la llevaban a actuar de tal o cual manera, y a cuestionar hasta los más remotos impulsos, a observarse tal como se observa a un personaje de una obra teatral, críticamente, analíticamente. Pero había llegado la hora de la verdad y él tomó la palabra en primer lugar, empleando milagrosamente las mismas palabras de Ellen, y había expresado sus propios sentimientos, de modo que a ella no le quedó nada que decir.

De todos modos, no se sintió desorientada. Él se metió la mano en el bolsillo y dio la espalda a la ventana, de manera que la miró directamente.

—¿Ha dormido bien? —preguntó.

Una vez formulada la pregunta, e iniciado así el conocido ritual, ella pudo contestarle también directamente:

—He dormido muy bien, aunque tardé mucho en conciliar el sueño. Estaba demasiado excitada, demasiado ansiosa porque llegara la mañana, pero la verdad es que me dormí.

—¿Ha tenido sueños?

Había sacado un cuaderno de notas y el lápiz, del cual se había desprendido parte de la pintura dorada.

—No, no he tenido sueños en toda la noche.

—Oh, uno siempre sueña. Intente recordar. Estoy seguro de que puede acordarse.

Así que hizo el esfuerzo de recordar. Y, ciertamente, algo le vino a las mientes. Se le apareció como de costumbre, visualmente al principio, algo que se escabullía, que desaparecía como si se deslizara, algo que llegó a percibir, aunque sin reconocer; algo que le resultaba turbador por el mero hecho de serle evasivo. Sin embargo, no lo dejó escapar, se negó en redondo a dejarlo desvanecerse, se aferró a ello interrogándose al mismo tiempo: ¿Era algo oscuro? ¿Era grande? ¿Era acaso alguien? ¿Hombre o mujer? ¿Y qué estaba haciendo? A medida que se interrogaba, la imagen no llegó a desaparecer, aunque tampoco logró reconocerla, si bien al tiempo fue expresándose mediante palabras, sílabas, a veces frases enteras, tal como se formaba en su interior una melodía, ganando poco a poco en resonancia, y estaba ya dispuesta a procurar identificarlo, desmembrarlo en varios intervalos, en frases musicales...

—¿Qué ha soñado?

—Soñé... soñé... —En ese momento estaba

ya segura de sí misma, y a punto de decirlo—. Soñé que estaba tocando. No sé qué tocaba... Un instrumento grande y voluminoso. Se alejaba de mí continuamente. Arqueaba los dedos, los clavaba, trataba de aferrarlo e impedir que se alejara..., pero la melodía no terminaba de cuajar. Mentalmente sí oía la melodía. Era extraño: la veía bailar ante mis propios ojos. No sé cómo podría expresarlo. Lo que veía no eran notas musicales, en absoluto, sino más bien una especie de fluir, una especie de río de sonido que serpenteaba iluminado por el sol. Ya sé que esto que digo no parece coherente, pero en mi sueño me pareció lo más natural. Seguí tocando, o intentando al menos interpretar esa melodía. Y el instrumento —era un instrumento grande, aunque no tanto como un piano— seguía alejándose de mí. Por eso no podía tocar la melodía, por más que lo intentase. ¡No podía...!

—¿Cómo se llamaba ese instrumento?

—Clavicordio —contestó, sin sorprenderse de haberlo sabido en todo momento, ya que eso le había ocurrido otras veces—. Ahora lo recuerdo: era un instrumento muy peculiar, extraño, aunque a mí me gustaba precisamente por eso. ¡Y ésa, digo yo, debe de ser la razón por la cual tan difícil era tocar la melodía! El clavicordio, ya ve usted, sólo tenía un... sólo un...

Calló, le miró de frente y se echó a reír.

—¿Bloqueada? —preguntó.

—Sí. Y no sé por qué. Lo tenía en la punta de la lengua.

—Probemos con un juego de palabras. Ya sabe usted: diga lo primero que se le ocurra, por las buenas. ¿Preparada? Verde.

—Césped.

—¿Verja?

—Casa.

—¿Basil?

—...

—¿Basil?

—...

—¿Bloqueada? —inquirió.

—Sí. Y no sé por qué.

—¿Teclado?

—Piano.

—¿Clavecín?

—Sólo un Basil.

El doctor la miró, sonriendo, y apartó después la mirada. Aún seguía sonriendo; ella se dio perfecta cuenta. Pero ¿por qué había apartado la mirada?

—¿Por qué ha dicho «sólo un Basil»? —preguntó.

—Porque un clavecín tiene sólo un... Oh, quise decir «teclado». Eso era lo más extraño del clavicordio de mi sueño... Eso era lo que me tenía bloqueada. «Teclado.»* Sólo un hombre. Basil. Estaba soñando con Basil. Y con la música, y con lo mucho que tendré que practicar. Eso era todo, ¿no? Entonces, ¿por qué me he quedado bloqueada?

—Porque no quería que yo lo supiera. Porque Basil es su marido.

Ella le miró y volvió a reírse. Él se rió también.

—Creo que ya va siendo hora que se vaya a casa, señora Purcell.

El doctor se alejó de la ventana, dejándola atrás, y se encaminó hacia la puerta. Al hacer él este movimiento, algo le pasó a Ellen en la garganta: se sintió vacía, desolada. «Así es como debe de sentirse una niña —pensó— cuando su padre la abandona por primera vez, cuando la deja a solas, cuando ella se da cuenta de que debe echar a andar, porque si no se caerá.» Apretó los labios, hizo una mueca por efecto de la idea que acababa de tener... Era independiente del doctor Danzer: ella lo sabía y él lo sabía también; no cabía ninguna duda: ya no le necesitaba. De todos modos, dio un paso al frente, se sintió arrastrada hacia él y contra su voluntad, deteniéndose sólo

* «Teclado», en inglés, es *manual*. La asociación viene de que la primera sílaba, *man*, significa «hombre». *(N. del T.)*

al ver cómo la observaba él, con los restos de una sonrisa en los labios, con los ojos más oscuros que nunca, poniéndola a prueba.

—Su marido ya debe de estar abajo. Seguramente habrá cumplimentado todos los impresos. Iré a ver si puedo acelerar el trámite.

—Claro, habrá impresos que rellenar.

No lo dijo porque deseara saber más, sino por mero deseo de conversar, de decir algo, de permanecer a su lado y prolongar unos minutos el interés seguramente ya en declive, que el doctor pudiera sentir por ella.

—En la administración tienen que dar el visto bueno —admitió. Y entonces chasqueó los dedos—. ¡Vaya, me olvidaba! La semana que viene vendrá a visitarme, ¿no es así? ¿Irá a mi despacho de Nueva York? Paso consulta los miércoles por la mañana y el viernes durante todo el día.

—Sí, puedo ir a verle cuando usted quiera.

Volvió a sacar el lápiz y el cuaderno.

—¿Le viene bien el miércoles a las once? —Levantó la vista, sonriéndole—. No es más que una simple comprobación. Podremos charlar un rato. Creo que deberíamos seguir viéndonos durante una temporada.

—A las once, perfecto.

Así que volvería a verle. Al saberlo, sintió una cierta desilusión. Estaba atada a una larga cuerda, y podía retozar cuanto quisiera, pero siempre podía hacerle volver a él, tirando de la cuerda. Con todo, y como siempre, tenía razón. Le gustaría volver a verle.

Terminó de tomar nota y guardó el lápiz y el cuaderno en el bolsillo interior. De nuevo llevaba la mano en el bolsillo, al dar unos cuantos pasos hacia la puerta. Pero volvió a detenerse.

—¿Me permite hacerle una pregunta?

—Por supuesto.

Se preguntó por qué le habría pedido permiso. Durante dos años le estuvo formulando infinidad de preguntas, a las que ella contestó puntualmente. ¿Por qué iba a molestarle una pregunta más?

—Esta mañana, cuando estuvo charlando con las dos enfermeras, les pidió que se dieran la vuelta, ¿no es cierto?

—Sí, así es.

—¿Y por qué les pidió tal cosa?

Tuvo miedo. Sintió que se tensaba la cuerda, sintió que la obligaba a volver. Se humedeció los labios y habló con todo cuidado, recordando que cuanto dijera debía traslucir confianza en sí misma, equilibrio.

—Fue por puro capricho. Desperté con una clara sensación de júbilo... Diría incluso que desperté feliz, aunque usted preferiría hablar de júbilo. Me sentía bien con todo el mundo, todavía me siento así. Pero cuando entró Mary en la habitación, y luego vino Martha, no pude evitar el recuerdo de otros tiempos. Recordé cómo me miraban antes, cómo me vigilaban, cuánto cuidado habían puesto siempre en no volverme la espalda...

—¿Y por eso les pidió que se dieran la vuelta? —preguntó. La miró de frente, con gran seriedad—. Pero usted sabía que eso no es posible. Es una de las reglas del sanatorio, una regla que nunca debe pasarse por alto. No tenía nada que ver con usted.

—Fue una tontería por mi parte, lo reconozco.

—Todos hacemos tonterías de vez en cuando. —Apartó los ojos de los de Ellen y bajó la mirada hacia el bloc de notas, que de nuevo tenía en la mano—. Bueno, le deseo la mejor suerte. Voy abajo, a ver qué tiene tan ocupado a su marido.

Salió de costadillo, retrocedió hacia el vestíbulo, sonriéndole, sacando por un momento la mano del bolsillo y alzándola, para dejarla caer en seguida, como si hubiese querido decirle adiós y hubiera preferido no hacerlo.

Ella lo vio marchar, pensando una vez más qué hombre tan maravilloso era. Pero tan pronto recuperó cierta distancia, tal como él le había enseñado, y pensó en él objetivamente, se dio cuenta de que su afabilidad no era más que una parte de su actitud profesional, una bolsa llena de efectos y trucos para realizar una transferencia, y pensó que no conocía su verdadera personalidad porque él nunca la había exteriorizado. «Si lo hubiese conocido en una fiesta, si me lo hubiese presentado un amigo común —se preguntó—, ¿qué habría pensado de él?»

Se dio la vuelta, la puerta había quedado abierta, ya que él olvidó cerrarla, y decidió dejarla como estaba, para volver junto a la ventana. «Ahora acaba de reunirse con Basil —pensó—; está hablando con él, primero comentando el tiempo que hace y después le hablará de mí. ¿Se tendrán aprecio el uno al otro? Tendría que preguntarle alguna vez a Basil qué le parece el doctor Danzer.» Se propuso hacerlo alguna vez, más adelante, cuando aquel momento perteneciera al pasado lejano, cuando la respuesta de Basil a su pregunta careciese de importancia, cuando fuera posible hacerle esa pregunta al desgaire, como de pasada. Trató de imaginar juntos a Basil y al doctor: uno alto, rubio, robusto, y el otro bajo, moreno y reservado. Cerró los ojos con el fin de concentrarse, pero no consiguió ver mentalmente a ambos a la vez. Primero veía a Basil, y después al doctor Danzer. Era como si los viera a los dos utilizando sentidos distintos y tuviera que alternar continuamente entre uno y el otro, como si fuera incapaz de utilizar todos los sentidos al mismo tiempo. Pero era algo que carecía de importancia, un simple juego para matar el tiempo. Pronto vería a Basil. Llegaría por el vestíbulo, cruzaría la puerta...

De pronto, tuvo miedo. Al imaginarse a Basil en el momento de cruzar la puerta, algo, en efecto, había entrado en su habitación, algo viejo y de sobra conocido, algo atávico y espantoso. Se había encontrado antes con aquello, aunque hacía varios meses que no asomaba, hasta llegar a pensar que lo había superado por completo, que no tenía por qué temer su regreso. Todas las veces se le había aparecido del mismo modo, inesperadamente, mientras estaba pensando en otra cosa. Había caído sobre ella por sorpresa, la había poseído, la había apartado de la luz.

Se debatió y tuvo ganas de echarse a llorar, pese a saber que no se atrevería. Un solo grito bastaría para que acudiese a la carrera una de las enfermeras, que le preguntaría qué sucedía, para decírselo en seguida al doctor. Y una parte de ella sabía que no la amenazaba nada, que aquella negra sombra que tanto temor le inspiraba procedía de su pasado, que alguna vez había llegado incluso a verla en sueños, con tanta claridad que había podido reconocerla. Al acordarse de esto recordó también su propia fórmula para vencer aquel terror: lo único que tenía que hacer era pensar en ese sueño, invertir un gran esfuerzo en captar de nuevo aquella experiencia, verla con toda plenitud, con precisión, e identificarla... para reírse de ella. Y es que en realidad no era tan espantosa: era tan sólo el corpachón de su padre dando la espalda a la luz, balanceándose sobre su cuna, cuando era niña, borracho como una cuba, aumentado y distorsionado por las sombras que en su rostro proyectaba la luz, y luego la voz de su madre, áspera y aguda: «¡Ni se te ocurra! ¡Como le toques un pelo, te mato!»

Pero a pesar de saber cuál era la causa de su pavor, pese a repasarla mentalmente una vez más, tal como la había visto por vez primera en la realidad cuando tenía tres años, todavía tuvo que pelear contra la forma que había adquirido aquella visión en la actualidad, aquella negrura que todo lo impregnaba, un enorme y asfixiante manto de pánico que caía sobre ella, que amenazaba cubrirla del todo. Se forzó a mirarse en el espejo, a mirar aquel rostro, sus ojos saltones, su boca tensa por el esfuerzo, la mano con que se oprimía la mejilla hasta detener el fluir de la sangre. Y mientras se examinaba en el espejo, clavó la mirada en la imagen de sus ojos y suprimió el deseo de darse la vuelta, de mirar por encima del hombro, para sentirse como si estuviera ascendiendo de las profundidades, esforzándose por subir un poco más, por rehuir las tinieblas y emerger a la luz. Retiró la mano de la mejilla —aunque en la carne sonrosada quedaron las huellas blancas de los dedos—, se relajaron los labios y consiguió dedicarse una sonrisa. Su ritmo respiratorio se tornó más acompasado y de nuevo sintió que su cuerpo entero le pertenecía: de nuevo volvía a ser compacto, uno, suyo.

Permaneció ante el espejo, pintándose los labios y retocándose las mejillas, peinándose. Se recordó que Basil no tardaría en aparecer —esta vez, al pensar en ello no volvió a azotarla el negro terror, y ni siquiera se sintió nerviosa—, y que tenía que presentarse ante él lo mejor que pudiera. Para Basil sería un día bien difícil: el primer día, en el plazo de dos años, que iba a pasar entero en compañía de ella. ¡Dos largos años! En mucho menos tiempo muchos amantes se convierten en completos desconocidos. Debía hacer todo lo que estuviera en su mano para facilitarle a él las cosas: debía recibirlo de corazón, sin medias tintas, debía mantener a la vez la distancia y juzgar sus sentimientos y los de él, tal como le había enseñado el doctor Danzer, para intentar en todo momento mantener la objetividad respecto a su relación. Además, se dijo, Basil habría cambiado.

También ella había cambiado, por más que no alcanzase a saber cuánto ni de qué forma. ¿La encontraría él muy diferente de la mujer con la que se había casado? ¿Le gustaría, ahora que había aprendido a ocultar sus conflictos, a afrontar la oscuridad cuando se sentía amenazada, a valerse por si sola, a luchar? ¿La amaría él como la había amado entonces? ¿O acaso seguiría existiendo la reserva que ella había achacado al ambiente que la rodeaba, a su larga ausencia, así como a la dificultad de unir los trozos de su vida anterior por espacio de una o dos horas, una o dos veces por mes? Tal vez nunca podría reunir las piezas, al margen de lo que pudiera quedarles por delante. Y al pensar en el tiempo echó un vistazo al reloj y vio que ya habían dado las nueve.

Minuto a minuto, habían volado una por una las horas hasta llegar el instante en que la porción de su vida que había pasado en aquella habitación pertenecería para siempre al pasado. Aguzó el oído con toda atención para captar los ruidos procedentes del corredor: los pesados, rítmicos pasos de Basil, como los timbales en las sinfonías que dirigía. Y al mismo tiempo pensó en el mundo en el que estaba a punto de reingresar: pensó en su desguarnecido futuro, en las causas y efectos que moldearían su vida, causas y efectos sobre los cuales sólo dispondría de un dominio parcial; pensó en los condicionamientos... Volvió a recorrer la habitación de un vistazo, aquel escenario clausurado, familiar, las cuatro paredes protectoras, la puerta que podría abrir o cerrar —para dejar entrar o para dejar fuera los sonidos pertenecientes a otras vidas distintas de la suya—, los dibujos de sombra y luz que sobre el suelo proyectaba el enrejado de la ventana. «Voy a dejar atrás todo este orden —pensó— para entrar en el caos. Ya nunca sabré qué va a suceder de un momento a otro, por más que finja saberlo, tal como fingí saberlo en tiempos, ni sabré tampoco cómo comportarme, ni qué me espera a la vuelta de la esquina. Ante mí, ahora, la vida y, en definitiva, la muerte, a ninguna de las cuales puedo escapar. Sólo están ya trazadas en el sentido más genérico, de forma indirecta. Tan pronto oiga los pasos de Basil, tan pronto vea su rostro y me coja del brazo para franquear esa puerta, tendré que moverme continuamente, tendré que actuar y que creer... Tendré que creer en mí misma y en los demás.

»¿De veras deseo franquear esa puerta y abandonar para siempre esta habitación, este orden en el que sé que puedo confiar? ¿No sería más sabio quedarse aquí, aceptar este mundo conocido y sin cambios, en vez de abandonarlo para someterme a un flujo de acontecimientos desconocidos?» Estaba de pie, erguida, rígida, con los ojos cerrados, las palmas de las manos estiradas y apretadas contra los muslos hasta hacerse daño. Por un instante se le quedó la mente en blanco. Indecisa, no pensó en nada; se mantuvo al filo de su conciencia, balanceándose en la cuerda floja que lleva de las sensaciones a la parálisis, del pensamiento a la nulidad, de la afirmación a la negación. Y entonces le anegó la visión una sola escena, una escena brillante, gloriosa, iluminada tal como los focos bajos iluminan un decorado: su habitación en su casa, su estudio, las paredes rosadas, el diván bajo, la inapelable elegancia del clavicordio. Con calma, con precisión, oyó sonar las notas del aria de Bach, y se vio sentada ante el instrumento, respirando al compás del suave vaivén de la melodía, segura, a salvo dentro de otra disciplina. Y abrió los ojos, de nuevo ajena a todo temor, para ver a Basil callado en el umbral de la puerta.

2

Basil había sido una fanfarria, un resplandeciente estallido de trompetas, un agudo tremolar de flautas, oboes y fagotes. Estaba de pie, con aspecto tranquilo, casi descuidado, relajado el rostro como si aguardase una sonrisa, sus magníficos ojos azules posados sobre su amada. Ella lo había visto de repente, mientras se miraba en el espejo: la prominencia de los pómulos bajo la tensa, atezada piel de la cara; el amplio y placentero sesgo de su boca; las cejas, dramáticamente arqueadas, y las cuencas de los ojos hondas y esculpidas; su pétrea frente y el rubio vigor de su cabello alborotado. Ella había dado un paso hacia él, se detuvo, echó a correr y se encontró en sus brazos, la cabeza apoyada sobre el hombro, la mejilla y la boca sobre la áspera lana del abrigo. Él la estrechó, la tomó por el talle con fuerza, la besó en la cabeza, pronunciando su nombre como si estuviera a solas: «Ellen, Ellen.» Cuando alzó la vista hacia él, la besó en la boca —no hubo vacilación ni precauciones de ninguna clase— con franqueza y con firmeza, ardientemente. A ella se le hizo difícil respirar, y tuvo que separarse, pero permaneció junto a él, muy cerca, otro poco más, olvidando la mano posada sobre su hombro, mirándole y sonriendo al verle sonreír.

—Son tres bultos —dijo, a sabiendas que no debía decir nada de mayor hondura—, dos pequeños y uno más grande. ¿Me ayudas?

¿Acaso la habría puesto en el cajón? Por qué habría de estar una llave en el cajón de su tocador: eso no podía saberlo, pero sí tenía claro su deber de llevar a cabo una búsqueda sistemática, y mirar en todas partes, en todos los recovecos, incluso en los sitios donde menos probable le pareciera encontrarla, si de veras confiaba en dar con ella. ¡Qué inhóspito y estéril puede llegar a parecer un cajón que hace tiempo no se utiliza, en el que las medias están tiesas dentro de sus envoltorios polvorientos, en el que el maquillaje derramado despide cierto olor a rancio! ¡Qué chillona, qué descarada esa mancha rosada de maquillaje! ¿Cuándo lo habría utilizado? En fin, ahí no estaba la llave. Claro que, ya puesta a buscarla, podría intentarlo en los demás cajones.

Había sentido la desigualdad de las losas bajo los pies, el asa de la maleta se le había hincado en la palma de la mano (se había empeñado en transportar ella misma la maleta más pesada; los dos bultos de menor tamaño eran más que suficientes para Basil). El calor del sol, al caer de plano, le produjo cierto mareo, y el resplandor de la luz arrancó a la hierba matices más verdes que nunca, además de tornar el cielo más azul. En la verja hicieron un alto, y Basil se puso a rebuscar en los bolsillos, hasta dar con el papel que debía mostrar al vigilante. Ella pudo, mientras tanto, dejar la maleta en tierra, descansar la mano, cobijarse a la sombra de los olmos mientras aquel hombre llamaba por teléfono a la oficina de dirección para verificar sus credenciales. En realidad, había pasado al otro lado de la verja, ya que allí era más densa la sombra, y por eso no tuvo constancia de haber cruzado la línea, de haber salido del claustro y haber ingresado de nuevo en el mundo; más adelante se arrepintió de no haber dado ese paso con plena conciencia de hacerlo. Incluso había olvidado cómo llegó al otro lado hasta que se lo recordó Basil:

—Sí, cruzaste la línea para buscar la sombra, mientras yo hablaba con el vigilante, ¿no te acuerdas?

Esto sucedió cuando ya iban en el autobús, cuando recorrían la carretera montañosa que les llevaría al villorrio, a la estación de ferrocarril. Le dio pena haberse quedado deslumbrada, ciega ante la realidad, por las inmediatas exigencias de la ley de causa y efecto.

El autobús le había resultado caluroso, mal ventilado, lleno de gentes de todas las edades, con aspecto cansino, hombres y mujeres solitarios, familias taciturnas, una jovencita con la mirada fija al frente y el rostro impasible. Se había sentido cohibida por ir del brazo de Basil, e infantilmente exuberante ante aquella muchedumbre cariacontecida. Habían sido los primeros en subir al autobús, y tomaron asiento en la parte de atrás; desde allí vieron acomodarse a los demás pasajeros.

—¿Son todos pacientes? —había preguntado a Basil, rompiendo así un silencio que empezaba a resultarle incómodo—. Si no son pacientes, ¿por qué se marchan tan temprano?

—Los domingos, la hora de visita empieza a las seis. Es comprensible, porque de otra manera no podrían dar acomodo a todos los visitantes. Cada autobús trae un cupo y se lleva otro equivalente; pasan cada quince minutos, durante todo el día. El domingo es el único día en que puede venir de visita la mayoría, claro. —Había observado por la ventanilla a la muchedumbre que parecía aumentar a medida que iba llenándose el autobús—. Algunos son pacientes, por supuesto

—prosiguió. Señaló con el dedo a la joven de rasgos inamovibles—. ¿Ves a aquella chica? Es una paciente. Una vez, en el tren, charlé con ella. Vive unas cuantas estaciones más allá, en un pueblo a orillas del río. Los domingos le permiten ir a casa, pero debe estar de vuelta a la caída de la tarde.

Ella le apretó con más fuerza la mano, le sonrió, combatiendo el temor que le había atenazado la garganta mientras le oía hablar. Casi llegaba a sentir el ronzal, una cuerda que le apretaba la cintura, y lo notó tensarse, se sintió arrastrada hacia atrás sin poder hacer nada para impedirlo. Y en ese momento se dio cuenta de que el autobús había arrancado, pues el chófer había quitado el freno y había metido la primera. Acto seguido supo que bajaban la cuesta, se alejaban de la muchedumbre (el pasillo estaba lleno de gente, hubiese sido imposible meter a más), se alejaban del hombre que había quedado en tierra pese a creer, momentos antes, que le tocaría subir a continuación; un hombre alto, de rostro encendido, que había quedado el primero de la cola y que agitó el puño cerrado en dirección al chófer, prorrumpiendo en imprecaciones inaudibles.

La había buscado en su estudio, en la caja de música, en el dormitorio, en todos los cajones de su tocador. Bajó de nuevo y entró en la bibliote-

ca; se puso a mirar por todo el escritorio, dentro de todos y cada uno de los pequeños cajones, debajo del secante, incluso en el compartimiento secreto... «¿Qué estás haciendo?» La voz de Basil resonó a sus espaldas, inquisitiva, un tanto impertinente. «Todavía sigo buscando la llave —dijo ella dándose la vuelta, sorprendida al ver que el rostro se le sonrojaba a pesar de su tez morena—. No la encuentro por ninguna parte, y eso que estoy segura de haberla dejado en la cerradura. ¿Dónde la viste por última vez?» Él se encogió de hombros y se acercó para situarse a su lado, la mano apoyada en el escritorio, apartándola de la mesa. «Yo me encargo de buscar aquí —dijo—. Tengo guardados algunos manuscritos que no quiero que se me desordenen. ¿Por qué no vas a la cocina, a preguntarle a Suky si la ha visto en alguna parte? Me juego cualquier cosa a que la ha guardado él.»

El tren estaba sucio, e iba tan lleno de viajeros como el autobús. En su compartimiento viajaban algunas personas a las que ya había visto en el autobús, aparte muchas otras: campesinos que iban de visita a la ciudad en compañía de sus mujeres, a ver una película o a pasear por la playa; varios trabajadores ferroviarios que se bajaron en una de las primeras paradas, un cruce de caminos, y otros a los que no consiguió identificar. Se preguntó qué opinión les merecerían Basil y ella a todas aquellas personas, y se preguntó también si los demás, o al menos algunos, estarían haciendo lo mismo que ella, o sea procurar deducir quiénes eran los demás, de dónde podían provenir y adónde iban. Basil, ella lo sabía bien, sobresalía en cualquier grupo de personas. Lo que le distinguía era su manera de estar, fuera donde fuese, su apostura. Siempre daba la impresión, al menos eso le parecía a ella, de estar subido al podio desde el que dirigía la orquesta. Una de sus manos sostenía una batuta imaginaria. Tenía la cabeza erguida, el cuello algo rígido, y sus ojos oscilaban continuamente, daban con lo que había estado buscando y se apartaban de ello con idéntica agilidad en pos de alguna otra cosa, escrutando continuamente la totalidad del compartimiento, como si estuviese escrutando una orquesta: primero las cuerdas, luego las maderas, los cellos, los metales, la percusión, los contrabajos.

—¿Qué, tienes alguna partitura nueva para esta temporada? —le preguntó ella de sopetón, decidida a abandonar el juego en que se había empeñado, es decir, descubrir qué pensaban de ella los demás pasajeros, porque le resultaba difícil y no era en modo alguno provechoso.

Cuando ella le hizo esa pregunta, Basil iba

mirando por la ventanilla el terreno montañoso, la rocosa cara del acantilado, surcada por oscuras vetas de mineral. Se había vuelto hacia ella al oírla hablar, pero sin mirarla: miraba otra cosa, algo que estaba encima de ella.

—Hay una nueva sinfonía de D. —dijo, nombrando a un compositor ruso contemporáneo cuyas obras, pese a haber recibido los parabienes de la crítica y haber alcanzado una gran popularidad, a ella siempre se le habían antojado vulgares, pomposas y reiterativas—. He tenido la suerte de obtener los derechos exclusivos para dirigir la primera ejecución en Estados Unidos. Me propongo inaugurar la temporada con ese material.

Ella casi había olvidado del todo qué gustos musicales tan distintos tenían los dos. A menudo les gustaban las mismas cosas —Beethoven, Mozart, Stravinsky—, pero había muchas otras que a él le gustaban o que, en cualquier caso, defendía e interpretaba sólo porque gustaban al público, y que a ella le resultaban del todo insípidas o espúreas. D. era uno de estos casos. Al igual que la mayor parte de los aficionados acostumbrados a asistir a los conciertos, había tenido ocasión de conocer cierta cantidad de obras suyas, dado que su música se había ejecutado ampliamente desde que comenzó su carrera. Aparte algunas piezas de música de cámara, desde luego primerizas, que habían tomado un sesgo tímidamente experimental, a ella todo lo demás le aburría. Y a menudo había llegado a sospechar que Basil compartía esa opinión. Sin embargo, había defendido a capa y espada todas las obras de D. desde el principio, aparte de que su fama de director la había adquirido dirigiendo interpretaciones de ese compositor (por norma general, era propenso a un tempo más acelerado que los demás, y él se encargaba de extraer hasta el último decibelio, el último tronar de un crescendo o un clímax), y por eso se había ganado el derecho a presentar ante el público estadounidense la obra más reciente de aquel compositor.

—¿Es muy larga? —preguntó ella.

—Al contrario: es sorprendentemente breve. Son seis movimientos muy cortos, dos lentos y cuatro más vivos. Uno de ellos, lo creas o no, es un minueto encantador. Tal vez un poco irónico...: unas cuantas pinceladas de ingenio por aquí y por allá. En conjunto, resulta muy melodiosa, muy bella.

—Me gustaría ver la partitura —dijo ella, a sabiendas que era lo más indicado, deseosa de eludir, al precio que fuera, el antiguo e inútil antagonismo que a menudo los había enfrentado por cuestiones parecidas.

En cierto sentido, era preferible que los dos habitasen mundos musicales distintos: así no había competencia posible. Él sólo tocaba Bach en transcripciones orquestales, introducía a Mozart y Haydn en sus programas para rellenar una velada de obras más rimbombantes, de modo que los utilizaba como adornos ligeramente monótonos, perfectos para subrayar el talento de un prestidigitador musical.

—De momento están copiando cada una de las partes —dijo—. Tengo entendido que no estará publicada hasta la primavera. De hecho, sólo tengo una copia microfilmada del original.

—Bueno, puedo esperar hasta que lleguen otros ejemplares.

Le alivió saber que no sería necesario examinar la partitura y comentarla. Si él le hubiese pedido su opinión, ella le habría contestado con la verdad, verdad que, mucho se temía, a él no iba a gustarle. Sin embargo, al manifestarle su interés le había complacido, y le reconfortó saber que él todavía seguía buscando su aprobación. Había vuelto a tomarle de la mano, y se la sostenía, si cabe, con más firmeza que antes.

«Basil —pensó—, te quiero. De todos modos, querido, jamás te he considerado un músico. ¡Oh, por descontado que sabes dirigir! Puedes obligar a cien hombres a tocar tal como tú quieres que toquen, pero eso, en tu caso, es puro negocio, un medio de alcanzar la fama y engrosar tu fortuna; una posibilidad de abrir el camino y hacer que los demás te sigan, pero en modo alguno se trata de un arte. Creo que hojeas la sinfonía de D. con detenimiento, tarareas tal o cual pasaje, pero no para descubrir de qué se trata, no para apreciarla y aprender algo nuevo de ella, sino para averiguar, caso de que te sea posible, hasta qué extremo puede ser eficaz, hasta qué extremo puedes desvirtuarla y darle un determinado giro con el fin de poner de relieve tu personalidad, tal como busca un político las frases más llamativas, las consignas, dentro de un discurso. Creo, querido Basil, que lo que quieres de la música (y lo que tienes que conseguir de ella) es una sensación de poder personal. Te mides contra la orquesta y contra el público, y también contra el compositor. Te plantas en el podio, a su merced, y los esclavizas a todos con un simple movimiento de tu cabeza dorada, con un sencillo e inquieto reajuste de los hombros, con una mirada airada, con un toque de atención. ¿Y yo? Pues claro, querido, claro que me gusta verte: admiro tu destreza, tu dominio de los trucos, y me dejo seducir por ti. Claro, Basil, que nuestra relación no es de carácter musical...»

Un vendedor de bocadillos había entrado en el compartimiento dando voces, con lo cual se detuvo el flujo de sus pensamientos y con lo cual Basil pasó a la acción. Había empezado a gesticular imperiosamente en dirección al vendedor, pero como éste no le hizo caso, tuvo que silbar con insistencia.

El vendedor le oyó al fin y se acercó a ofrecerles la cesta, de la cual escogieron unos bocadillos de pan blanco con queso y unas tazas de plástico cargadas de un café que tenía un gusto incierto y salobre. Sólo en ese momento se dieron cuenta de que ya eran más de las diez y que tenían verdadera hambre.

Suky se mostró cortés, le hizo un par de reverencias y musitó escuetas excusas, pero también fue inflexible. No tenía la llave, nadie se la había entregado, no la había visto. Se mantuvo al margen, murmurando, algo molesto por su irrupción en la cocina, mientras ella rebuscaba por los cajones de la mesa, por la despensa y las alacenas. Salió con presteza de la cocina, aliviada de verse fuera del alcance de su servil animosidad.

Fue al vestíbulo y registró los pequeños cajones de la consola. Uno de ellos estaba lleno de tarjetas, y en él encontró un sobre perfumado y dirigido a Basil con lo que era una caligrafía concisa, pequeña y femenina, quien había escrito aquellas líneas gustaba de sustituir los puntos de las íes por un circulito, que desprendía el remoto aroma de un perfume que, en su momento, por fuerza tuvo que ser penetrante. Tomó el sobre entre los dedos, vio que estaba abierto e incluso consideró la posibilidad de leer la carta. Sin embargo, supo al punto de qué se trataba: una nota llena de halagos, procedente de una joven admiradora que habría asistido a alguno de sus conciertos y que se habría enamorado de su noble espalda. Basil recibía continuamente correspondencia de sus admiradoras; acaso había topado con aquella carta entre el grueso de su correspondencia, la había leído allí mismo, en el vestíbulo, antes de salir a la calle, y la había dejado caer sobre la consola; después habría llegado Suky —el cual jamás tiraba nada a la basura a menos que así se le indicara— y la había guardado en el cajoncito. Lo cerró con suavidad. Allí no estaba la llave, y había llegado a un punto en el cual ya no sabía por dónde buscar.

Se encontraba en el vestíbulo, observando la calle, los numerosos viandantes que iban de acá para allá con sus trajes de domingo, los taxis multicolores que pasaban como una exhalación bañados por una luz todavía brillante, pensando dónde podía haber puesto la llave. La había buscado ya en su estudio, en la biblioteca, en el dormitorio, en la cocina... No, en la biblioteca no la había buscado. Basil se había mostrado quisquilloso cuando quiso buscar en su escritorio, e insistió en buscarla él personalmente. Tal vez ya la hubiese encontrado.

Dio la espalda a la calle y se dirigió de nuevo

hacia la biblioteca. Basil seguía sentado ante el escritorio, con una partitura de D. extendida ante sí. Ellen aborrecía tener que interrumpirlo mientras estaba trabajando, claro que en tanto no diese con la llave no podía ponerse ella a trabajar. «Basil —le preguntó—, ¿la has encontrado.»

Él alzó la vista hacia ella, con ojos inquisitivos, el lápiz en la mano: «¿Cómo dices?»

«Te pregunto si has encontrado mi llave. Dijiste que te encargabas tú de buscarla en el escritorio.»

De sus ojos desapareció aquella característica mirada que tenía al estar distraído, pues entendió lo que ella le preguntaba. «No, no la he encontrado.» Y volvió a inclinarse sobre la partitura.

A Ellen le quedó la duda de si en realidad la había buscado.

Se habían colocado en la parte delantera del transbordador de Weehawken, donde el sol matinal les daba de lleno, abrazados y observando el espectacular perfil de Manhattan, al que iban acercándose poco a poco. Antes, hubo noches en que ella permaneció tendida en la cama, incapaz de conciliar el sueño, momentos en los que dudó incluso de la propia existencia de la ciudad, de toda realidad mayor que las cuatro paredes de su habitación, de la puerta que daba al corredor, la ventana enrejada desde la que se veían el césped y los olmos.

Ahora, a medida que el transbordador surcaba las henchidas aguas del Hudson y los edificios color hueso parecían aumentar de altura por momentos, arañando centímetros del resplandeciente azul del cielo, se preguntó si no habría sido ése el peor de sus sueños. Se estremeció de emoción al percibir la cercanía de la vida que representaba aquel panorama; la agitación de la calle Cincuenta y siete, las fachadas del Ayuntamiento y del Carnegie Hall, el silencio de los estudios radiofónicos, las paredes rosadas de su estudio, en su casa, el murmullo de las voces en un cóctel, el sonido de un clavicordio...

Basil sintió el temblor de sus manos y la estrechó con más fuerza.

—Es una ciudad maravillosa, ¿no te parece? —dijo. Y después se refirió directamente, por primera vez, a las especiales circunstancias del día—. Debe de ser estupendo volver tras haber pasado tanto tiempo fuera.

—No quiero volver a marcharme nunca más —dijo ella con calma, consciente del énfasis que ponía en su voz, aunque no avergonzada, ya que ese tono traducía exactamente su estado de ánimo.

—¿Ni siquiera para hacer un viaje?

—No, ni siquiera para hacer un viaje.

El transbordador vibró al tocar la grada, rebotó perezosamente, siguió adelante, hacia el embarcadero. Les sobresaltó un ruido muy fuerte, y ambos se pusieron en marcha, cogieron las maletas y se internaron entre el gentío. Habían atracado y ya estaban bajando la plancha. En unos pocos minutos se encontraron en las calles de Nueva York, buscando un taxi.

Al doblar el taxi por la calle Cuarenta y dos ella le formuló la pregunta que llevaba horas deseando hacerle:

—¿Te alegras de que haya vuelto, Basil?

Se volvió hacia ella, perplejo, la boca ligeramente abierta, los ojos centelleantes.

—Claro, sabes de sobra que me alegro. No creí que hiciera falta decírtelo. Tú sabes que me he pasado todo el año esperando este día.

¡Qué agradable fue oírle pronunciar aquellas palabras! «¡Si al menos —pensó— lo hubiese dicho sin que yo se lo preguntara...! Claro que, al habérselo preguntado yo, ¿puedo creer que lo dice de veras? Oh, no me cabe duda que así lo piensa, pero ¿por qué habré tenido que sacarle esa frase mediante mi pregunta? ¿Por qué no habrá sido capaz de comentarlo con naturalidad, como habría hecho cualquier otro hombre?» En ese momento se distanció de sí misma y se pasó revista, pues supo a ciencia cierta que una vez más iba a meterse en problemas, y en suspicacias. Basil no había dicho que se alegraba de su vuelta hasta que ella misma se lo preguntó, pero Basil actuaba así porque era de natural reservado, distraído. Jamás estarían casados en el sentido de compartir una comunidad de pensamientos, ni tampoco habría querido ella que su matrimonio se basara en eso. Basil vivía en un mundo propio, y ella habitaba el suyo; eran dos mundos contiguos, que a veces se superponían, pero que nunca llegaban a coincidir del todo.

—Tanto Suky como yo nos hemos sentido solos —dijo, interrumpiendo así su discurso interno. Sonrió con cierto pesar—. Me temo que nuestra casa no es como antes: le falta tu toque personal.

Ella se apoyó en su hombro y cerró los ojos.

—Eso se arregla en un par de semanas. Aunque a lo mejor necesito más tiempo. Tengo que practicar por lo menos seis horas diarias. Ya lo sabes, no he tocado una tecla durante dos años enteros. Me temo que se me ha olvidado tocar.

Sintió que el hombro de Basil se ponía rígido, que todo su cuerpo se envaraba. Levantó la cabeza y abrió los ojos para mirarle y averiguar qué no iba bien. Tenía las manos cerradas, prietas sobre el regazo, y los labios comprimidos.

—¿Te parece que es lo mejor? ¿No crees que tal vez resulte algo prematuro? ¿No sería mejor que te lo tomaras con calma y descansaras? Este año no es preciso que des un concierto, tú lo sabes. El público se acordará de ti, no habrá necesidad de organizar un «regreso». Tus grabaciones siguen vendiéndose bien todavía...

—Voy a dar un concierto en noviembre, Basil... —le interrumpió ella—. He hablado de esto con el doctor Danzer, y está de acuerdo en que debo interpretar en público tan pronto como quiera. Es mi forma de vivir, al igual que la tuya. Sólo sirvo para eso.

—Hay otras formas de realizarse, otras formas menos severas, menos exigentes. Sé cómo te comportas cuando te encierras en el cuartito. Me parece que es pronto para volver a ello.

Permanecieron en silencio mientras el taxi ganaba velocidad por Park Avenue, cada vez más cerca de su calle, de su casa. Basil aflojó las manos y pareció relajarse un tanto, se volvió a mirarla y de nuevo la tomó de la mano.

—No pienso interponerme en tu camino, Ellen. Lo que tú quieras es lo que yo quiero, no me gustaría que pensases lo contrario.

Ella levantó la cara y él la besó. Ellen cerró los ojos para que él no viera las lágrimas de furia que le habían asomado involuntariamente. Tan pronto supiera que no la estaba mirando —cuando pagase al taxista, por ejemplo—, sacaría el pañuelo. Por un momento llegó a pensar que Basil no quería que volviera a tocar.

Ellen recordó haber pensado aquello mientras estaba ante la puerta de la biblioteca, tras haber preguntado a Basil si había encontrado la llave del clavicordio. No creía que se hubiese puesto a buscarla realmente en su escritorio. ¿Querría eso decir que sabía dónde estaba la llave, pero que no deseaba que ella la encontrase? Avanzó lentamente, adrede, por el vestíbulo. Suponiendo que, por alguna extraña razón, sus sospechas fueran ciertas y que él prefiriese que ella no volviera a tocar. ¿Acaso le impediría tocar el mero hecho de haber ocultado la llave de su escritorio? ¡Por descontado que no! Si al día siguiente continuaba sin aparecer la llave, llamaría al cerrajero y le encargaría una nueva. Además, ¿no había dicho él en el taxi que si de veras quería ensayar para dar un concierto en noviembre, no tenía ninguna intención de interponerse en su camino? En lo sucesivo debería tener más cuidado con sus resentimientos, con sus sospechas. Había de tener muy en cuenta la conveniencia de ser objetiva, de calibrar sus sentimientos en todas las circunstancias, con el fin de comprender sus temores y, una vez conocidos, disiparlos.

Basil había previsto, pues, buscar la llave en su escritorio, de esto ya no le cabía ninguna duda. Sólo que, al sentarse, sus ojos se habían fijado en el manuscrito y en los problemas que presentaba; se había puesto a trabajar y pronto olvidó qué le había llevado a su escritorio en un primer momento. Más tarde, cuando hubiera terminado, podría volver a preguntárselo, y tal vez entonces reconocería haberlo olvidado por completo, con lo cual volvería al escritorio a buscar la llave. Y si no fuera así, en realidad no tenía importancia, por más frustrante que fuera no poder abrir su instrumento.

Se dispuso a subir las escaleras, pues había recordado que no había buscado la llave en sus bolsos viejos. Había visto dos al revisar los cajones, pero probablemente los otros estaban en el armario. Los bolsos son los lugares idóneos para guardar las llaves, de modo que la que estaba buscando bien pudiera encontrarse en uno de ellos. Subió las escaleras, y al ver el interior del estudio a través de la puerta que había dejado entreabierta, experimentó el impulso de entrar en la pequeña y funcional habitación. Funcional, sí, pero no en el sentido de moderna; agradable tal vez fuera una palabra más adecuada. No había nada que estuviese fuera de lugar, nada innecesario ni meramente ornamental. El clavicordio se hallaba en el centro, lugar desde el cual recibía de lleno la luz del mirador. Al lado mismo había una alta lámpara de pie, inclinada de forma que de noche iluminase las partituras. Las paredes estaban cubiertas por un papel de color rosado intenso, por encima de las estanterías bajas en las que descansaban los volúmenes encuadernados de sus partituras, la colección de Grove, los *Principes du Clavecin* de St. Lambert, *L'Art de toucher le clavecin* de Couperin, los tomos de Dolmetsch y Einstein, de Tovey y Kirkpatrick. En una mesa baja de palo rosa descansaban un bastidor, una caja de cigarrillos y un cenicero; en un rincón estaba el diván bajo y alargado. Por lo demás, el estudio carecía de ornamentos. De pie en el umbral de este santuario del que tanto tiempo se había visto excluida a la fuerza, se sintió más calmada, más a sus anchas; el tenso muelle de la coerción que la atenazaba, que la había impulsado de una habitación a otra y de cajón en cajón desde el momento mismo en que descubrió la ausencia de la llave, se aflojó y dejó de funcionar. Sin embargo, recordó el desagrado que la había invadido unas horas antes, en el momento en que abrió de par en par las puertas de abajo y subió las escaleras, en que se plantó en aquel mismo umbral por vez primera en dos largos años, los ojos absortos en la incuestionable realidad de un escenario que durante tantísimo tiempo había existido solamente en su memoria... Recordó también el momento en que se abalanzó sobre el clavicordio, en que pasó la mano por la vieja y pulida superficie e intentó levantar la tapa, para encontrársela cerrada con llave —no pudo hacerla ceder—, con una llave que no aparecía por ninguna parte.

Suky había hecho sonar el gong que anunciaba el almuerzo antes de que pudiera emprender la búsqueda de la llave. Mientras duró el almuerzo, tan sólo tuvo en mente una idea: ¿dónde podría estar? Basil se había mostrado hablador, y le había comunicado sus planes con la orquesta para la temporada que acababa de empezar. Charló de sus colegas, los otros directores, le contó anécdotas relativas a varios solistas famosos y a sus manías, volvió a manifestar un claro entusiasmo por la nueva sinfonía de D. Ellen se forzó a contestar a sus observaciones, a esbozar una sonrisa e incluso a reír cuando le pareció indicado, a prorrumpir en una exclamación o hacerle una pregunta, pero en todo momento siguió pensando en dónde podría haber dejado la llave, tratando de retrotraerse al último día en que tocó el instrumento..., tarea punto menos que imposible, ya que aquél fue un día embrollado, un día que prefería no recordar.

Y después de almorzar fumó un cigarrillo en compañía de Basil, mientras mentalmente seguía en el piso de arriba, en sus habitaciones, repasando los cajones, saqueando los armarios. Él fue a sentarse a su lado y le mostró el microfilme de la partitura. A ella se le antojó una maraña de notas, una página emborronada, una página en negro. Sin embargo, Basil no se percató de la confusión, y malinterpretó su vaga efusión por una muestra de ardor, para tomarla en sus brazos y besarla apasionadamente. Y ella se entregó casi por completo a sus caricias, regocijada al sentir la fuerza viril de sus abrazos, posponiendo de momento la búsqueda. Dieron las dos de la tarde antes de que iniciara la búsqueda de la llave, momento en que le dijo a Basil que debía deshacer las maletas, aún sin reconocerle su descuido, su frustración. Sin embargo, ahora que sí lo había reconocido, se dio cuenta de que a él no le importó lo más mínimo.

Suspiró y dio la espalda a su estudio, para bajar de nuevo al dormitorio. Si sus recuerdos no la engañaban, había guardado los bolsos en el cajón superior del vestidor. Abrió ese cajón y le complació encontrarlos allí: un bolso de muaré, una mochila de piel, una pequeña billetera y un monedero que solía llevar en el bolsillo del abrigo, así como un bolso de noche tachonado de lentejuelas doradas. Oh, había uno más: un bolso cuadrado, de cuero: se abría a uno y otro lado, por una curiosa bisagra: de éste se había olvidado por completo. ¿Cuándo lo había comprado? Por lo general, tenía un gusto bastante más conservador. Claro que ¿cómo podía aspirar a dar cuenta de una serie de acciones que se remontaban a dos años atrás, y en especial de las acaecidas en los seis meses anteriores a su ingreso en el sanatorio? Volvió a suspirar y procedió a registrar los bolsos.

Encontró algunas monedas, un lápiz de labios y una polvera, un peine con incrustaciones de brillantes —este último en el bolso de cuero—, dos entradas para el Carnegie Hall con fecha del 23 de enero de 1944, varios pañuelos y unas cuantas horquillas. Pero no dio con la llave, por más que cuando sus dedos palparon una horquilla llegó a creer que por fin la tenía. La alegría le puso el corazón en la garganta, y contuvo la respiración; un momento después, se daba cuenta de su error, de que la llave seguía sin aparecer. Imaginó aquel objeto pequeño y metálico; lo vio rebrillar ante sus propios ojos, tan cerca que pudo incluso contar las muescas, los pequeños dientes del filo: eran cinco en total, uno de ellos más marcado, más aserrado que los demás. Ver la llave con tal claridad le resultó particularmente frustrante, pues era como si la hubiese tenido en sus manos el día anterior, como si la hubiese depositado en algún lugar seguro, como si sólo con pensarlo detenidamente, con concentrarse y recordar lo que estaba haciendo en ese instante, pudiera acordarse de dónde la había puesto. En realidad, esto no la llevaba a ninguna parte, ya que no fue el día anterior, ni siquiera la semana anterior cuando tuvo la llave en sus manos por última vez: de eso hacía años. Supo en cambio que cuando la encontrase —pero ¿iba a encontrarla de veras alguna vez?— no tendría el mismo aspecto con que la estaba viendo mentalmente; supo que su recuerdo no sería en modo alguno exacto, y que la llave le parecería por completo diferente. Era igual que buscar un determinado pasaje en un libro, del cual la memoria sostiene que se encontraba sin duda en la parte inferior de una página impar, cerca ya del final del último capítulo, de modo que bastará con hojear todas las páginas impares de ese último capítulo para encontrar lo que estamos buscando. Sin embargo, una vez hojeadas a conciencia todas estas páginas, así como las pares, hace falta repetir todo el proceso capítulo por capítulo —yendo de atrás adelante y de principio a fin— hasta dar finalmente con el fragmento en cuestión. Y produce cierto desagrado encontrarlo de una vez por todas, ya que en realidad no dice lo que habíamos creído recordar, y ni siquiera resulta tan conmovedor como lo recordábamos; de hecho, cuando nos paramos a pensarlo, ¿no es más bien un mero lugar común? Pero lo más turbador, por cuanto pone de manifiesto lo traicionera que es la memoria, lo que nos nubla la vista y nos ata un nudo de cólera ciega en la garganta es la comprobación de que el pasaje que buscábamos es, ni más ni menos, el principio de un capítulo —del segundo capítulo, por ejemplo— y que por tanto está en la parte superior de una de las primeras páginas del volumen.

No era menester seguir buscando. Ya iba avanzada la tarde. La cena no tardaría en estar lista; tal vez, después de todo, no debiera ponerse a trabajar el primer día, recién llegada a casa. Ya tendría tiempo de buscar la llave a la mañana siguiente, y si entretanto sentía verdaderos deseos de tocar, podía echar mano del piano de Basil. Si no encontraba la llave, llamaría de inmediato al cerrajero y le encargaría la fabricación de una nueva. Era así de sencillo.

Salió al vestíbulo en el momento en que tronó por toda la casa un acorde reverberante como un estampido. Sus tímpanos, acostumbrados desde hacia tiempo a la disciplinada quietud del sanatorio, retemblaron al percibir el estruendo. Un estremecimiento se apoderó de ella, la sacudió por completo, como un cetro en manos de un puño gigantesco. Casi antes de que cesara el eco de las cuerdas castigadas, una melodía estridente y sobre todo percusiva brotó atropelladamente, de modo que cada nota montaba sobre sus convecinas, sacudidas por un ritmo primario y fuerte. Basil estaba tocando el piano.

Con resolución, rígida la espalda y tensos los músculos faciales, Ellen bajó las escaleras, dirigiéndose a la fuente de la que brotaba el sonido. Con el fin de controlar el colérico grito de protesta que amenazaba reventar en su garganta, con el fin de sobreponerse al deseo de darse la vuelta en redondo, de huir escaleras arriba y refugiarse en su estudio, cerrar la puerta de golpe y arrojarse en el diván, de taparse los oídos con las palmas de las manos, procuró precisar qué estaba tocando, quién pudiera haberlo escrito, qué tendencia representaba la obra, si la había oído antes o no.

La pieza no era obra de D.: hasta ahí estaba segura. No traslucía ninguno de sus amaneramientos característicos, su amor por las frases largas, sus modulaciones extremas, sus melodías dispuestas en intervalos sucesivos. Tampoco la armonía era tan escueta, tan terca y recortada como para pertenecer a Hindemith. La intención de la pieza le pareció algo satírica —bastaba oír esa reiteración tan banal— y, en ocasiones, se dejaba sentir una cadencia alegre. Parecía haberse propuesto combinar los peores rasgos del jazz y de cierto material folklórico europeo. Sin embargo, la identidad del compositor seguía escapándosele.

Entró en la biblioteca, presa todavía del esfuerzo por no perder los estribos, y vio a su marido en pleno debate con el piano. Su cuerpo brincaba y bailoteaba —le dio la sensación de que lo estuviera sacudiendo un marionetista que tuviese sus miembros dominados mediante diversos hilos invisibles—, y atacaba el teclado con movimientos desmedidos, machacones. Y cuando llegó a un pasaje más lento —era una lenta endecha que recordaba en cierto sentido un blues—, en vez de sosegarse adoptó una actitud de presteza, como un muelle que acaba de vibrar y ahora permanece en calma, a pesar de lo cual no puede decirse que su estatismo sea sinónimo de reposo, pues su perfil y su aspecto contradecían cada frase. Sus manos pulsaban aquellas notas lastimeras tal como prensan la arena las pinzas de un cangrejo; de repente, sus dedos se aquietaban, listos para atacar —encogidos los hombros, ella creyó ver bullir sus músculos bajo la chaqueta—, y al zambullirse en las teclas, como bombarderos de carne que descargasen sus proyectiles sobre una columna de soldados de marfil, volvió a marcar el ritmo presuntuoso de antes, volvió a surgir la melodía de la danza, para terminar con una cadencia de catástrofe que revoloteó por el aire de la biblioteca y la incomodó en grado sumo en el momento mismo en que él se daba la vuelta, inclinaba la cabeza y le dedicaba una sonrisa, tomando nota así de su presencia.

—¿Qué era, Basil? —preguntó—. Lo he oído antes... Estoy segura de haberlo oído muchas veces; hasta tengo el nombre en la punta de la lengua, pero no termino de caer.

Se acercó a ella y le tomó la mano con fuerza, con un toque ciertamente afable, pero con gesto autoritario.

—Es de Shostakovich.

—¡Claro! ¿Cómo habré podido olvidarlo? Es una obra temprana, ¿verdad? Una danza campesina, una polka. ¿De *La Edad de Oro*?

Basil asintió y sonrió con mayor amplitud. «¡Cuánto adora el interés que me tomo! —pensó Ellen—. Es algo que necesita, ¿no es cierto? ¿Qué haría si no le hicieran caso y no pudiera captar la atención de los demás? O, lo que aún sería peor, ¿qué haría si tuviese que vivir a solas?»

—¿Te has sentido solo, Basil? —le preguntó con timidez.

Él había sacado la pipa del bolsillo, y la introducía en ese momento en la tabaquera. La pregunta de Ellen detuvo el movimiento de sus manos.

—¿Por qué me lo preguntas?

—Oh, no lo sé. Acaba de ocurrírseme.

Ella le miró a los ojos, para ocultar la confusión que le había producido su respuesta. La pregunta con que había contestado fue del tipo de las que solía hacerle el doctor Danzer: directa, inesperada en un principio, y en apariencia incongruente, pero después como una cuña, como si trasluciera un extraño conocimiento que la penetraba.

—Estamos hablando de música —siguió acosándola—, tratando de identificar la pieza que había ejecutado... Y de repente, me preguntas si me he sentido solo. ¿Por qué?

Ella se echó a reír.

—En cuanto me descuide, me propondrás asociaciones de palabras y me preguntarás qué he soñado la pasada noche. De verdad, lo único que pasa es que se me ha ocurrido y te lo he preguntado. Tal vez fuese por la forma de tocar esa parte más tranquila. La has interpretado como si fuese una endecha, cuando se supone que tiene una intención cómica...

Los dedos de Basil reanudaron la labor interrumpida, y terminó de cargar la pipa. Se llevó la boquilla a los labios, con parsimonia, y encendió una cerilla de cocina rascándola contra la gruesa tela de sus pantalones. Ella tuvo la impresión de que no la creía, y no pudo siquiera echarle la culpa. En el pasado, habían sido muy numerosas las ocasiones en que, cuando quiso mentir, cuando toda su persona había insistido en protegerse tras una falsedad, no fue capaz de ponerla en pie.

Podía decirle la verdad: eso era algo que a ella no iba a lastimarla. Pero a él sí le haría daño, y eso carecía de todo sentido; era un hombre inteligente, sensible, que reconocería a la primera la claridad meridiana de su observación, que admitiría ante sí mismo —aunque tal vez lo negase en presencia de ella— su propia debilidad.

—Todavía no has contestado a mi pregunta —comentó ella a la ligera—. ¿Existe tal vez algún motivo por el cual prefieras no contestar?

Se acercó a la mesa y tomó un cigarrillo de la caja de plata, mirándole, con las pestañas entrecerradas, por encima del hombro.

—Pues claro. Claro que sí. Te he echado de menos. Te he echado mucho de menos.

Ella apartó la mirada, se acercó al escritorio y cogió el encendedor de plata maciza, entreteniéndose en el ritual de encender el cigarrillo. Toda vez que él había dicho lo que ella deseaba oírle decir, se sintió avergonzada. Se sintió algo estúpida, y un tanto a la defensiva, cauta. No porque no le creyese: se había sentido solo; sin duda había tenido que sentirse solo. Pero no lo admitió hasta que ella le obligó a hacerlo, y esto encerraba algo que la hizo desear salir de la biblioteca y permanecer a solas un rato.

Por el contrario, Basil se situó a su lado. Observó el escritorio y apoyó la mano sobre la lisa superficie.

—¿Has encontrado la llave?

—No, aún no. ¡Y eso que he buscado en todos los sitios posibles!

—Puedes buscar tú en mi escritorio, si quieres. Me temo que antes me porté de forma un tanto descortés.

—No hace falta, muchas gracias. Si estuviese aquí, seguro que la habrías encontrado.

Él sacudió la cabeza y apartó la mirada de su mujer. Por la actitud que adoptó, la inesperada caída de sus hombros, la cabeza inclinada, ella se dio cuenta de que estaba a punto de pedirle disculpas. Dejó de sentirse avergonzada, y la vergüenza dio paso a una cálida sensación de simpatía. «Me ha mentido —pensó— y ahora lo lamenta.»

—Si no querías ponerte a buscar la llave, no hacía falta que me dijeras que no estaba ahí.

Él se dio la vuelta en redondo, de golpe.

—¿Cómo sabes que no la busqué?

Ella le puso la mano sobre el hombro.

—Por tu actitud, por tu manera de inclinar la cabeza.

—Me senté al escritorio con la intención de buscarla —admitió—. Pero me fijé en algo que en ese momento me pareció una errata en la partitura de los contrafagotes. Me puse a estudiarla, y se me olvidó la llave. Cuando viniste a preguntarme si la había buscado no quise decirte que no. Ya sabes que a veces me pongo un poco tozudo.

—Lo sé.

—Podemos buscarla ahora, juntos.

—Ahora mismo —dijo ella. Apoyó la mejilla sobre la áspera tela de su chaqueta, sobre su hombro. Le asió la solapa, sintió su cálido aliento en el cuello—. Ahora mismo la buscamos.

Pero después de registrar todo el escritorio tampoco apareció la llave. A ella no le extrañó; de hecho, lo esperaba. Después de todo, ¿qué más daba? Al otro día encargaría una llave nueva. Basil, una vez despierto su interés, insistió en que seguramente estaba en manos de Suky.

—Debe estar en la casa. Suky ha tenido mucho cuidado con tu instrumento. Le ha quitado el polvo todos los días con el mayor cariño.

Fueron a la cocina cogidos del brazo, e interrogaron al sirviente. Suky los recibió con una reverencia y retrocedió, se mostró más cortés que nunca, pero no tenía la llave. Basil lo interrogó a fondo, y Suky contestó a sus preguntas con todo detalle. Su forma de hablar, precisa, exagerando las consonantes aspiradas, le pareció a Ellen algo ansiosa, demasiado solícita. «Con todo, cuando le pregunté me pareció un tanto hostil —recordó—. ¿O fueron tan sólo imaginaciones mías?»

Sin concederle un segundo para pensarlo con detenimiento, Basil se dio la vuelta y salió por las puertas batientes que daban al comedor y al vestíbulo. El comedor, el aparador, el curioso cajoncito del aparador en el que solía guardar esas cosas que se guardan sólo porque nadie parece dispuesto a tirarlas... ¿Cómo no se le había ocurrido mirar allí? ¡Bien, Basil! Ahora estaba del todo segura: iba a encontrar la llave.

Pero no fue así. Basil encontró un cortaplumas que creía haber perdido hacía meses, las piezas sueltas de su oboe, un condensador para la radio. De una forma que no supieron explicarse, aquellos objetos, sin relación alguna entre sí, les entristecieron, les recordaron que en otro tiempo habían sido jóvenes. Aunque tampoco los objetos eran viejos, sí que simbolizaban la diferencia entre el entonces y el ahora. «Al menos eso creo —se dijo Ellen—. Pero ¿cómo puedo saber lo que piensa Basil, qué le entristece (caso de que de veras esté triste, pues bien puede ser una falsa impresión, causada por la sombra que le tapa la boca al tener inclinada la cabeza), a menos que se lo pregunte? Y si se lo pregunto, ¿cómo podré saber si me dice la verdad? No es que fuera a mentirme deliberadamente, por malicia o por alguna otra razón puramente egoísta, sino que tal vez prefiera no confesarme una determinada emoción y quizá prefiera guardarla para sí. Claro que ¿cómo puede saberse, dado que es imposible meterse dentro del cráneo de otra persona?»

Una vez más tuvo que suspender sus reflexiones, abandonar ese interrogante, dejar su propia investigación en la estacada. Basil había salido bruscamente del comedor, para llegar hasta el vestíbulo y quedarse mirando fijamente la consola.

—La habrás buscado aquí, ¿no? —le preguntó sin siquiera darse la vuelta.

—Sí —dijo Ellen.

Basil empezó a subir las escaleras.

—Estoy segura de que allí no está —dijo Ellen, y subió las escaleras detrás de él.

Buscaron en el cuarto de Ellen, en los cajones y en los armarios, en un baúl y en unas maletas viejas. Pasaron luego al cuarto de Basil e incluso buscaron en la habitación de los invitados, pero no encontraron nada. Cuando hubieron terminado, tenían las manos polvorientas, les dolían los músculos de tanto agacharse y los ojos de tanto buscar y escudriñar, de tanto esperar encontrarla, tocarla, descubrirla.

Por último, Basil abandonó la búsqueda. Se quedaron a la puerta del estudio de Ellen. Basil soltó una carcajada y la atrajo hacia sí.

—Bueno, Ellen. Pues tenías razón. Habrá que esperar a mañana y encargar una llave nueva. A menos que... —Calló y miró al interior del estudio—. Hay un sitio donde no hemos buscado.

Ella sonrió ante su egotismo.

—Pero yo sí, bobo. Fue el primer sitio donde la busqué. He repasado todos los rincones. ¡Estoy segura de que ahí dentro no puede estar!

Basil le dio una palmadita en la cabeza.

—Da lo mismo, voy a echar un vistazo.

Pasó a su lado y entró en la habitación de paredes rosadas. Ella lo vio acercarse al clavicordio. Ni siquiera miró a su alrededor, sino que fue directamente hacia el instrumento, se detuvo delante de él sin llegar a tocarlo. No se agachó, y emitió un silbido bajo, poco musical. Ella se plantó a su lado.

La llave, exactamente tal como ella la había visualizado, estaba en la cerradura. Extendió la mano y la tocó: era de verdad. La hizo girar, sintió un «clic» en el cierre y, con suavidad, fácilmente levantó la tapa, doblándola sobre sí misma para no rascar la pulida superficie. Los dos teclados, las dos hileras de escalones blancos y negros que llevaban al Parnaso, se hallaban ante sus propios ojos. Se inclinó, pulsó una nota, y oyó un do como si fuera una llamada al orden. Estiró los dedos, suspiró, tocó un terceto mayor, una escala, un par de compases de la zarabanda de Anna Magdalena...

Aunque estaba a su lado, cuando Basil habló le pareció que la voz llegaba desde muy lejos:

—Querida, ha debido de estar ahí en todo momento...

Sus ojos azules la miraban con insistencia; tenía la frente arrugada y la boca parcialmente abierta, a la expectativa. «Dentro de un instante se reirá de mí», pensó Ellen.

En ese momento le odió, y le abofeteó con fuerza en pleno rostro.

3

Lo había sentido con toda claridad antes de verlo; había sentido el calor abrasador en la carne bajo sus dedos extendidos, crispados, y el aguijonazo del dolor que le incendió la piel tensa de la palma de la mano; había sentido que sus uñas se hincaban en la mejilla de él. Pero al abrir los ojos —estaba soñando, aunque en sueños abrió los ojos— vio su mano extendida, vio, horrorizada, que el golpe que le había propinado le había abierto una gran oquedad en pleno rostro, que había revelado una vista, una perspectiva distante, engañosa, a la cual asistía por entre los huecos de sus dedos. De pronto fue como si su rostro hubiese dejado de existir, como si el bofetón hubiese hecho desaparecer una barrera que se interponía entre ella y otra escena, y echó a andar por entre sus dedos, buscando aquello que estaba más allá: Basil, tras ella, siguiéndola...

—Esa noche soñé que abofeteaba a Basil —dijo, con los ojos posados en las rayas de luz y sombra que dibujaba la persiana, sintiendo en los oídos el sibilante arañar del lápiz del doctor, que resbalaba por las páginas de su cuaderno—. Fue sumamente real. De hecho, sentí el golpe en la palma de la mano. Me dolió, sentí que le hincaba las uñas en la mejilla, y luego me observé la mano y... ¿cómo podría describirlo? Fue tan extraño... Fue como si el bofetón le hubiese abierto la cara, aunque no hubo ni una gota de sangre, no vi la carne, ni tejido alguno. Lo que vi, en cambio, fue una especie de panorama... ¡no, una larga y estrecha perspectiva, y algo —no puedo estar segura de qué se trataba, pues estaba demasiado lejos y me resultaba muy vago—, algo que deseaba ver más de cerca, que había despertado mi curiosidad, pero que sólo existía a lo lejos. Mi mano, sin embargo, se interponía entre este panorama y yo. Sólo podía verlo entre los dedos, tal como miran los niños pequeños algo que les fascina. Recuerdo que me preocupó, recuerdo haber pensado: «Si aparto la mano, el panorama desaparecerá, pero si no lo hago, mi mano siempre se interpondrá.» Y mientras estaba sumida en esta preocupación decidí atravesar mi mano. Recuerdo haber sonreído, haberme dicho que no, que era imposible, que esas cosas sólo pasan en sueños, pero a pesar de mi escepticismo atravesé mi mano y Basil también, siguiéndome.

Hizo una pausa y miró a su alrededor, registrando toda la consulta del doctor Danzer. Estaban sentados en sendas sillas, colocadas a una cómoda distancia una de la otra. Habría podido tratarse de dos amigos conversando. En el despacho había unos cuantos libros, no muchos. La iluminación era más bien tenue, procedente de diversas bombillas ocultas en las molduras. El doctor Danzer daba la impresión de estar agazapado en su silla, con las piernas cruzadas y el cuaderno sobre la rodilla. Durante la mayor parte del tiempo no miró a Ellen, sino que mantuvo fija la mirada en la página, mientras tomaba notas. Ella abrió el bolso y sacó un arrugado paquete de cigarrillos, lo sacudió hasta que salió uno y hurgó con el dedo para saber cuántos le quedaban. Sólo quedaban uno o dos; así pues, debería comprar otro paquete, y pronto. El domingo por la noche adquirió un cartón, y no le quedaba ni la mitad. Y eso que sólo era miércoles...

—¿No recuerda nada más de su sueño?

El doctor hizo la pregunta con calma, quitándole todo énfasis, a pesar de lo cual resultó una pregunta con todo su peso específico. Ella se dio cuenta de que deseaba recordarle su deber de continuar relatando el sueño, de no dejarse nada en el tintero... De que no había salida por la que pudiese fugarse.

—Recuerdo haber caminado cada vez más de prisa. Recuerdo haber querido alejarme de Basil, aunque si yo caminaba de prisa él también lo hacía. No tardamos en ir corriendo los dos, pero no fue una carrera como las que yo pueda recordar. Era como si mis pies apenas tocasen el suelo, y a cada paso avanzaba muchos metros, si bien no tenía ninguna sensación de estar realizando un gran esfuerzo, y no respiraba trabajosamente, ni sentía tampoco el viento en la cara.

»Seguimos corriendo mucho tiempo. Aunque yo había atravesado el agujero porque deseaba alcanzar aquel vago objeto que había visto a lo lejos, al sentirme perseguida por Basil olvidé cuál había sido mi primera intención. En lo único que podía pensar era en escapar de él. Seguí corriendo y corriendo, y eso que me daba la sensación de que cuanto mayores eran mis zancadas, más se acercaba a mí el ruido de sus pasos. Entonces, de pronto, cesó todo y ya no oí nada. Pero aun así continué corriendo, pero nada más que un trecho. Me di la vuelta muy despacio, temerosa de encontrarme cara a cara con Basil. Pero no estaba allí. ¡Había desaparecido!

»Y mientras me recuperaba de la sorpresa que me produjo su desaparición, empecé a darme cuenta de que a mi alrededor iba cambiando todo. Lo que antes me parecía lejano estaba cada vez más cerca: el cielo, el suelo, todo empezaba a encoger, todo disminuía rápidamente, no importa hacia dónde mirase. Me llevé la mano a la boca para no chillar. Cerré los ojos con fuerza, y recuerdo haber pensado: "Si voy a morir aplastada, es preferible no ver nada." Pero no morí. Esperé mucho tiempo, convencida de que en cualquier momento sentiría un gran peso, una gran presión por los cuatro costados, aplastada por una fuerza inexorable. Pero no sucedió nada y, tras esperar otro largo rato, durante el cual recobré el ánimo, abrí los ojos.

»Me encontré de vuelta en mi habitación, de pie ante la cómoda. Había abierto uno de los cajones y lo miraba fijamente; estaba buscando algo. Basil seguía detrás de mí. Recuerdo haber pensado que, después de todo, no había escapado de él. No había desaparecido; había llegado antes que yo, eso era todo. Y cuando pensaba esto noté que Basil me dirigía la palabra: "Ellen, ¿por qué sigues buscándola, por qué confías todavía en encontrarla? Sabes que, en el fondo, estás buscando algo que no ha estado ahí, que hace muchísimo tiempo que no está ahí, caso de que de veras haya llegado a estar ahí alguna vez." Miré y me di cuenta de que tenía razón, pues no estaba allí.

Dejó de hablar. Tenía los labios resecos y le dolía la garganta. Cerró los ojos y ocultó la cara entre ambas manos. Volver a pensar en su sueño fue un esfuerzo que la deprimió, que la hizo desear marcharse cuanto antes de la consulta del doctor, salir a la calle, respirar al aire libre. Recordó que brillaba el sol y que corría una brisa fresca.

—¿Eso es todo?

—Sí. Luego desperté.

—¿Está segura de que no recuerda nada más? ¿No habrá algún detalle que ha dejado de contarme por creer que carecía de importancia? Esa clase de detalles suelen ser primordiales, usted lo sabe.

—No. Eso es todo lo que recuerdo.

—Mmmm... —El doctor Danzer se adelantó en su silla, al tiempo que cerraba el cuaderno y lo dejaba sobre la mesa—. Veamos. Hay una cosa de la que podemos estar seguros. El arranque del sueño (la bofetada que propina a su marido) no es sino una representación de algo que había ocurrido ese mismo día. ¿No es cierto?

Ella asintió. El doctor le sonreía con gesto inquisitivo, como si esperase que ella dijera: «¡No, no fue así! ¿Cómo es posible que sea usted tan estúpido?» ¿Qué diría él si ella se atreviese a espetarle tal cosa en plena cara? En fin, no dijo nada, y se limitó a asentir con un movimiento de cabeza.

—¿Y cuál cree usted que es el significado de la herida abierta, de la carrera a través de la abertura, de la persecución? —le preguntó el médico en tono amable.

—Supongo que, según usted, será un símbolo del útero. Que lo que deseaba expresar era un deseo de huir de la realidad.

Danzer se puso en pie y se acercó a Ellen.

—Un deseo muy natural en estos momentos. Debe tener presente, Ellen, que ha estado enferma. Ha vivido en un mundo muy reducido, un mundo perfectamente equipado para solucionar sus necesidades. Ahora ha vuelto a Nueva York, lo cual es muy distinto. Tal vez, incluso, espeluznante. Ah, por descontado, esto es algo que nunca admitirá, ni siquiera a solas. Cuando dialoga con usted misma se muestra muy valiente. Pero cuando sueña, de noche, todo es muy distinto. —Se dio la vuelta y escrutó la ventana en penumbra—. Dígame, Ellen. ¿Qué objeto era ese que veía a lo lejos? Lo que deseaba alcanzar ¿cómo era?

—Era un clavicordio —dijo, sintiendo en ese instante un profundo odio hacia su interlocutor, por el método que había empleado para extraerle sus secretos, por el tiempo que se había tomado para hacerle aquella pregunta. Pero casi en el acto sintió vergüenza de sí misma y esbozó una sonrisa de culpabilidad.

—Así, después de abofetear a su marido trató de zafarse de él y correr hacia su clavicordio. Pero él la siguió, impidiéndole huir.

—Y en ningún momento pude alcanzar el clavicordio. Ni siquiera después que él hubo desaparecido pude localizarlo. Es más, fue entonces cuando las cosas empezaron a cercarme, cuando cerré los ojos. Al volver a abrirlos estaba en mi habitación, buscando algo en los cajones de la cómoda. Basil se encontraba a mi lado, diciéndome que allí no estaba lo que yo deseaba encontrar por todos los medios.

—¿Qué cree que podría ser? —le preguntó el doctor Danzer.

Ellen se paró a pensar en esta pregunta antes de contestarla. Todavía no le había dicho nada de la búsqueda de la llave, que le había ocupado todo el domingo. Fue una tontería... Creer que había perdido la llave cuando en todo momento la tuvo ante sus propios ojos. ¿Por qué iba a decírselo? ¿Acaso tenía que decírselo todo?

—¿No tiene ninguna idea de qué buscaba? —insistió el doctor.

—Podría estar buscando la llave de mi clavicordio —confesó en un arranque de sinceridad.

«Sabe que con sólo hacerme unas cuantas preguntas se lo diré todo —pensó—. ¿Por qué no puedo guardar ni un secreto?»

—¿Qué le hace pensar tal cosa?

—El domingo perdí la llave del clavicordio. La estuve buscando toda la tarde. Miré en todos los rincones de la casa por lo menos diez veces. Y fue Basil quien la encontró... Estaba donde debía estar: en la cerradura del clavicordio. Me sentí tremendamente avergonzada. Por eso abofeteé a Basil. ¡Iba a reírse de mí!

—¿Por qué creyó haber perdido la llave?

—No lo sé.

El doctor la miró mientras extendía un dedo hasta tocar el brazo de su silla. Se dio la vuelta, caminó hacia la ventana, y allí volvió a darse la vuelta en redondo, para mirarla. No dijo nada.

—¿Cree usted que pude perderla por alguna razón determinada? ¿Piensa que, tal vez, no deseaba tocar el clavicordio? ¡Eso es absurdo! ¿Por qué no iba a querer tocar mi instrumento? ¡No he pensado en otra cosa durante los últimos meses!

—¿Se ha dedicado a practicar desde que volvió a casa?

Ella se sintió encoger por dentro, contraerse. En alguna parte, los crueles dientes de una trampa acababan de cerrarse con un chasquido, clavándose en la carne de algún ser pequeño, cálido, desvalido. Tensó las mandíbulas para contener el temblor de los labios, habló lenta y cautelosamente, y lo confesó:

—No, no he tenido tiempo de ponerme a practicar. He estado demasiado ocupada.

—Supongo que, en efecto, tiene muchísimas cosas que hacer, sobre todo después de haber pasado tanto tiempo fuera. Sin embargo, debo decirle que me sorprende que no se haya puesto a tocar su instrumento. Me dijo en varias ocasiones que estaba decidida a practicar seis horas diarias tan pronto volviese a casa. ¿No va a ofrecer un concierto en otoño?

—Oh, sí, sí. Todos los días me propongo practicar, pero siempre me encuentro con infinidad de cosas por hacer. La casa... ¡Tendría que verla! Todo está fuera de su sitio, todo está manga por hombro...

Iba a decirle más cosas: el tiempo tan hermoso que hizo el día anterior, cómo se había ido a dar un paseo por Central Park a primera hora de la mañana, sin proponerse pasar más de una hora fuera de casa, pero en realidad no regresó hasta el atardecer... O cómo el lunes se había ido de compras, de tienda en tienda, adquiriendo un vestido tras otro; cómo aquel mismo día, tan pronto saliera de la consulta, estaba citada con Nancy para almorzar juntas en Julio's. Nancy la había llamado el día anterior. Ellen no pudo negarse a almorzar con la hermana de su marido, sobre todo por saber que, probablemente, Basil le había sugerido que la llamase. Habría sido de lo más descortés.

En cambio, comentó:

—Todo es tan extraño..., tan distinto de lo que yo esperaba encontrar...

Al expresarse así se dio cuenta de que no sabía por qué razón quiso hablarle en aquellos términos, pues antes de mencionarlo ni siquiera había caído en la cuenta de que era verdad.

—¿Qué quiere decir? —le preguntó el doctor—. ¿En qué sentido le resulta todo tan extraño?

—La casa —le dijo en un susurro— está muy cambiada. Oh, los muebles están allí, claro, y los cuadros siguen en su sitio... Pero cada vez que busco alguna cosa, nunca está donde yo creía que estaba. Además, encuentro... encuentro cosas continuamente.

—¿Qué cosas?

—Pequeños objetos. Nada importante. Polvo de maquillar derramado en un cajón, de un tono que a mí me disgusta particularmente, que no recuerdo haberme puesto jamás. En un cajón de mi vestidor. Una agenda de cuero negro, un extraño bolso cuadrado que yo no recuerdo haber tenido... Cosas por el estilo.

—¿Se lo ha mencionado a su marido?

—No.

—¿Por qué no?

—Porque le parecería otra de mis rarezas, ¿no? Pensaría que he olvidado que todas esas cosas me pertenecieron. Podría pensar que pretendo acusarle, ¿no cree?

—¿Acaso no le está acusando? ¿No le acusa en su sueño?

—¿Que le acuso? ¿De qué?

Estaba indignada. ¿Por qué se mantenía a la expectativa el doctor, por qué no le decía nunca a las claras lo que estaba pensando? ¿Por qué se empeñaba en decir las cosas de forma tácita, en obligarla a ella a decirlas?

—¿No debería ser usted la que contestase a esa pregunta, Ellen?

—No sé de qué me está hablando.

El doctor se cubrió los ojos con la mano, apretándose la frente con los dedos. Vaciló antes de decir algo, como si quisiera asegurarse a fondo de lo que iba a decir a continuación, calibrarlo al milímetro y expresarlo con toda precisión, con absoluta claridad.

—Ellen, al final de su sueño, cuando regresa a su habitación y Basil está a su lado, cuando ha fracasado en su intento de huir de él y de alcanzar el clavicordio, ¿qué le dice él? En fin, podría repasar mis notas y leer lo que me ha dicho hace unos minutos. Pero creo que será más útil (en este contexto en concreto) que repita las palabras de su marido. ¿Qué le dice al final del sueño?

Ellen cerró los ojos y volvió a ver su dormitorio, la cómoda. Buscaba en un cajón desordenado por el que se habían derramado unas motas de polvo rosado, de un tono que no le agradaba en absoluto. Y sintió a su lado la presencia de

Basil. Con sólo levantar la mirada lo veía reflejado en el espejo. Y le decía...

—Dijo: «Ellen, ¿por qué sigues buscándola, por qué confías todavía en encontrarla? Sabes que, en el fondo, estás buscando algo que no ha estado ahí, que hace muchísimo tiempo que no está ahí, caso de que de veras haya llegado a estar ahí alguna vez.»

Las palabras brotaron de sus labios de forma vacilante, como si nada tuvieran que ver con ella. Una parte de ella gritó: «¡Nunca has dicho eso, nunca has soñado nada parecido a eso! ¡No es verdad!» Pero otra parte de su ser, la facultad de raciocinio, fría y tranquila, sabía que lo que sus labios acababan de decir era inequívocamente cierto.

El doctor asintió.

—¿Y qué significado atribuye a eso?

—Yo tenía miedo de haber perdido algo. Todo el sueño está relacionado con la pérdida, ¿no es así? Había perdido algo, algo que tenía una clara relación con Basil, algo que tal vez yo no hubiera tenido nunca. Sin embargo, seguía buscándolo.

Quedó en silencio, a la espera de que el doctor volviera a tomar la palabra. Pero no dijo nada; nunca decía nada en los momentos difíciles. «Todo tiene que salir de su interior —le había dicho infinidad de veces—. Sabe de qué se trata; es sólo una parte de usted la que lo mantiene a buen recaudo. Pero bastará con que piense en ello, y así lo averiguará.»

—En el sueño escapaba de Basil y corría hacia el clavicordio. Pero Basil corría tras de mí, e incluso después de que él desapareciera no encontré el clavicordio. ¿No podría ser que fuese precisamente el clavicordio lo que yo buscaba?

—¿En un cajón?

—Tal vez fuese la llave del clavicordio lo que, en realidad quería encontrar en ese cajón. En el sueño, el clavicordio podría haber representado la llave, tal como, en la realidad, la llave representa el instrumento.

—Y esto ¿adónde nos conduce?

A Basil. Basil la había perseguido, Basil le había impedido alcanzar el instrumento.

—¿No podría ser que, en el sueño, Basil se interpusiera entre el instrumento y yo, que Basil me impidiera tocar el clavicordio?

—¿Ha intentado Basil impedirle tocar en alguna ocasión?

—A veces tengo la impresión de que le fastidian mis gustos musicales. Él prefiere otras cosas. Las sinfonías modernas, grandilocuentes y cacofónicas. Las obras de D.

—Pero ¿ha intentado impedirle tocar en alguna ocasión?

—Cuando estaba enferma. Antes de ingresar en el sanatorio.

El doctor sonrió y desvió la mirada. No dijo nada por espacio de varios minutos; pareció aguardar a que ella tomase la palabra, a que añadiera algo a lo dicho. Pero ella se negó a decir nada. ¿Por qué concedía tanta importancia a ese sueño? En otras ocasiones tuvo sueños infinitamente más abigarrados, y él se limitó a despacharlos, dedicándoles unas breves palabras a manera de explicación. ¿Trataba acaso de localizar algo que no iba como debiera ir? ¿Acaso esperaba una recaída? Debería tener mucho cuidado, elegir con detenimiento cada palabra, dilucidar con precisión lo que iba a decir antes de hablar.

El doctor Danzer volvió a mirarla, sonriente.

—Ellen, usted sabe tan bien como yo por qué le impidió tocar su marido al enterarse de que estaba enferma. Usted sabe que los ejercicios musicales, en aquella ocasión, la excitaban, la hacían empeorar. Pero no ha contestado a mi pregunta, Ellen. No le he preguntado por el pasado... Todo eso ya lo sé, como a usted bien le consta. Lo que deseo aclarar es si Basil trata de impedirle tocar el clavicordio... ahora.

Ella respondió con parsimonia:

—No. Dijo que, en su opinión, no debería ponerme a practicar con demasiado ahínco, que es demasiado pronto para pensar en ofrecer un concierto. Pero no me ha impedido que toque. Incluso me ayudó a encontrar la llave.

El doctor se demoró en encender su pipa. Ellen se fijó en la llamarada, que oscilaba al ritmo con que él chupaba de la boquilla, prendiendo el tabaco. Exhaló una bocanada de humo espeso y oscuro que se deslizó lentamente hacia ella, provocándole ganas de toser.

—¿Y qué me dice del sueño, Ellen? ¿Qué buscaba en el cajón?

—Alguna cosa que había perdido.

—Pero ¿qué había perdido? Diga lo que le venga a la cabeza. ¡Rápido!

Su voz sonó sorprendentemente cortante y perentoria.

—Basil —respondió ella sin pararse a pensar, pese a haberse prometido un momento antes andar con cuidado, examinar cada palabra que fuera a decir, sopesar sus consecuencias—. Basil —repitió, desolada por la facilidad con que la había traicionado su propia mente, tan parecida a un perro de circo, un perro viejo y desgreñado que ejecutaba el número cada vez que su amo hacía chasquear el látigo.

«¡Qué bien enseñada me tiene, doctor Danzer!», pensó, burlándose de sí misma.

—¿Temía haber perdido a Basil? ¿Se refiere a su amor?

—Sí, supongo que sí.

Por desgracia, estaba en lo cierto. Siempre estaba en lo cierto; no se equivocaba jamás. De eso trataba su sueño. Había temido que Basil ya no la amara, que los dos años transcurridos hubiesen sido tiempo suficiente para...

—¿Tiene alguna razón que la lleve a creer que su marido ya no la quiere?

El doctor lo dijo con suma cautela, como si a él mismo le diese vergüenza el número que la había obligado a representar. «Si yo fuese un perro viejo, ahora me daría un terrón de azúcar y me rascaría detrás de las orejas», pensó, al tiempo que sonreía irónicamente para sí.

—No. Se ha mostrado muy atento, muy cariñoso. Pero... —No fue capaz de continuar.

—Pero hay algo que no marcha, algo que ha cambiado, ¿no es eso? —preguntó el doctor Danzer—. Se muestra afable con usted. Es evidente que la quiere o, al menos, dice que la quiere, cuando, en verdad, no se comporta como usted lo recordaba. ¿No es así?

—Así es, en efecto.

El doctor se puso en pie, recorrió la habitación de un vistazo, movió la mano de tal forma que le diera la luz primero y que después quedase en penumbra. Cuando estuvo seguro de que ella lo observaba, se acercó a la ventana, tiró de las cuerdas y abrió la persiana. Brillante, cegadora, entre blanca y amarilla, la luz del sol de mediodía expulsó la oscuridad reinante en la habitación. El doctor apartó los ojos de la ventana y parpadeó.

—No es igual que antes, ¿verdad? —inquirió.

—No, no es igual que antes.

Ellen se puso de pie, dispuesta a marcharse, porque durante las entrevistas que mantuvieron en el sanatorio cuando él abría la ventana era la señal de que la entrevista había terminado.

Sin embargo, la detuvo con un ademán, indicándole que volviera a sentarse.

—¡Qué día tan hermoso! —dijo.

Ellen asintió. En realidad, el sol brillaba con tal intensidad que casi le produjo dolor de cabeza.

—No me había dado cuenta de lo mucho que brilla hoy el sol. Al venir me dio la impresión de que el día estaba ligeramente nublado. O tal vez fuese que sólo pensaba en la entrevista que íbamos a mantener, y no me fijé en el tiempo.

—Pero ahora sí se ha fijado. En primer lugar, se ha dado cuenta de que ha cambiado. Acto seguido, comienza a preguntarse cómo ha sido. «¿Estaba nublado antes? Desde luego no ha llovido, de eso estoy segura. ¿Brillaba tanto el sol, o acaso se ha tornado más intenso? Tal vez; al venir no me fijé, porque estaba demasiado preocupada.» De esta manera habla usted consigo misma. Y en todo momento el día es espléndido, si bien usted está demasiado preocupada acerca de cómo ha podido cambiar: está tan preocupada, diría yo, que no disfruta del día.

Ellen volvió a ponerse en pie. Se iba a marchar.

—¿Quiere darme a entender que me preocupo en exceso por esas cosas? ¿Que tengo una tendencia exagerada a la introspección?

Él se adelantó y la tomó de la mano. Era la primera vez que hacía ese gesto. La miró, titubeando, como si fuera a bajar la mirada en cualquier momento.

—No; lo que creo es que está demasiado ansiosa, demasiado a la defensiva... Que es presa de una especie de miedo escénico. ¿No está de acuerdo?

—Sí —admitió—, supongo que sí.

Retiró las manos y se las metió en los bolsillos, de forma que la chaqueta se le abultó un tanto cómicamente. Pero su expresión era de absoluta seriedad.

—Ellen —le preguntó—, ¿y si su marido se hubiese enamorado de otra mujer? ¿Sería tan terrible...?

—¡Oh! Creo que le he dado una impresión errónea. No creo que tal cosa haya ocurrido. No era más que un absurdo sueño.

—No existen los sueños absurdos, Ellen.

—Quiero decir que me he comportado de

forma neurótica. Basil me quiere mucho, no me cabe duda.

Las palabras del doctor la habían hecho sentirse azorada, por lo que empezó a retroceder en dirección a la puerta. ¡Si al menos se le ocurriese un comentario despreocupado, algo relacionado, tal vez, con el tiempo...!

—¿Sabe una cosa? Hace un momento le he mentido. Sí me había dado cuenta de que el sol brilla con fuerza. No sé por qué le he dicho que me había parecido un día nublado, cuando...

—Ellen —la interrumpió el doctor—, no me venga con evasivas otra vez. ¿Sería tan terrible que Basil no la quisiera?

—No lo sé. Honradamente, no lo sé.

Y, dicho esto, ya no sintió ningún temor. Volvió a darse la vuelta, miró de frente al doctor y vio que se mostraba tan tímido como antes.

—Debo decirle, Ellen, que cabe la posibilidad de que su marido haya conocido a otra mujer a lo largo de estos dos años. Tal vez tenga usted razón, tal vez haya cambiado. Ése es un hecho al que tendrá que enfrentarse.

—Lo sé.

—Pero eso no es lo que de veras importa, Ellen. Basil no es usted. Usted es quien es. De eso no puede escaparse. Debe aprender a convivir consigo misma, tomarse la vida tal cual se le presente.

—Sí, lo sé. Pero la verdad es que no creo... Bueno, de hecho no lo sé, pero no creo que Basil...

—Yo no estoy diciendo que haya conocido a otra mujer, Ellen. Ni siquiera insinúo que tal cosa haya de ocurrir. Lo único que quiero decirle con absoluta claridad es que no debe tener miedo de los cambios.

—Lo entiendo, doctor. Gracias, y adiós.

—Adiós, Ellen. Al salir concierte con la señorita Nichols su próxima visita, haga el favor. Creo que bastará con que nos veamos el mes que viene... Claro que puede llamarme por teléfono siempre que sienta la necesidad.

Cerró la puerta mientras el doctor seguía hablando, sin darse la vuelta, y avanzó hacia la mesa de la señorita Nichols. Mientras aguardaba a que la enfermera terminase de tomar notas y levantase la vista, se dio cuenta por primera vez de que estaba llorando.

Julio's todavía no estaba repleto de público —había llegado algo antes de la hora de máxima afluencia— y encontró una mesa en la terraza. Desde allí alcanzaba a ver el zoo de Central Park, los grupos de niños que correteaban con sus ropas de vivos colores, los ponies desflecados que tiraban de carritos chillones, y los globos rojos y azules que se bamboleaban atados a sus cordeles, mecidos por el viento sobre el tenderete del vendedor. El espectáculo era tan hermoso, tenía tanta vida y resultaba tan atractivo, que sintió deseos de seguir allí sentada, quieta, sin hacer otra cosa que registrar los detalles de aquel espectáculo resplandeciente, detalles que estaba segura de encontrar con sólo tener la perseverancia necesaria: el niño que se había perdido —pues en los zoos siempre hay un niño que se pierde, ¿no es así?—, los gritos de las focas, la jaula de los monos...

Nancy llegaba tarde, claro que Nancy, casi por costumbre, llegaba tarde a todas partes. Nunca había conseguido sentir verdadero aprecio por la hermana de su marido, aunque en cierto momento sí fueron bastante amigas. Pero tampoco le disgustaba. Para ella, Nancy era una de esas personas que se erigen en parte preponderante de cualquier relación, una persona a la que no tenía por grata ni tampoco por desagradable, ni atractiva ni repelente, a la cual podía ignorar o bien aceptar, según quisiera. A Basil sí le gustaba Nancy, e incluso sentía cierto orgullo de ella, razón por la cual Ellen había tenido que verla a menudo y, casi con seguridad, debería seguir viéndola en lo sucesivo. Nancy era brusca y escasamente femenina, descuidada, desenvuelta y parlanchina. A veces, su cháchara sin sentido era como un cuchillo que rasca la superficie de un plato de porcelana: le daba dentera. Confió en que aquél no fuera uno de los días en que las cosas salían así, pues la sola visión del zoo la había hecho sentirse descansada, en paz. Era uno de esos días, sí, en los que se alegraría de no tener que pensar, de separarse por completo del ajetreo de la ciudad y de los problemas que planteaba su regreso a la vida.

Llegó el camarero y le pidió un refresco, una bebida helada y espumosa que había visto tomar a muchas personas, pero que ella, hasta ese momento, no había tenido la iniciativa de pedir. Y al volver a mirar el parque, se centró de nuevo en el caleidoscopio de niños y animales, de globos y edificios. Un retazo de rosa le llamó la atención, y a sus oídos llegó un débil chillido que en seguida interrumpió una ráfaga de brisa. Vio la chaqueta azul, la espalda recia e inclinada de un policía que se agachaba para consolar a una niña de rizos dorados y piernas muy rectas, de vestido impecable. La niña se había perdido —¿qué duda podía caber?—, y el policía acababa de encontrarla; tal vez sus gritos, sus sollozos, le hubieran llevado hasta donde estaba. En ese momento le daba palmaditas en la cabeza, la consolaba, le decía que no se preocupase, que todo estaba en orden, que su mamá acudiría a buscarla.

El camarero depositó su refresco sobre la mesa, y Ellen apartó los ojos del espectáculo para tomar un sorbo, para probar la bebida y decidir si iba a gustarle, pero acto seguido se sintió desilusionada por encontrarla dulce en exceso. Cuando volvió a mirar, el retazo rosado y azul había desaparecido, había vuelto a girar el caleidoscopio y sus ojos vieron un dibujo distinto. Se sintió triste, casi desconsolada. Durante un brevísimo instante la niña perdida había formado parte de su ser; habían compartido su desamparo, estuvieron unidas frente a la adversidad. Pero se había roto el encantamiento, y el parque, a sus ojos, apareció como cualquier otro parque en el que hubiese un zoo pequeño y lleno de gente, y ella se sintió tonta por perder el tiempo en espera de una amiga, bebiendo un brebaje dulzón que no le gustaba lo más mínimo y que habría hecho mejor en no pedir.

—¡Querida! ¡Qué triste se te ve, con lo bonito que está el día! ¿Qué te sucede? —Había llegado Nancy, hecha un remolino de gestos y hablando ya por los codos, los ojos inquisitivos, agresivos, con una larguísima boquilla de jade entre los dientes, en el extremo de la cual llevaba un cigarrillo a medio consumir—. ¿Qué estás bebiendo?

Nancy se dejó caer aparatosamente en la silla que había al otro lado del velador de metal verde, se agachó y se puso a enredar con algo que Ellen no alcanzaba a ver.

—Bueno, bueno, haya calma. ¡Quieto, te digo! ¡Eso es, así, ah, no me digas que no es encantador! ¡Quieto, maldito, quieto! Así, eso es.

Ellen se inclinó hacia un lado de la mesa para ver de qué se trataba, y sólo en ese momento se percató de que Nancy llevaba consigo a su perro, un animalillo de raza indefinida y aire irritable, con unas orejas descomunales. Nancy estaba ajetreada, intentando atar la correa a una de las patas de la mesa, mientras el perrillo tironeaba, le mordía la mano y gruñía juguetonamente.

—Éste es Peligro —dijo Nancy—. ¿No te parece encantador?

—¿Por qué le has puesto Peligro? —preguntó Ellen—. A mí me parece un simple cachorrillo.

Nancy había conseguido por fin amarrar la correa a la mesa, tras lo cual adoptó una postura más adecuada.

—Claro, no es más que un cachorrillo. Sólo tiene seis meses. Pero es un Peligro, ya lo creo. Le encanta morderme los lienzos y los pinceles. Y tiene un temperamento de agárrate.

Aquello tenía todas las trazas de ser incluso peor de lo que había supuesto. ¿Era posible que Nancy fuese tan exuberante? ¿O acaso intentaba hacer toda una demostración, a fin de disimular su azoramiento por encontrarse con ella después de tanto tiempo, después de lo sucedido? Recordó que durante todo el tiempo que estuvo en el sanatorio, Nancy no había ido a visitarla una sola vez. Cierto que ese detalle no le importó nada: hubo días en los que no habría tolerado ni por asomo la presencia de Nancy. Sin embargo, no podía dejar de preguntarse el porqué.

—¿Cómo te encuentras, querida? ¡No sabes cuantísimo me alegro de verte...! Ha pasado una eternidad. ¿Y qué es eso que tomas? No me lo has dicho, y eso que acabo de preguntártelo. Si de veras está bueno, creo que pediré lo mismo. Qué color tan bonito...

Le dijo cómo se llamaba el refresco, y que no se lo recomendaba. Nancy llamó a un camarero y pidió un martini.

—Pero seco, ¿eh?, bien seco. Tiene que ser todo ginebra y un chorrito, sólo un chorrito, ojo, del mejor vermut que tengan. Y media nuez, sólo media, en vez de la aceituna que siempre ponen.

Nancy parecía algo mayor, y tenía una arruga en torno a la boca que semejaba una mueca. Su rostro, ancho y de grandes rasgos, campesino, que procuraba hacer pasar por más femenino mediante un uso abundante de carmín y maquillaje, hasta parecer a veces un verdadero cromo, daba más que nunca la sensación de estar labrado en granito refractario. Las manos, que llevaba siempre más o menos manchadas de pintura al óleo, aferraron de pronto la carta y la movieron para obtener una luz más favorable. Sus ojos barrieron la página impresa como si estuviesen juzgando la valía de una modelo, tomando buena nota de los aperitivos, los entrantes, los postres, la anatomía del almuerzo. Su mente, sin embargo, volvió a su impresión inicial.

—Ellen, te encuentro algo tristona. ¿Hay algo que no vaya bien?

—Soy una niña perdida. Me he perdido por el parque. No sé dónde estoy ni cómo voy a llegar a casa.

Al decirlo, esbozó una sonrisa, sintiendo un perverso placer en confundir a Nancy, al fin y al cabo una mujer práctica, con los pies en la tierra.

—¿De qué estás hablando? —exclamó Nancy.

Dejó la carta sobre la mesa y contempló a Ellen con franca curiosidad. «Espera que me comporte de forma extraña, aunque no tanto», pensó.

—Estaba mirando el zoo, allá enfrente, y vi a una niña que se había perdido, que estaba llorando hasta desgañitarse. La encontró un policía y se la llevó. Un momento antes que tú llegaras llegué a creer que yo era esa niña... Me sentí un poco perdida, un poco triste.

—¡Bueno! Me alegro que no haya sido más

que un capricho. Me preocupaste, de tan melancólica como parecías estar. Pero déjame probarlo, ¿quieres? ¡Puaj! Es totalmente insípido. ¡Me alegro de no haberlo pedido!

El perro saltó, con lo cual las dos se distrajeron. En primer lugar quería que le dieran palmadas en la cabeza, y después se puso a lamer las manos de Nancy, hasta que ésta lo llamó al orden, le dio un golpe en el hocico y lo hizo sentarse.

—Si no aprende ahora que es joven, no me obedecerá jamás —se disculpó.

—¿Y cómo va la pintura, Nancy? —preguntó Ellen, consciente de que debía mantener en marcha la conversación, proporcionar los consabidos tópicos a Nancy, impedirle que se dedicara a hacerle preguntas más o menos comprometedoras.

Y es que Nancy era pintora, y por si fuera poco no era de las malas —había expuesto sus cuadros en varias ocasiones—, aunque no conseguía vender gran cosa, lo cual la obligaba a vivir de la generosidad de su hermano. Ellen, sin embargo, sabía que a Nancy le gustaba hablar de su obra, de sus grandes lienzos llenos de fuerza, que daban la impresión de sostenerse en pie por sí solos y de lanzar a los ojos del espectador los más fieros matices del espectro.

—Oh, no va nada mal, nada mal —contestó

con tono lúgubre—. Aunque todo hay que decirlo: en lo que va de año no he vendido nada. Basil dice que es porque estoy experimentando con la pintura al duco, esa que se emplea para pintar los coches, ya sabes. Si extiendes una gruesa capa sobre una superficie de mampostería, le da una opacidad reluciente, una fuerza y un vigor que no se consiguen de ninguna otra forma.

—Debe de resultar más bien chillón.

Nancy extendió la mano sobre la diminuta mesa y aferró a Ellen por la muñeca. Le centelleaban los ojos.

—¡Pues claro que sí, querida! Ésa es la cuestión. Con ese material se puede pintar de forma sumamente violenta. Te obliga a ser vigoroso, querida. Tendrías que ver algunas de las maravillas que han hecho los mexicanos utilizando la pintura al duco.

—¿Los mexicanos? ¿Te refieres a Rivera?

Intentó concentrarse en lo que estaba diciendo Nancy, pero como quien presta oído al parloteo confuso de un loro e intenta descubrir cuál es el sonsonete que repite a graznidos. Mentalmente volvía una y otra vez a la consulta del médico. Hasta ese momento se había obligado a no pensar en lo que había dicho el doctor; se había prohibido desenmarañar el significado oculto de aquella alegoría acerca del sol y de los cambios del tiempo. Pero a cada minuto que pasaba le costaba más trabajo, incluso ante una compañera tan vivaz.

—¡No, a Rivera no! —exclamó Nancy—. Te hablo de los mexicanos de verdad: Orozco, Siqueiros. Ellos sí que han hecho cosas de verdadera talla. El genuino arte del pueblo.

—¿Rivera no es un mexicano de verdad?

Se acordó de cuando Nancy se había puesto furiosa por la destrucción del mural del Rockefeller Center, es decir, de cuando Rivera, para ella, había sido el pintor vivo más importante. ¿Habría cambiado de opinión? En realidad, no sería de extrañar. ¿No era eso mismo lo que le había comentado el doctor Danzer? Todo cambia. Hasta Basil. Tal vez, hasta ella misma, Ellen.

—Pero, querida, no me digas que no tienes noticias de ese asunto —le decía Nancy—. El gran Diego se ha vuelto completamente comercial. ¡De veras, comercial de pies a cabeza! Bueno, hay que tener en cuenta, claro está, que nunca fue un tipo de fiar... Es decir, políticamente. Pero ahora se dedica a pintar murales en las discotecas de México D.F. para reanimar el comercio turístico. Son cosas grandilocuentes, obscenas, pura divagación. Y si uno se para a contemplar sus obras anteriores, bueno, la verdad es que da que pensar. ¡A veces es como si nos hubiera tomado el pelo!

Había olvidado qué proclive era Nancy a dejarse influir en sus opiniones por los acontecimientos de actualidad; es decir, por la política. Tanto Basil como Nancy tendían a considerarse liberales, aunque en diversas ocasiones Ellen había llegado a dudar que entendieran a fondo el significado de esa palabra. Para ellos, lo que de veras contaba era lo que hacía todo el mundo: eran adeptos de las actitudes populares, de las tendencias de moda, y no sentían el menor escrúpulo a la hora de seguirlas, por más que eso significase la destrucción de los antiguos dioses. No les daba miedo el cambio; claro que también carecían de raíces. Iban a la deriva por los mares del presente, arrojados de cuando en cuando al banco de arena de tal o cual opinión por los vientos del momento, por las hipocresías y los prejuicios.

—Pues yo creí que te gustaba Rivera —dijo, más que nada por ver cómo se desembarazaba su amiga del pasado, cómo se despojaba de una antigua lealtad—. ¿No solías pintar siguiendo su estilo? ¿No formaste parte del grupo que organizó una manifestación de protesta cuando Rockefeller se negó a que su mural se erigiera en el centro de Radio City?

Nancy se rió y tiró de la correa del perro.

—Querida, ¡de eso hace siglos! Desde entonces han ocurrido centenares de cosas. —Abrió los ojos como platos, como si quisiera expresar su incredulidad—. Todos cometemos errores, y yo soy la primera en admitirlo. Además, el gusto es algo que cambia con el tiempo. Sé que mi gusto ha cambiado. Todos crecemos, todos avanzamos.

Un automóvil soltó un petardazo, puntuando su frase y encabritando al perro, que se puso a dar vueltas como un loco en torno a la pata de la mesa, enmarañándose con la correa y con la pierna de su ama, sin dejar de ladrar como un poseso. Todo ello resultó un perfecto símbolo de la confusión.

Hasta que tomaron el café no hizo Nancy referencia a la enfermedad de Ellen. A lo largo del almuerzo prosiguió hablando de pintura, refiriéndole anécdotas y cotilleos de sus amistades, muchas de las cuales eran todavía más excéntricas que ella. Peligro no dejó de ladrar ni un momento, probablemente pidiendo comida. Al principio, Nancy se negó a darle ni una migaja; le propinó varios sopapos en el hocico y le gritó: «¡Sentado! ¡Sentado te digo! ¡Qué peste de perro!» Más tarde, la continua escandalera que armaba el perro agotó sus deseos de enseñarle a comportarse, y le arrojó diversos trozos de comida: un poco de ensalada, un hueso de chuleta y los restos de una mazorca de maíz. Tras llevárselos de acá para allá, por todo el círculo que tenía a su alcance, manchándolo todo de grasa, el cachorrillo también desdeñó aquella comida, hasta que el camarero se agachó a recoger los desperdicios, momento en el cual se puso a gruñir, a ladrar y a tirar bocados a diestro y siniestro, armando un alboroto todavía mayor.

Mientras tomaban café, volvió a la carga. Nancy no le hizo caso, y dedicó una sonrisa a Ellen.

—Debe de ser estupendo volver a Nueva York después de tanto tiempo. De todos modos, querida, dime una cosa: ¿no te resulta todo un tanto extraño?

Se había dedicado a mirar el parque, embebida en el mecerse de los árboles y los arbustos a merced de la brisa. La pregunta de Nancy la sobresaltó. Por un instante pensó que se hallaba de nuevo en la consulta del doctor, de cara al intenso sol que inundaba la ventana, procurando distinguir su rostro sobre aquel fondo cegador. Pero al darse la vuelta se percató de que era Nancy la que hablaba.

—¿Qué quieres decir?

—Oh, no sé... Cuando paso fuera una temporada, al regresar siempre me desilusiona todo un poco, o al menos me desilusiona darme cuenta de que ya nada es como antes. La impresión no es la misma, sólo que las cosas nunca cambian lo suficiente como para saber qué ha cambiado, caso de que algo haya cambiado. ¿A ti no te pasa lo mismo?

Asintió con un movimiento de cabeza.

—Es como si no encajase nada —reconoció. Y lo dijo como quien reconoce cierta culpabilidad, ya que esa era precisamente la sensación que tenía, una sensación que no deseaba revelar a nadie. Luego, al acordarse de que Nancy era hermana de Basil, añadió—: Basil no ha cambiado, todo hay que decirlo. Está igual que siempre.

A Nancy se le abrió la boca involuntariamente, tal vez a causa de la sorpresa. Dejó la taza del café sobre el plato haciendo un ruido excesivo, y cambió de postura, con evidente incomodidad.

—¿De veras?

Ellen fingió no darse cuenta de la sorpresa que había sentido Nancy. Tomó su propia taza y se la llevó a los labios, pero le costó verdadero esfuerzo entreabrir la boca y sorber un poco de café.

—Sí, claro que tal vez sea porque no he dejado de ver a Basil en todo este tiempo —dijo, sin dejar de mirar de cerca a su acompañante—. Ha venido a verme todos los días de visita. Ha sido muy bueno.

Nancy inició una sonrisa, pero no llegó a esbozarla del todo.

—Claro, de eso eres la mejor juez, querida —comentó lentamente, pero no sin cierta amabilidad—. Yo en tu caso, sin embargo, me esperaría algún cambio. Los hombres son animales muy raros.

Se rió, pero la cadencia de su risa le incomodó, por resultarle forzada y discordante.

—Te olvidas de que Basil está tan enfrascado en su música que no parece probable que esté al tanto de lo que sucede a su alrededor, y así puede permanecer durante meses y meses. A menos, claro está, que sepas algo que a mí se me escapa... —Hizo una pausa, procurando decidirse a formular la pregunta que deseaba y, caso de llegar a decidirse, preguntándose qué sería mejor, si preguntar directamente o al desgaire, como quien no quiere la cosa. Entonces, antes de tomar una decisión, volvió a reírse, esta vez más ruidosa y ásperamente que antes. Y la pregunta surgió por sí sola: ella, desde luego, no había deseado plantearla de forma voluntaria, no pronunció las palabras, y la voz que de hecho las pronunció en modo alguno se parecía a la suya—. No se habrá enamorado de otra, ¿eh, Nancy? ¿Es eso lo que intentas decirme?

Y estiró todos los dedos de manera compulsiva. Las uñas se clavaron en el mantel y le tembló todo el cuerpo.

La cara de Nancy se tornó seria, pero sólo por un instante. Luego volvió a sonreír, mientras rebuscaba en su bolso hasta sacar un peine y un espejo. Con la otra mano, daba palmaditas a su perrillo negro.

—Querida, ¿cómo iba yo a saberlo? Sólo soy su hermana; sería la última en enterarme.

Nancy vivía en un apartamento que dominaba Washington Square. Basil pagaba el alquiler de aquel espacioso estudio, que contaba además con grandes ventanales y con una magnífica luz natural. Del mismo modo, pagaba la mayor parte de las facturas. Los muebles eran viejos y estaban desgastados; procedían de casa de su madre, en Connecticut, y su aspecto era tan pasado de moda que hasta podían resultar modernos. Nancy los había dispuesto con el talento natural que tiene un artista para los efectos dramáticos: todo se hallaba de cara a los grandes ventanales, sobre Washington Square; todo excepto su caballete, que daba la espalda a la luz. Así, cuando uno tomaba asiento en el imponente sofá, como hizo Ellen, se sentía como si hubiese sido lanzado al espacio, catapultado de la tierra a las nubes, delicadamente suspenso en el reino del empíreo.

No sabía por qué había acompañado a Nancy. En un principio, tenía la intención de pasar con ella el tiempo estrictamente necesario; cuando terminaron de tomar café en Julio's y discutían acerca de cuál de las dos pagaría la cuenta, estuvo a punto de fingir que tenía otra cita, presentarle sus excusas y despedirse de Nancy. Claro está que no tenía ninguna otra cita; lo único que le apetecía era pasear por el parque, entrar en el zoo, vagar a sus anchas durante un par de horas. Sin embargo, cuando su acompañante sugirió que tomaran un taxi para ir al Village —«Quiero que veas mis nuevos óleos, Ellen. Me gustaría conocer qué opinión te merecen»—, asintió y aceptó la invitación, no por querer estar con Nancy —si acaso, habría preferido huir de ella—, sino porque la improvisada advertencia de Nancy y la parábola del doctor habían despertado su curiosidad y aguzado su inseguridad. Sintiendo que su pensamiento no era sino una racionalización posterior a los hechos, y que su verdadera motivación era el miedo, Ellen se dijo para sus adentros: «Si me quedo con ella seguirá parloteando sin parar, y tal vez me revele algo con más significado, algo que me permita saber en qué situación estoy con Basil.»

Sin embargo, durante el trayecto Nancy se mostró más taciturna. Tras indicar la dirección al taxista, se arrellanó en el asiento con su perro en el regazo y se pasó el tiempo acariciándolo y dándole palmaditas en la cabeza. Cuando llegaron al alto edificio y entraron en uno de los ascensores, para llegar a una de las plantas más elevadas, Nancy abrió la puerta de su apartamento, la hizo pasar al estudio, tomó su sombrero y su mantón y desapareció. Ellen aguardó su regreso contemplando las profundidades azules del cielo, cuajado de imponentes formaciones nubosas que rompían el equilibrio y que la convencieron de encontrarse peligrosamente a menos de un palmo del abismo del mundo, mirando hacia abajo con una sensación de mareo, al borde del desmayo, atraída por su inmensidad; seducida y en el brete de arrojarse al vacío, a la destrucción. «Pero ¡si sólo estoy sentada en un cómodo sofá y mirando por un ventanal altísimo! —se dijo al tiempo que estiraba las piernas como si fueran dos apéndices tenues y ambiguos—. No puedo lanzarme al vacío. Primero tendría que ponerme en pie y caminar hasta la ventana, descorrer el pestillo, encaramarme al alféizar y saltar. Lo único que necesito es mantener la calma, seguir aquí quieta, en el sofá, cerrar los ojos y fingir que no he visto el cielo; después de todo, esta sensación nada tiene de nueva, ya me he librado de ella muchas veces.»

Pero al cerrar los ojos entrevió la reja, los diamantes de luz solar y las franjas de sombra, el verde del césped y las hojas de los olmos; recordó entonces la sensación de desamparo que le infundía aquel otro panorama, la soledad enjaulada, el pánico nocturno. La negrura avanzó sobre ella, haciendo desaparecer incluso la imagen de los barrotes, sofocándola, forzándola a inhalar aire por entre los dientes, obligándola a entreabrir la boca y a emitir un ronco quejido. Abrió los ojos de inmediato y volvió la cabeza, evitando mediante ese truco el ventanal y la inconmensurable vista que le ofrecía. Se encontró mirando hacia el vestíbulo y hacia la puerta de las otras habitaciones, escuchando un extraño ruido, una especie de riña, como si la muerte hubiese adoptado garras de rata y una campanilla para hacerse sentir. Boquiabierta, transfigurados los ojos por el terror, procuró levantarse, saltar, gritar. Sin embargo, se encontraba en una postura difícil, retorcido el cuerpo, mientras las piernas, todavía estiradas, actuaron más como puntales que como palancas. Se sintió atrapada, maniatada por sus propias extremidades, como si una mano helada, anónima, le recorriese la columna vertebral, con la garganta contraída y entumecida, incapaz de articular palabra. «Si no estuviera tan aterrorizada, hasta podría divertirme con esto —pensó una parte de ella, la cínica que habitaba en su interior, propensa a la burla—. Me he engatusado hasta el punto de convertirme en mi propio carcelero.» Sin embargo, los chirridos se acercaron más, mezclados ahora con una especie de murmullo aspirado, un bufido asqueroso, y parecía hallarse tras ella, cada vez más cerca, a sus pies. «¡No puedo soportarlo ni un momento más!», se dijo, mientras clavaba los dedos en el áspero tejido de la tapicería, con la espalda arqueada, y como cataléptica en su esfuerzo por encogerse y apartarse de la fuente de la que manaba aquel ruido. Así pues, hizo un último esfuerzo para volverse, recordando esta vez que debía flexionar las piernas, tratando de acordarse de la mecánica esencial para sentarse, para cambiar de postura, si bien volvió a verse frustrada por la rigidez de sus piernas. Y el horror se apoderó de ella como una fría humedad en los tobillos y ante sus ojos flotaron más espesos los jirones de tinieblas, la negrura. Un ruido ronco, agudo como el estampido de un disparo, rompió el silencio. Y en ese momento volvió a ella la razón, mezclándose por unos instantes con el término de su confusión, tal como existen a la par el sol y la lluvia en una tarde de verano. Se sintió desfallecer y en ese mismo instante, a ciegas, extendió una mano hacia abajo, todavía presa del pánico, incapaz de darse la vuelta, sin recordar qué movimientos debía hacer para mirar abajo, pero palpó un pelaje corto e hirsuto y una fría naricilla en el momento en que Nancy hacía su irrupción en la sala, con una bandeja en las manos en la que había una botella y unos vasos.

—¡Peligro! ¿Adónde vas? ¡Oh, eres una bestia! ¿No ves que has asustado a Ellen?

Emitió una débil risita, llevándose la mano a la boca para ocultar la mueca de terror y para tapar aquel sonido tan desatinado. Su cuerpo, libre por fin de la tensión que le había impuesto el terror, se ablandó en exceso. Se sintió como una muñeca de trapo a la cual acaba de extraérsele el relleno de estopa. Nancy dejó de regañar al perro, depositó la bandeja sobre la mesa y pasó a ocuparse, de un modo educado, del susto de su invitada. Se sentó junto a ella en el viejo sofá, frotándole las manos y acariciándole la frente con suavidad.

—La verdad, a veces es temible. ¿Qué ha hecho? ¿Te ha saltado encima? No hay forma de quitarle esos caprichos. Son todo fanfarronadas y bravatas. Lo que tienes que hacer es regañarle; ya verás qué mohíno se pone. ¡Fíjate, míralo ahora!

Era cierto. El absurdo cachorrillo, acongojado por la voz de su ama, se arrastraba hacia ellas con la panza pegada al suelo, la lengua fuera, los ojos idiotizados por una humildad timorata. Esa sola visión la calmó, y logró detener la risa, aunque la evidencia de que el animal que tanto la había aterrorizado era de todo punto inofensivo la hizo cavilar de nuevo. ¿Habría algo, algo que aún no hubiese descubierto y que yaciese bajo la superficie de su mente, oculto salvo cuando se producía alguna asociación accidental que le daba carta blanca para emerger a la conciencia, como si fuese un monumento sumergido sobre unos cimientos desconocidos del todo, una piedra angular de su trastorno. ¿Y qué habría podido sacarlo a la luz esta vez? ¿Las azules profundidades del cielo? ¿El recuerdo de la ventana enrejada? ¿La negrura del pasado? Pero si había algo ahí abajo, algo además no tan remoto, puesto que en todo momento podía acercarse y arrasarla, ¿de qué forma podría llegar a conocerlo, ya que conociéndolo seguramente le sería posible vencerlo? ¿Bastaría acaso el viejo truco de separar los juicios de las emociones? ¿Podría mantenerse aparte, inspeccionar su interior, allí, tendida en el sofá, fláccida, escuchando los arrumacos de Nancy, para descubrir cuál era el fallo y así erradicarlo? No, no podía; por primera vez estuvo segura de que tal cosa era imposible. Y, por si fuera poco, y ahí estaba el quid de la cuestión, tampoco quería.

El perro, tras arrastrarse laboriosamente, había llegado otra vez a sus pies, y Nancy se agachó para acariciarlo. Fue un toque mágico, galvanizante, pues transformó lo que era una actitud propiciatoria en puro éxtasis: con entusiasmo demoníaco, empezó a aullar, a hacer cabriolas, y a perseguirse el rabo. Mentalmente, mientras observaba las muestras de júbilo del cachorrillo, oyó un surtidor de notas cromáticas;

sobre ella descendió Chopin en su pequeño vals; ilógicamente —¿o quizá lógicamente? él lo había escrito tras un jugueteo travieso como aquél. ¿No?— y por fin pudo reírse con sensatez de su propio miedo.

—Me he portado como una boba, Nancy. Por favor, perdóname.

—Pues claro, querida —contestó Nancy, al tiempo que apartaba al perro, el cual ladraba de forma explosiva, para alcanzar la botella y servir vino en uno de los vasos—. Ten, bebe un poco. Te aclarará la cabeza.

Bebió algo más que un poco; en realidad, bebió varios vasos. Paladeó aquel vino ligeramente amargo mientras Nancy desplegaba sus lienzos, llenos todos ellos de grandes manchurrones rojos y amarillos, aunque de cuando en cuando, aquí y allá, descubrió algo: a un obrero, un edificio, un árbol que más bien era pura conjetura o esbozo. Sin embargo, asintió, carraspeó y titubeó antes de pronunciarse sobre cada uno de los lienzos. Varios de ellos le gustaron de modo especial, o al menos jugó incluso a elegir el que más le agradaba de todos. Lo cierto es que no le importó estar con Nancy más de lo que había creído, aunque tal vez fuese porque había bebido demasiado vino y se encontraba envuelta en una cómoda neblina, o porque acaso, lisa y llanamente, era fácil acostumbrarse a la presencia de Nancy. Y de hecho se alegraba de contar con la presencia de otra persona; después del terror pasado, lo último que deseaba era quedarse a solas.

Un cúmulo de campanillas tintineó, propagando el eco de forma portentosa. Nancy, que estaba guardando sus lienzos en un armario, arrodillada, apretándolos, se puso en pie de súbito y exclamó:

—¡Ése debe de ser Jimmy!

—¿Quién es Jimmy?

Su amiga, sin embargo, ya había echado a correr hacia el vestíbulo, dejando abierto el armario, del cual sobresalían unos cuantos lienzos. A Nancy el rostro se le arreboló de pronto, quién sabe si por enderezarse de golpe o por cierta sombra de vergüenza.

Miró hacia la puerta: tras abrirla, Nancy la sostenía con una mano, ocultando de ese modo al que hubiese accionado el timbre. Mantenían ambos una conversación apagada; al menos, Nancy hablaba en susurros, de prisa, pero en voz tan baja que Ellen no acertó a oír ni un retazo de lo dicho. Mientras la miraba y aguzaba el oído, Nancy retrocedió unos cuantos pasos, y en el estudio entró un hombre. Ella volvió la cabeza sin esperar a más —prefería que no supieran que los había estado observando—, tan deprisa que solamente atisbó unos mechones de cabellos sin domar. Se ajetreó con la botella, sirviéndose otro vaso de aquel vino tan fuerte, y afectó indiferencia cuando los sintió entrar en la sala.

—Ellen, éste es Jimmy. Jimmy es uno de mis mejores amigos.

Con terquedad, sólo en parte por la timidez que se apoderaba de ella en el momento de conocer a alguien, en un primer momento se negó a levantar la vista. Tan sólo le vio los zapatos, unos zapatos gruesos, color ocre, desgastados por los tacones como los de su Jimmy. «¿Por qué se me habrá ocurrido pensar en eso? Hacía meses que no me acordaba de él —se dijo—. No es que no pueda pensar en él, claro.» Podría revisar todo el pasado, recordar todos y cada uno de los incidentes, con ecuanimidad, incluida esa parte. Pensando en esto, elevó la mirada y topó con unos pantalones de franela gris algo abolsados, idénticos a los pantalones sin planchar que llevaba siempre el Jimmy que ella había conocido. Cerró los ojos, los volvió a abrir en seguida, elevó todavía más la vista y vio una cazadora de cuero raído, una cremallera entreabierta, unos brazos fuertes, cortos, bronceados, unas manos de gruesos y largos dedos plácidamente colocadas sobre la pernera de los pantalones, como si abarcaran los muslos, en tanto la cazadora se arrugaba con toda nitidez en el centro. En ese momento tuvo conciencia, placentera y confusamente, de que el tal Jimmy le acababa de dedicar una breve reverencia. Volvió a parpadear y se dijo: «¡Qué extraña forma de mirar a un hombre!» Elevó más la vista, con la confianza de encontrarse con un nuevo rostro, un rostro desconocido. *Sin embargo, el rostro que vislumbró estaba muerto, ladeado, apoyado sobre una mejilla, los oscuros cabellos enmarañados sobre la almohada, los labios hacia fuera, de forma tortuosa, los párpados entreabiertos, como si el hombre, al morir, hubiese descubierto que tan sólo podía soportar un asomo de visión. Volvió a quedarse boquiabierta y vio la sangre renegrida, la cabeza destrozada... Se dio la vuelta e intentó echar a correr, pero, al igual que la otra vez, sintió que los invisibles cables que la sostenían derecha se desmoronaban de pronto... No era posible que estuviera a punto de caer, como tampoco lo era que el hombre fuese Jimmy, un Jimmy que había muerto, que de hecho estaba muerto, que de ninguna manera podía...*

—¡Diantre! —exclamó Nancy—. ¡Se ha desmayado!

(La voz le llegó desde muy lejos, temblorosa, se elevó, descendió de tono y repitió lo dicho.)

—¡Anda! —exclamó a su vez Jimmy con acento arrastrado—. ¿Qué demonios habré hecho?

Su voz, una suave voz de tenor, se entremezcló con un acorde arrancado a las cuerdas de una guitarra tocada con cierto descuido —en abierto contraste, en un contrapunto irritante y desentonado, con la acerada perfección del clavicordio, con su cadencia, tan distinta y tan distante—, y tarareó al desgaire por unos instantes, para cantar acto seguido aquel estribillo que no era fruto de una elección, sino que se diría nacido con él:

Jimmy crack corn, and I don't care!
Jimmy crack corn, and I don't care!
Jimmy crack corn, and I don't care!
My massa's gone a-waa-ay...

El olor fuerte, acre, casi desagradable, que sintió poco después la obligó a apartar la cabeza, le arrancó lágrimas de los ojos y la obligó a decir en voz bien alta:

—¡Basta, basta! ¡Estoy bien!

Nancy, sin embargo, mantuvo el frasco muy cerca de sus fosas nasales, forzándola a sentir el olor del amoníaco, mientras decía:

—¡Pobrecita! ¡Debe de sentirse tan frágil, tan desquiciada! Fíjate: hace un momento, el perro le ladró un par de veces y le dio un susto que a poco más se me muere.

Entretanto, percibió también la voz de él, suave y borrosa:

—Señora, las chicas muchas veces me han puesto muecas de asco, pero le juro por todos mis muertos que es la primera vez que una se me desmaya sólo con verme.

Al oír esto, se sentó tan erguida como pudo —tanto para apartarse del frasco de sales cuanto por cualquier otra razón— y miró fijamente el rostro curtido y afilado que tenía delante, un rostro que siempre le recordaba una silla de montar hecha en casa y desgastada y, paradójicamente, una estancia repleta de gente, con el aire viciado y una lucecita azul: el rostro que ella daba por sentado que había dejado de existir. Sin saber qué hacer, al ver que Nancy, una vez rechazadas sus atenciones, había salido del salón —probablemente a dejar el frasco en el botiquín del cuarto de baño—, parpadeó al mirar ese rostro. Y el rostro le correspondió, guiñándole un ojo con aire audaz, dramático, como si le anunciara lentamente una conspiración:

—Parece que se siente mejor, señora. Al menos, eso espero —dijo, aun antes de haber terminado de guiñarle el ojo.

Ellen se retrepó en el sofá, apartándose de él, pero Jimmy se acercó algo más. Vio que había traído su guitarra —¡qué gesto tan típico de él!— y que la había dejado sobre la mesa, cerca de la botella.

—Sí, ya estoy mucho mejor. En realidad no ha sido nada. Lo cierto es que he pasado una larga temporada enferma, y a veces todavía me siento un poco neblinosa.

—Querrá decir mareada, señora. Ha dicho «neblinosa».

—Sí, he dicho neblinosa; confusa, quiero decir. He estado una temporada en un sanatorio mental.

—Ah, ¿sí? —No hizo ninguna pausa, sino que prosiguió con aquella comedia, continuó presionándola maliciosamente—. Mi abuela está en el Hospital del Estado, claro que ya está vieja y achacosa. Usted no me parece vieja.

—¿Tenemos que pasar este mal trago, Jimmy? No tiene ninguna gracia.

—¿Señora? —Se le pusieron los ojos como platos, pero mantuvo la boca tensa, decidido a conservar la mueca que, por el contrario, debiera haber desaparecido de su semblante—. ¿La he entendido bien, señora?

Antes de que tuviera tiempo de contestar había regresado Nancy. Peligro correteaba y alborotaba a su alrededor, mordisqueándole la falda.

—Haz el favor de sentarte —dijo Nancy—. ¡Cuánto jaleo armáis! En fin, ya se sabe: los sureños sois todos iguales. Por lo que veo —dijo a Ellen—, os vais conociendo.

—Sí —dijo, a sabiendas de que debería añadir algo más, que era casi imperativo que dijera alguna otra cosa, de modo que Nancy, precisamente Nancy, no sospechara nada. Pero no pudo decir nada más—. Sí.

—Jimmy es el último grito en el Village. Bueno, ya lo es por toda la ciudad. Lo suyo son las canciones folk, pero cantadas como se deben cantar, sin pasarse de rosca ni derivar hacia el jazz. Estoy segura de que te gustaría, Ellen.

—Sí.

Era como si sólo supiese pronunciar esa palabra, como si no conociera ninguna otra, pero desprovista de significado, de expresión, de sonido; no era más que una acción mecánica, una pura disposición de los labios, un botón apretado, una luz que se enciende.

—¿No te apetece cantarnos algo, Jimmy?

Nancy intentaba mostrarse agradable, si bien se dio cuenta de que había despertado la curiosidad de Ellen. «Sabe que ha ocurrido algo, algo que yo no había previsto... Y se pregunta qué podrá ser. Si al menos no cantase...»

Jimmy encendió un cigarrillo y sostuvo en alto la cerilla, mientras se rizaba por efecto de la llama, en tanto buscaba un cenicero. Nancy, obsequiosa, corrió al otro extremo de la sala —con el perrillo ladrando sin parar, pegado a sus talones—, encontró un cenicero y se lo llevó a toda prisa. Milagrosamente, Jimmy estaba diciendo:

—Señora, si hoy me hiciera el favor de disculparme... Tengo la garganta algo dolorida, y todavía debo dar dos conciertos esta noche.

Agitó la cerilla y la dejó apagada en el cenicero. Nancy, excusándose, le quitó el cigarrillo de la boca.

—¡Por descontado que no debes cantar! ¡No lo consentiré! —exclamó—. Y tampoco pienso permitir que te eches a perder la garganta con esto. Ah, eres como todos los artistas... ¡No pensáis nunca en las consecuencias!

Hizo una pausa y lo observó, para comprobar si su discurso había causado efecto.

Se levantó y habló con su voz cansada:

—Pero todavía puedo tocar la guitarra, señora.

Y sin darle tiempo a Ellen para comprender lo que estaba ocurriendo, se echó al hombro su guitarra amarillenta, acarició las cuerdas con su manaza y pulsó con la otra dos trastes. Inició una melodía grave, algo cohibido, pero con precisión, con una hermosa precisión: tañó la guitarra tal como debía tañerla, espaciosa, equilibradamente, creando una forma en el seno de otra forma, una línea de pensamiento...

—¡Ahí va! —exclamó Nancy—. ¡Qué maravilla! Pero eso no es una canción folk. ¿O sí?

—No, señora, no lo es —dijo, agachando la cabeza. A veces, pensó, se excedía un poco, pero

¡qué bien le resultaba!—. No es una canción folk. He oído por ahí que la escribió un tal Bach.

Ella se levantó. Era un momento tan oportuno como cualquier otro para marcharse.

—Perdóname, Nancy, pero debo irme. Es por mi cabeza, ya sabes. —Y contempló largo rato al hombre, que se ponía de pie y se encorvaba, mirándola fríamente—. Me alegro de haberle conocido, señor... señor...

—Shad, señora. Jim Shad. Llámeme Jimmy.

Se vio obligada a seguirle la corriente.

—Toca usted maravillosamente, señor Shad. ¿Se sabe usted todas las *Variaciones Goldberg*?

—Las treinta y dos, señora.

—Bueno, de veras que debo marcharme. Tal vez vuelva en otra ocasión.

—No sé en qué estoy pensando —la interrumpió Nancy—. ¡Ellen, no puedes marcharte sola! Fíjate, te has desmayado dos veces en lo que va de tarde. Jimmy, lo mejor será que la acompañes. Ve con ella hasta la puerta de su casa. ¡No me digáis que no! Insisto.

Shad, sonriendo, con la guitarra en bandolera, dijo:

—Ésa era mi intención, señora.

No tuvo la confianza en sí misma necesaria para hablar con Jim al bajar en el ascensor ni al esperar ante la puerta del edificio, mientras el sol arrancaba destellos a la madera barnizada de la guitarra que Jim había apoyado contra una de las columnas del dosel de la entrada, en tanto buscaba un taxi. Él tampoco dijo nada, contentándose con lanzar unos cuantos silbidos capaces de partirle el tímpano a cualquiera, con los cuales consiguió que un taxi blanquiverde se acercara lentamente desde el otro extremo de Washington Square. Tan pronto se detuvo ante la acera, ella echó a correr y emprendió una pelea con la portezuela, consiguió abrirla, montó de un salto y trató de cerrarla antes que él pudiera impedírselo.

—¡Vámonos de aquí, a toda velocidad! —dijo al taxista.

Shad, sin embargo, reaccionó deprisa. Aunque le sorprendió la ágil táctica de Ellen, se las apañó para agarrar su guitarra y aferrar la puerta en el momento en que estaba a punto de cerrarse de golpe. La abrió y entró en el taxi, colocando la guitarra con sumo cuidado entre sus piernas, para caer de sopetón contra el asiento por efecto de la súbita arrancada del vehículo.

El conductor, a medida que cambiaba de marcha, la miró por encima del hombro.

—¿Todo en orden, señora? —preguntó.

Ella vaciló, miró de reojo a Shad, vio que una de sus grandes manos agarraba con fuerza el mástil de la guitarra, y observó que sus largos labios estaban tensos, prietos, y que sus ojos oscuros destelleaban de mal humor. ¿Se atrevería a decirle al taxista que parase? ¿Podía acaso arriesgarse a apearse del taxi? ¿No era más sensato pararse a hablar primero con Shad y averiguar cuáles eran sus intenciones, qué sabía en realidad?

—Siga, siga. Todo está en orden.

—Sí, pero antes tendrá que decirme adónde vamos.

«No debo permitir que se entere de dónde vivo —pensó—. No puedo decirle al taxista que me lleve a casa... Mejor será decirle que me lleve a cualquier otra parte, pero ¿adónde? ¿Adónde?»

—Hotel Plaza, por favor.

Le pareció que su voz sonaba tranquila, pero débil y lejana.

—Muy bien, señora.

El taxista se encogió de hombros y se recostó en el asiento; volvió a cambiar de marcha y el taxi salió por una de las curvas de Washington Square.

—¿Así que vives ahí? —preguntó Shad, y lo dijo sin arrastrar las palabras, pronunciándolas, por el contrario, con toda precisión, recortadas, sin ningún deje de acento—. Veo que has progresado mucho.

Ella no le contestó; ni se dignó mirarle. El mero hecho de mirarle le daba miedo. Sin embargo, le oyó silbar con suavidad, de forma vaga e inconclusa, unas cuantas frases de vez en vez, aquella canción que tan bien conocía; una canción que en otro momento había deseado olvidar con todas sus fuerzas, sin conseguirlo... *El moscardón*. En ese momento, él dejó de silbar, carraspeó para aclararse la garganta y comenzó a hablar:

—Creías que estaba muerto.

No fue una pregunta, sino la simple afirmación de un hecho.

Ella no contestó. Alguien apretaba y aflojaba sucesivamente una cinta de terciopelo en torno a su cabeza, la apretaba y volvía a aflojarla. Los ruidos callejeros, presentes todo al tiempo, pero que no había escuchado hasta ese momento, iban ganando en intensidad —el silbato de un policía, el motor de un camión, el gemido, a lo lejos, de una sirena—, hasta formar un crescendo tumultuoso que amenazó con ensordecerla. «¡Si sólo lograse enfocar la vista en algo, en cualquier cosa! —pensó—, en algún objeto detenido...» Si pudiera concentrarme en algo e ignorarle hasta que la carrera del taxi acabe... Ah, si así fuera, todo estaría en orden.» Pero no pudo mirar hacia Jim; incluso al mirar por la otra ventanilla veía un débil y fantasmagórico reflejo de su rostro saturnal, y en la superficie de vidrio aparecían sus ojos burlones. Y si miraba al frente, sólo alcanzaba a ver la nuca del conductor, su licencia de conducir con una fotografía en la que figuraba un rostro de aspecto rufianesco, y el taxímetro que hasta el momento marcaba 00 DÓLARES 40 CENTAVOS.

—Creíste que me habías matado.

En la nuca del taxista se había posado una mosca. Se movía sin cesar por el cuello de la camisa, sobre las arrugas de la piel, por debajo del nacimiento del cabello. ¿Por qué no se la apartaba de un manotazo? ¡Tenía que estar sintiéndola, sin duda! Un poco más y ella misma la hubiese sentido sobre su nuca, produciéndole unos espantosos escalofríos. No; de pronto lo entendió: no estaba posada sobre la nuca del taxista, sino sobre el cristal que le separaba de ellos dos. ¡Eso era! La mosca deambulaba sobre el cristal de separación, aunque en un primer momento le pareció verla posada sobre la nuca del taxista. Otro ejemplo más de cómo nos engañan los ojos...

—¿No te interesa saber qué ocurrió en realidad?

Jim Shad le hizo la pregunta lenta y maliciosamente. Ella supo que con sólo mirarle en ese instante advertiría las huellas de una sonrisa en las comisuras de su boca. Siempre había disfrutado aguijoneando a los demás; el antagonismo era, para él, la sal de la vida. Pero en esa ocasión no podía permitirse un acceso de cólera... Era mucho lo que dependía de que ella mantuviera la calma, el dominio de sí misma. Volvió a mirar el cristal en busca de la mosca, registró el pedazo del cristal de separación que alcanzaba a ver sin mover la cabeza, justamente a tiempo de verla flexionar las patas y levantar el vuelo.

—Tengo un cartapacio lleno de recortes de prensa —decía Jim—. Entre unos y otros, hay unas cuantas historias tremendamente interesantes. —Volvía a pronunciar las palabras de forma desmañada y, así, lo que decía iba tornándose más siniestro—. Hay unos cuantos titulares bien grandes, negros, de los que te meten el miedo en el cuerpo: titulares referidos a usted, señora, que a unas cuantas personas podrían interesarles un montón...

El taxi había hecho un alto en el trayecto, obligado por el semáforo del cruce de la calle Cuarenta y dos. A un lado del taxi había un autobús de dos pisos, al otro un camión... No podría saber cuál era la densidad real del tráfico sin mirar a su alrededor, sin mirarle a él. Y si le miraba a la cara, temía que ocurriera lo mismo que había ocurrido tantas veces en el pasado: que cedería ante él. Volvería a dejarle hacer lo que quisiera. Todo volvería a empezar. No, no podía atreverse a correr semejante riesgo.

Él seguía en lo suyo medio en broma, con su tono trivial de siempre, chapurreado, adrede; su voz, cálida y musical, incluso cuando hablaba de aquel modo tenía el matiz seductor que daba a su manera de cantar un aire de sencillez, de veracidad, de auténtica calidad. Sólo que lo que decía en ese momento no era sencillo, no era siquiera bueno, sino terroríficamente cierto.

—No consigo entender por qué no te interesa lo que te estoy diciendo. Sé que te interesaría, y mucho, con sólo echar un vistazo a las ilustraciones que salieron en los periódicos cuando decidieron buscarte por todo el país. Les dejé algunas de tus fotografías profesionales... Ya sabes, aquellas fotos que te sacaron con aquel vestido tan coqueto, un tanto ligero y atrevido, pero coqueto de todas todas; aquel vestido azul que te ponías tan a menudo...

Arrancó de nuevo el taxi, lanzado a la carrera, en tanto el conductor zigzagueaba por entre el tráfico, decidido a ganar unos segundos, atravesando de ese modo la calle Cuarenta y tres, la Cuarenta y cuatro, la Cuarenta y cinco. Con la mirada fija en el taxímetro, que marcaba 01 DÓLARES 05 CENTAVOS, decidió obligarle a poner sus cartas sobre la mesa.

—¿Vas a intentar chantajearme?

Él permaneció en silencio unos instantes, durante los cuales atravesaron otras dos calles y se detuvieron en otro semáforo, muy cerca de Radio City. «El Plaza está en el parque, es decir, en la calle Cincuenta y nueve: otras diez manzanas, dos semáforos más —pensó—. Si consiguiera darle el pego hasta entonces... Él cree que vivo en el Plaza, y no se espera nada... Seguramente conseguiré rehuirle...»

—Me sorprendes, Ellen. Me sorprendes y me desazonas —dijo, prescindiendo de nuevo de su acento coloquial. Ella nunca se había dado cuenta de lo muy efectivo que podía ser utilizar dos voces diferentes, una para las amenazas y otra para las zalamerías—. Siempre pensé que tratarías mejor a tus viejos amigos. Quería verte otra vez, eso es todo... Quería charlar contigo, recordar los viejos tiempos. Chantaje... Eso sí que es una palabra fuerte. Una palabra terrible, Ellen. Deberías pensarlo dos veces antes de pronunciarla.

El taxi estuvo esperando durante lo que a ella se le antojó un lapso interminable, hasta que cambió el disco. La cinta de terciopelo se apretaba más y más sobre su cráneo, el taxímetro tictaqueaba cada vez más fuerte, la ruedecita blanquinegra que giraba y giraba parecía mostrar que el mecanismo se había vuelto loco, pues diríase que retrocedía al tiempo que avanzaba. Lo pensó lentamente y decidió que no era el momento de decir palabra, que era preferible ganar tiempo, obligarle a repetirse, cosa que conseguiría con sólo permanecer callada.

—Ya entiendo por qué te preocupa la posibilidad de un chantaje —dijo cargando el acento sobre la última palabra, regocijándose en el eco creado—. Tu marido es un hombre muy importante, el director de una de las orquestas sinfónicas más antiguas y con más solera de todo el mundo... Un hombre con una reputación que defender. Y, puestos a pensarlo, también tú tienes una sólida reputación, Ellen, un buen nombre que debes conservar inmaculado ante tu público. Ha pasado mucho tiempo desde que diste tu último concierto... Mucho tiempo desde la última vez que los periódicos hablaron de ti. Sí, ahora que lo pienso, entiendo perfectamente por qué te preocupa tanto un chantaje. —Hizo una nueva pausa, como si sopesara la palabra en cuestión—. No sería ni mucho menos agradable, ¿a que no? No, no podría ser agradable que los periódicos volvieran a airear aquellas viejas historias. La gente lo iba a pasar igual que en un circo romano, Ellen. Y tú no podrías hacer lo que se dice nada, nada de nada, para impedirlo.

Rugió el motor del taxi; el conductor, impaciente, parecía librar una carrera contra sí mismo. Cambiaba de marcha despiadadamente, triturando la caja de cambios, que emitía un ruido áspero de cuando en cuando. El taxi avanzó dando tirones, perdió velocidad, se detuvo en seco y el taxista soltó un improperio. El automóvil que iba tras ellos hizo sonar el claxon, y a su lado pasó un monstruo amarillento y verdoso, un autobús igual que la tortuga en el momento de rebasar a la liebre. Ellen contuvo la respiración, sintiendo en el oído el claqueteo del taxímetro, y clavó las uñas en el asiento de cuero, con la esperanza de que el taxi no se hubiese quedado averiado, con la esperanza de que volviese a arrancar. A la postre, así fue, pero sólo después que otro autobús y varios automóviles más lo rebasaran emitiendo bocinazos, como si manifestaran su desprecio. Por desgracia, una vez que se pusieron de nuevo en marcha tuvieron que avanzar muy despacio, y dejaron atrás las calles Cuarenta y seis y Cuarenta y siete poco a poco, detenidos de nuevo por culpa de un semáforo.

—Sí —dijo Jimmy—. Entiendo de sobra por qué te preocupa tanto un chantaje. Lo que en cambio no entiendo, señora mía, es por qué te pasa por la cabeza que yo podría rebajarme a chantajearte...

Hizo una pausa, y dejó que la última palabra revoloteara por el aire.

Ella no dijo nada. El taxi volvía a moverse, esta vez en silencio. El taxista descubrió un hueco entre el flujo de vehículos, giró el volante como un poseso y se introdujo por aquella vía de escape. Las manzanas fueron quedando atrás a buen ritmo: la calle Cuarenta y ocho, la Cuarenta y nueve, la Cincuenta, la Cincuenta y uno... ¡A ese ritmo, incluso lograrían llegar al Plaza!

Pero no pudo ser: tuvieron que detenerse ante el semáforo de la calle Cincuenta y dos. El tráfico volvió a esperar y se detuvieron a mitad de manzana.

—¿No vas a contestarme, Ellen?

¿Cómo iba a contestarle? En lo único que acertaba a pensar era en la fuga, en huir del taxi, de aquellos matices contrastados de que hacía gala su voz insolente, de aquella pronunciación sureña y arrastrada y de la brutal precisión propia de su segunda forma de hablar. Siete manzanas más y habría llegado al hotel; siete manzanas más, un semáforo o con mala suerte dos. En eso era en lo único que podía pensar, y de eso no podía hablarle a Jimmy. Era más que posible que él hubiese adivinado cuáles eran sus planes, y probablemente había ideado ya un medio de impedírselo.

Volvió a silbar suavemente, pero con ilación. Silbó de cabo a rabo *El moscardón*, y acto seguido volvió a hablar, arrastrando las sílabas con un tono musical, de modo que a ella le dio la sensación de que sus palabras brotaban de la vieja canción.

—¡Ah, cuánto me gustabas con aquel vestido, Ellen! Era de lo más atrevido.

A ella se le arreboló la cara, y sintió un calor en la piel incluso debajo de la ropa. Él la observaba con mirada implacable, como si le tomara la talla, como si midiera a aquella Ellen que tenía delante para compararla con la Ellen que había conocido años antes, a la cual volvía a ver con aquel vestido escueto, diáfano. Ella deseó apartar la mirada, pero no pudo, fuera por lo que fuese. Sus ojos hicieron frente a la mirada de él. Sus temperamentos también se encontraron de frente y chocaron el uno con el otro. Entonces él se aproximó a ella y, antes que ella se diera cuenta de lo que iba a suceder, la tomó en sus brazos.

Se sintió como en un rincón conocido. Sus brazos eran tan fuertes como ella los recordaba, su boca igual de franca y subyugante. Ella se desperezó por dentro —una gata, cálida y gordezuela atravesó una habitación, estirándose con ademán orgulloso, perezosamente— y recibió su beso. Y en ese mismo instante le sobrevino la negrura, una negrura arrasadora y henchida, que se aferraba a ella, que la reclamaba, si bien amistosa, nunca hostil. Cedió a esa negrura. Ese regreso a las tinieblas fue como una bienvenida de vuelta a casa, un abandono a la placidez del olvido. Allí no había amenaza posible, no sintió en ningún momento la agobiante excitación propia de las otras veces que se había encontrado sumida en aquel pozo; se dejó ir bajo la superficie de aquel mar, se abrigó con la niebla de aquella noche que volvía a engullirla. Antes le había parecido vasta, incalculable, informe, incognoscible; una auténtica catástrofe, y por ello había peleado contra la negrura, se había esforzado por regresar al punto de partida, había luchado con denuedo por volver a flote, por alejarse de aquella fuerza que la arrastraba hacia abajo, y mantenerse de ese modo a salvo. Sin embargo, esta vez el negro océano se le antojó limitado, con forma y sustancia propias, lleno de significado... Un estado de beatitud al cual se sometió, de manera tan inequívoca como cuando abandonaba la consciencia para sumirse en el sueño, y se unió a él de todo corazón, igual que cuando, de niña, se encaramaba al regazo de su padre, regocijada ante su paulatina pérdida de identidad.

Su padre había sido un hombre de carácter fuerte, poco amable pero apasionado. Había abarcado a su familia y la había encerrado dentro de los límites de su propia personalidad, para darle el mundo tal como él lo había visto. Su mundo era más bien escaso de miras: se centraba en su establecimiento, con sus estantes llenos de libros y sus objetos de papelería, sus empleados mansos y recatados, su fachada académica, con escaparates de cristal emplomado y un cartelón que se balanceaba, crujiendo, los días de viento; sin embargo, su mundo había supuesto una intensa experiencia, tanto para su hija y su paciente esposa como para él mismo. Las dos habían atendido a sus clientes, su mujer había llevado los libros de contabilidad y se había encargado de pagar las facturas con su dolorosa y aseada caligrafía, mientras Ellen se dedicaba a quitar el polvo y fregar los suelos, engrasar las encuadernaciones de cuero, hacer recados y embalar los paquetes. El librero había asistido a los grandes acontecimientos de su madurez a través de la lente de aumento de su comercio, para referirse a la guerra, a pocos años del armisticio, como «aquellos años en que guardábamos en el sótano todo lo alemán». Su década de prosperidad se concentró en sus viajes anuales, en verano, a Europa, viajes que a Ellen le habían supuesto largos y acalorados días en el interior de la tienda, mientras ayudaba a su madre a llevar el negocio en ausencia del padre, al cuidado de cajones enteros de volúmenes mohosos, de carpetas de grabados procedentes de Francia, de magníficas encuadernaciones que había que mimar durante los largos atardeceres del invierno.

Hasta los propios acontecimientos de la ciudad en que vivían les llegaban filtrados a través de los contactos que mantenía su protector con sus clientes. El incendio de un almacén, a resultas del cual cuatro obreros habían perdido la vida, y que los demás habitantes de la localidad se habían reunido a contemplar, admirados al ver cómo encendía la noche, lo comentó al desgaire el reverendo Swayer el día que les compró una colección de Jonathan Edwards. El padre, aquella misma noche, durante la cena, lo mencionó con igual despreocupación, al comentar cómo, mientras cerraba la operación con el reverendo, había descubierto que una de las barbas del papel estaba ligeramente cubierta de polvo. ¡Cuánta vergüenza había pasado y cuánto provecho le había sacado el cura al incidente! Todo lo que sabían de la política, del extranjero, de los asuntos de la localidad, brotaba gota a gota, de uno u otro modo, de aquel imparable flujo de información que constituía la venta de libros... Pues todo lo que leían —lo poco que leían— eran los volúmenes estropeados, los que no se podían vender, o aquellos otros que, por la razón que fuese, caían en desgracia o perdían la estima de su dueño y eran devueltos, calificados de mercancía inadecuada. Su padre tenía verdadero orgullo por su habilidad para descubrir cuándo se había leído un libro y cuándo no, y el mero hecho de haber sido objeto de una hojeada le hacía perder valor automáticamente. «Los libros son bienes tan perecederos como los huevos o la mantequilla —solía decir—, y por tanto deben manipularse con exquisito cuidado.»

La negrura, el torbellino, otrora aterrador —pero en esta ocasión sosegante—, la neblina... Todo ello se hallaba íntimamente engarzado con esto, así como con sus otros recuerdos: los días pasados en la escuela, cuando los otros niños se burlaban de ella por su afectación al hablar y la excluían de sus juegos por su extravagante manera de vestir; el piano vertical que su madre había heredado de un tío carnal, y el maravilloso espectro de sonido, los colores continuamente cambiantes de las notas y los acordes, los silencios momentáneos y el deslumbrante esplendor de las sonoridades cada vez mayores que le había permitido evocar... El piano la había ayudado, y mucho, a ganarse su liberación de la tienda, aunque no bastó para dejarla remontar el vuelo y alejarse de su padre, pues éste, por razones tan inescrutables como las que subyacían en sus restantes pasiones —la tienda, la familia, su persona derecha y varonil—, compartía con ella su hambre de música, y se le plantaba detrás, con las manos a la espalda, para oírla ensayar, listo para dedicarle un gesto de reprensión o disgusto tan pronto equivocase una nota, o a propinarle un doloroso tirón de las trenzas en cuanto diese muestras de pereza o apatía.

En ese momento la vigilaba muy de cerca, mientras ella soñaba todo eso; descollaba encima de ella, obligándola a cumplir con su voluntad. Ella arqueaba los dedos, atacaba, aporreaba el enigma de las teclas, las viejas y tensas cuerdas propagaban sus largas, intensas vibraciones, las armonías y los sostenidos, los dolorosísimos ritmos. La sombra de su padre se proyectaba sobre ella y la envolvía. Él era el mar, la noche, la imagen amenazadora, aunque benévola, contra la cual tenía que defenderse, por más que en el fondo se sometiera. Y allá al fondo, clara y alejada de la noche, sonaba otra música, una serie de frases armónicas, una serie de notas grabadas al aguafuerte en tonalidades metálicas que eran, por encima de toda consideración, algo completo en sí mismo, algo en contacto pleno con una sencillez y perfección, con una esencia, algo que no le perteneció ni entonces ni ahora, pero para lo cual estaba delineada ella, a lo cual estaba consagrada en cuerpo y alma. Sin embargo, el aria que había oído se hallaba en flagrante conflicto con la negra y envolvente sombra, por lo cual no podía surgir de ella, y parecía existir por completo al margen, en un tiempo del todo diferente. Todos estos dulces sonidos nada tenían que ver con la acogedora presión que sentía, con la cálida e inmediata negrura, con el semblante frío y aséptico de su padre, ya muerto, apoyado sobre un almohadón color albaricoque y envuelto en una fétida atmósfera de rosas, con los cortinajes fúnebres que ocultaban la forma de algún pariente arrodillado. Los sonidos persistían a despecho de las sacudidas, de la alarmante, machacona intrusión de una disonancia más extraña si cabe; una barahúnda ruidosa y caótica que terminó por disipar la negrura a merced de una corriente de luz solar resplandeciente, un alboroto que tomó forma, en definitiva, sobre las imágenes y no sobre la música, en un mundo de cuero negro lleno de estrellas, en un rostro de cuero ocre, en una ruedecita blanquinegra que claqueteaba como si se hubiese vuelto loca, como una ruleta enloquecida, así como en una voz gutural y altisonante que le gritaba, por segunda o quizá tercera vez:

—¡Señora, hemos llegado al Plaza! Aquí me dijo que la trajera. Oye, tío... ¿estás seguro de que se encuentra bien?

Y otra voz —una voz suave, de tenor, que conocía tan bien que no podía atemorizarla—, decía en ese momento:

—Me parece que sí; lo que pasa es que ha tenido un desmayo. Ya recupera el sentido. Verás como de aquí a nada está más contenta que unas pascuas. En fin, gracias por todo.

Ella entreabrió los ojos. Jimmy le sonreía con dulzura. Acababa de entregarle al taxista algún dinero, y el hombre se había dado la vuelta. Ella se dispuso a levantarse, pero el brazo de Jimmy la retuvo, la obligó a permanecer sentada. Este amago de dominio le recordó su decisión, le devolvió su resolución, la llevó a intentar zafarse de él. Él dejó la guitarra a un lado y la ayudó a bajar del taxi con ambas manos. Caminaron el uno junto al otro, ella del brazo de él, hacia el portero.

—Esta señora ha sufrido un desmayo —dijo cadenciosamente Jimmy al portero—. ¿Quiere encargarse de ella mientras voy a por mi instrumento?

El portero la ayudó a subir los escalones mientras Shad volvía al taxi.

Tan pronto terminó de subir los escalones, se desprendió del portero y dio la vuelta en redondo. Sus movimientos se le antojaron lentos y pesados, y también le pareció que Jimmy avanzaba hacia el taxi con verdadera lentitud. Esa escena, bajo el crudo resplandor del sol, se le antojó irreal, teatral. «Este hotel ante el que me encuentro no es un hotel conocido, un hotel al que haya venido otras veces a cenar o a bailar, sino un telón de fondo... Este hombre, con su librea, no es en realidad un portero, sino un actor algo envejecido, y ese hombre al que observo, el hombre que abre la portezuela del taxi y recoge su guitarra no es en realidad Jim Shad, sino el galán de la película.» Sin embargo, en cuanto esto se le pasó por la cabeza, en cuanto procuró convencerse de que la conversación que había mantenido en el taxi no había tenido lugar, sino que había formado parte del sueño que había tenido al desmayarse, su yo frío y escéptico se acuarteló y pasó a la acción. Se volvió al portero —era, ciertamente, un viejo, un hombre con la cara colorada y rolliza y los ojos de un azul transparente— y le dijo:

—¡Ese hombre se ha dedicado a importunarme! ¿Será tan amable de impedirle que me siga?

Y sin darle tiempo a contestar, pues esperó sólo lo necesario para comprobar que sus cansados ojos se encendían de indignación, entró corriendo en el oscuro, fresco vestíbulo del hotel, para internarse por un pasillo que conocía de sobra y salir por una puerta lateral. Encontró allí mismo otro taxi.

Dio su dirección al conductor y se retrepó en una esquina del asiento, para que nadie la viera desde la calle. Sus temores en modo alguno habían terminado, si bien supo que se hallaba relativamente a salvo de Jim. Por descontado, conseguiría saltarse al portero; a saber qué mentiras le diría, y tal vez incluso le metiese un billete en el bolsillo. Para entonces, sin embargo, ella habría ganado unas manzanas de ventaja: lo único que le aseguraba el éxito de la fuga era ese retraso, esa mínima dilación que logró imponer a su perseguidor.

¡Al menos, de momento! Suspiró y se llevó a la sien la mano helada. ¿Qué haría él a continuación? ¿Iría a ver a Basil, a contarle la verdad de los hechos? De momento, no. Primero intentaría por todos los medios volver a verla si lo que buscaba era el dinero. Y probablemente lo era, por más que lo hubiese negado. Claro que ¿cómo no iba a negarlo? ¿Acaso no era propio de su forma de ser el hacer las cosas de manera sesgada, forzando a los otros a inferir de sus acciones lo que en realidad deseaba?

Pero ¿y si decidía ir a ver a Basil? Metió la mano en el bolso y, con los dedos temblorosos, sacó un cigarrillo. Si le contaba a Basil con pelos y señales lo ocurrido... Ni siquiera se aventuró a considerar lo que sucedería. Basil se había comportado de forma bien paciente y... ¿Cuál era la palabra que se solía emplear para referirse a una mujer que se aprovechaba de su esposo? Una mujer insufrible, eso era. Él se había prodigado con toda suerte de amabilidades y deferencias mientras duró su prolongada enfermedad. ¡Y en el preciso instante en que estaban a punto de recomenzar su amor, tenía que aparecer, así de repente, Jim Shad!

Miró por la ventanilla y cayó en la cuenta de que le faltaba tan sólo una manzana para llegar a su casa. Una súbita aprensión, un impulso repentino de velar por su seguridad, la llevó a repicar en el cristal que la separaba del taxista para hacerlo parar. Le pagaría allí mismo y recorrería a pie el trecho que le faltaba. De ese modo podría asegurarse de que no la seguía nadie.

Al cruzar la avenida vio que otro taxi estaba aparcado exactamente en el portal de su casa.

Bien podría no significar nada, pero podría ser una señal de peligro. Aminoró el paso, titubeó a cada poco y esperó para comprobar quién entraba o quién salía. El sol, que había permanecido oculto por el perfil de los rascacielos, asomó de repente por el oeste y sus dedos encarnados prendieron fuego a la calle, iluminándola de forma harto misteriosa. Y alguien abrió la puerta de su casa y bajó las escaleras, corriendo, para subirse al taxi.

Lo vio un brevísimo instante y bajo aquella luz, pero discernió aquel perfil, un perfil marcado por la juventud, con una gracia de movimientos inolvidable. Cuando alzó la vista para precisar de qué puerta había salido aquella muchacha, se encontró con que todas estaban cerradas. Y cuando volvió a mirar el taxi, éste ya había arrancado.

Al emprender de nuevo la marcha a casa, a paso más vivo, Ellen no pudo evitar acordarse de lo que le había dicho el doctor. «Puede que su marido haya conocido a alguien durante estos dos años. Tal vez tenga usted razón... Puede que haya cambiado.» Cuando abrió la puerta con su llave, se dirigió de inmediato a la consola del vestíbulo, abrió de un tirón el cajoncito y registró meticulosamente las postales y las cartas que contenía.

Ya no estaba allí, por más que la hubiese encontrado en el mismo lugar pocos días antes, aquella carta con un sobre que olía a lavanda, con una interesante caligrafía femenina. No le cupo duda de que la había visto allí mismo: en eso no se equivocaba, pues el penetrante perfume de la carta todavía flotaba vagamente, provocativamente, en el interior. Pero la carta había desaparecido.

4

Al subir la tapadera del buzón la notó fría. Observó por última vez el sobre cuadrado con su propia caligrafía, vio cómo resbalaban sobre la superficie las gotas de lluvia, cómo se formaban los círculos de humedad, cómo se extendían. De mala gana, soltó la tapa y oyó el ruido que hizo al cerrarse. La carta había emprendido su curso; ya nunca podría recobrarla. ¡Mañana mismo él la tendría entre sus manos y la leería! Este pensamiento la complació y la llevó a mirar a su alrededor, para ver si alguien se había fijado en lo que acababa de hacer.

La calle del pueblo trazaba una curva, y estaba desierta del todo. Las ramas bajas de los robles que flanqueaban ambas aceras estaban cargadas de lluvia. Las hojas se inclinaban vencidas por el peso del agua, y tronco abajo corrían negros riachuelos. ¡Tenía que volver cuanto antes al colegio; si no, la iban a matar! Se arropó con su impermeable y se dispuso a recorrer la calle. ¡Qué tontería por su parte prestar tantísima atención a una carta insignificante! Se rió de sí misma, y una gruesa gota de lluvia le corrió por la nariz y le humedeció los labios, haciéndola reír aún más. Un hombre famoso como Jim Shad jamás se fijaría en la nota que le enviaba una colegiala. Sin embargo, con un poco de suerte... Nunca se sabe... Y si se fijase, si quisiera concederle una entrevista para el *Noticiario del Conservatorio*, ¡qué celosa iba a ponerse la listilla de Molly Winters!

Esta esperanza le dio calor con el que protegerse de la fría lluvia de primavera. Se puso a tararear el aria de Bach que había hecho suya. Cada vez que la tarareaba solía sentirse mucho mejor, pues le resultaba de lo más apropiado. Le encantaba el modo en que ascendía y descendía; esa tranquila dignidad, la facilidad con que discurría, los gorjeos y las notas decorativas. Sin embargo, suspiró, nunca aprendería a tocarla —¡y para qué hablar de tararearla!— tal como la oía en su interior. El señor Smythe le dijo que un día sí, que un día podría tocarla tal cual; que lo único que debía hacer era practicar, practicar y practicar; que nunca había tenido una alumna con semejante talento innato. Claro que el divertido señor Smythe, con sus cabellos rizados, sin poder taparse nunca la calva, era en el fondo un viejecito adorable. Ella le gustaba; eso debía de ser todo.

Se le ocurrió la idea de escribir a Jim Shad dos semanas antes, cuando se escabulló con Molly y con Ann después de que la supervisora se hubiese acostado. Las tres cogieron un taxi para llegar a Middleboro. Antes ya le habían oído por la radio, y llevaban varios meses planeando ir una noche al Gato Negro a verle tocar. El único problema consistía en que el Gato Negro era una popular taberna en las afueras de Middleboro, a diez millas del conservatorio, y que a las chicas no se les permitía salir después de las once de la noche, ni siquiera los sábados. Por si fuera poco, el sitio era más bien caro: la última vez que fueron les costó cinco dólares, aparte el precio del taxi de ida y el de vuelta, más unas cuantas Coca-Cola que salían a cincuenta centavos cada una. De no haber sido porque Molly acababa de recibir su paga mensual, no habrían podido ir ni de broma. Ellen se encargó de averiguar a qué hora se iba a la cama la supervisora y por dónde era posible escabullirse sin despertarla.

Claro que Jim Shad valía la pena. ¡Era sencillamente impresionante! Alto, flaco, con la cara curtida por el sol y un cabello oscuro y rizado que le caía sobre un ojo. Cantaba con voz de tenor, melodiosa, muy, muy lentamente y con suavidad, pronunciando las letras de forma algo arrastrada, de manera que daba la impresión de estar cantando exclusivamente para un solo interlocutor. A Ellen le gustaban mucho sus canciones: unas eran inglesas y tenían varios siglos de antigüedad, mientras otras procedían de las montañas de Kentucky y de Tennessee o de mucho más al Oeste. Se acordaba de una en concreto mucho más que de las otras: su letra se refería a *El moscardón*. Esa canción le gustaba casi tanto como el aria de Bach.

Era lunes, lo cual quería decir que recibiría su carta el martes y, caso de contestar a vuelta de correo, a ella le llegaría el miércoles, o el jueves a lo sumo. ¡Ah, qué no daría por ver la cara de Molly Winters en ese mismo momento! ¡Qué celosa iba a ponerse en cuanto se enterase de que Jim Shad le había escrito a ella, a Ellen! Entonces, cuando fueran al Gato Negro a ver a Jim Shad, Jimmy —a ella le gustaba llamarle Jimmy, aun sin que nadie lo supiese, si bien, evidentemente, tendría que llamarle señor Shad para mostrarse cortés— se acercaría a su mesa y hablaría con ella. Y todo lo que le dijera, excepto las partes más especiales, lo sacaría en la entrevista que pensaba publicar en el *Noticiero del Conservatorio*. ¡Oh, era tan maravilloso que apenas podía creer que fuera cierto!

La lluvia empezó a caer de forma torrencial. Por la calle bailoteaban grandes, ondulantes, neblinosos telones de lluvia que descargaban sobre ella y sumergían las farolas como si fuesen globos del luz helada. Echó a correr y sintió que sus zapatillas deportivas, con suelas de goma, hacían un ruido extraño, rítmico, una especie de chapoteo sobre las aceras resbaladizas, mientras se desbordaban las alcantarillas, encenagadas por el chaparrón. Si la lluvia le calase el bonete, cosa que ya le había ocurrido otras veces, los rizos le desaparecerían del peinado; así pues, debería volver a la peluquería el mismo sábado. Como no tenía dinero suficiente para la peluquería y para ir al Gato Negro, siguió corriendo más y más aprisa, sintiendo que el corazón le latía al galope y que la lluvia le hacia daño al azotarle la cara. El último tramo de su recorrido era cuesta arriba. Cuando llegó al porche bajo, de blancas columnas, cada inspiración le suponía una dolorosa punzada. Permaneció un instante quieta en el porche que barría la lluvia, observando los columpios y el tobogán que relucían bajo la lluvia, antes de restregar los zapatos contra el felpudo y abrir la puerta.

Su padre, alto, como un espectro, le bloqueaba la entrada. Tras él vio el estrecho vestíbulo de su casa, y sintió el olor empalagoso y punzante, un olor a flores que impregnaba el ambiente. ¡Pero no podía ser...! ¿Acaso no había echado al buzón, pocos minutos antes, una carta, para volver a todo correr al colegio, en la ciudad en cuyo conservatorio estudiaba? ¿Cómo era posible que al abrir la puerta del colegio se diese de manos a boca no con el amplio pasillo y las escaleras tapizadas por una alfombra roja a las que tan acostumbrada estaba, no con el rostro ancho y complaciente de la directora, sino con el semblante severo y colérico de su padre? Perpleja, sin entender lo que ocurría, avanzó paso a paso, procuró colarse junto a su padre, la vista fija en los charcos que se formaban sobre la alfombra gracias al agua que chorreaba su bonete y su impermeable.

Sintió que algo o alguien le aferraba del hombro, que se lo apretaba con fuerza, y se sintió atraída hacia su padre; sintió el áspero, endurecido contorno de su cuerpo. El penetrante olor de las flores, cierta insinuación de podredumbre, le punzó las fosas nasales y le produjo una náusea. La vergüenza y el resentimiento la hicieron sentirse algo rígida, pero valiente. Con toda su fuerza de voluntad, se negó a levantar la vista para mirarlo. En alguna parte, tal vez allá arriba, alguien practicaba una escala y la repetía una y otra y otra vez, y siempre fallaba en la misma nota. Mientras aguzaba el oído, percibió la voz de su padre, seca y metálica, acatarrada.

—¡Desvergonzada! ¡Eres una desvergonzada! ¡Mira que salir por ahí mientras tu pobre, tu santa madre acaba de morir en casa! ¡Qué manera de andar por esos andurriales, como una perdida! ¡Háblame! ¡Dime algo, lo que sea! ¡Dime dónde has estado!

Ella, pese a todo, no dijo nada. Al contrario, las airadas palabras con que quiso contestar se le atascaron en la garganta, rebotaron contra sus tensos labios. Empujó con toda su fuerza para zafarse de su brazo, atravesó el vestíbulo a la carrera y subió las escaleras a toda prisa. Él corrió tras ella, le silbaba la respiración por entre los dientes, la cogió y la atrajo hacia sí con fuerza, para colocarle la mano en la barbilla y forzarla a levantar la mirada, pellizcándola bruscamente. Ella no estaba dispuesta a abrir los ojos, ni a mirarle, y tampoco lo estuvo cuando él se puso a maldecirla en voz baja, a decirle cosas cuyo significado ella desconocía, mientras le empujaba la cabeza hacia atrás, cada vez más, hasta que todo empezó a darle vueltas y las negras profundidades, como un animal peludo, como un manto suave, como el sueño de la noche, la envolvieron...

Después tuvo conciencia de estar arrodillada en una sala atiborrada de flores, las manos pegadas a los costados, sintiendo el espeso y dulzón aroma de las flores a su alrededor, cercándola, encerrándola junto con aquello que había en un ataúd. La habían obligado a mirar aquello, aquel pedazo de carne fría e inanimada que había sido su madre, los párpados pálidos y cerúleos, las mejillas maquilladas, los labios que sonreían de forma insípida, de un modo como nunca se habían curvado en vida. Los dos, su padre y el sacerdote, con palabras suaves y aduladoras, la obligaron a besar aquellos labios, e insistieron en que probara el tacto de aquel cuerpo helado. Luego, mientras a sus espaldas murmuraban los conocidos y los amigos, un murmullo como el de una multitud de romanos congregados en el anfiteatro a la espera del comienzo del espectáculo, se hincó de rodillas, temblorosa, y cerró los ojos, pero se negó a juntar las manos para simular una plegaria, manteniéndolas rígidas a uno y otro lado, mientras la tonante voz del sacerdote entonaba el panegírico:

«... Una buena mujer, que ha recorrido con nosotros un buen trecho del camino, una mujer a la que todos conocíamos y queríamos, una mujer que ha cuidado de su hija, que la ha nutrido y la ha protegido y que ahora, una vez concluido el período que le fuera asignado, ha entregado la sal de la vida a esta niña, se la ha ofrecido, y le ha ofrecido con ella vivir la vida de los justos que ella misma ha vivido; la ha invitado a conducirse como ella, a ser hija de su madre y a vivir en presencia de Dios durante todos los días de su vida...»

Aquellas palabras la horrorizaron, dieron vueltas y más vueltas en su cabeza como si fueran monstruos horrorosos y asesinos. Con los ojos aún cerrados, las manos pesadas e inertes, se levantó, vacilante, y se dio la vuelta. La voz del sacerdote proseguía su prédica, como el zumbido mecánico de una máquina que fabricase un tono determinado, una exhalación; la congregación de amigos y parientes suspiró al unísono, exhaló un suspiro enorme y entreverado de clara desaprobación. Abrió los ojos y se enfrentó a todos ellos, a aquel amasijo de ropas, lleno de bultos, brazos y piernas, y de globos sonrosados que en el fondo eran sus rostros. Les hizo frente durante un momento, un momento en el cual una cápsula de terror fluyó por sus venas, inmovilizándola, convirtiéndola en un abrir y cerrar de ojos en el acompañante más idóneo de aquello que había en el ataúd. Acto seguido echó a correr por el pasillo, dejó a un lado a la hija del vecino, que remoloneaba sobre el piano, para salir al vestíbulo y subir las estrechas escaleras. Al llegar al rellano, oyó que su padre la llamaba, oyó que toda su cólera rebotaba contra las paredes de la casa y se propagaba en ecos desiguales, como si comenzara así su existencia en el limbo. Y supo entonces que ya era tarde para volver, que, tras la huida, debía continuar corriendo, que una vez abandonado aquel escenario era imposible volver para formar parte de todo aquello. Por eso siguió corriendo por los pasillos del segundo piso, pasillos que ni siquiera se paró a inspeccionar, tras abrir una puerta de golpe, impulsada por su propio terror. Y se encontró no en su habitación, en su casa, sino en su habitación del colegio, a salvo, segura, envuelta por la penumbra de un lugar conocido que todavía no estaba impregnado de la ira paterna; un lugar alejado tanto por el espacio como por el tiempo, lejos de la casa en la que había transcurrido su infancia, la casa del rencor y la muerte, del dulce miasma propio de las flores del funeral.

Molly Winters, su compañera de habitación, estaba sentada ante su mesa de trabajo, con la cabeza apoyada en la mano, adormecida sobre el texto de orquestación que, por lo visto, había estado estudiando. A causa del impulso que llevaba, cerró de un portazo, despertando de ese modo a Molly que sobresaltada le preguntó con tono de reproche dónde había estado.

—Fui a echar una carta al correo. Llueve muchísimo.

Se acercó al armario, en el cual colgó su gabardina y su bonete, ambas prendas empapadas, para mirarse en el espejo y ahuecarse el cabello con ambas manos, preocupada por si habían desaparecido las ondas. No; por suerte todavía conservaba su peinado, pero ¡qué desastrado aspecto el suyo! Se dedicó a cepillarse el pelo vigorosamente, sin hacer el menor caso de Molly, la cual, en cambio, no le quitaba ojo de encima, como si no la hubiera visto nunca y como si nunca más la fuese a ver. «¡Qué tonta! —pensó—. ¡Qué celosa se pondría si supiera que le he escrito a Jimmy Shad!»

—Ellen, me temo que no podré ir contigo al Gato Negro el sábado por la noche. —Molly lo dijo con titubeos, desilusionada—. Vienen a verme mis padres este mismo fin de semana. He recibido carta de ellos esta tarde.

Siguió cepillándose el pelo como si no la hubiese oído, aunque se le aceleró el pulso al escuchar las palabras de Molly. Si Molly no podía ir, Ann tampoco iría, pues Ann no iba a ninguna parte a menos que fuera Molly con ella. Y si Ann no la acompañaba, una de dos: o iba ella sola o se quedaba sin ir. Nunca había ido sola a un club nocturno, y en ese momento tampoco le apetecía. No le pareció sensato. Pero había depositado en el correo la carta a Shad... Y si no acudía a la cita, perdería la oportunidad de conocerlo. Por otra parte, si fuera a verlo se encontraría a solas con él, sin que Ann ni Molly se entremetieran en su conversación. Iba a ir, decididamente. ¡Por supuesto! Se cepilló el cabello más aprisa, con redoblado vigor.

—¿Y Ann? ¿Todavía tiene intención de ir?

—preguntó como quien no quiere la cosa, procurando que su voz no delatara la emoción que sentía.

Por el espejo vio en su compañera de habitación una mueca de evidente desagrado.

—Ann ha dicho que no piensa ir si no voy yo. He intentado convencerla, pero ya sabes como es; no creo que en el fondo le interese. Aun no es más que un pegote, no tiene la menor iniciativa propia. Lo siento, Ellen; sé que a ti te apetecía mucho ir.

Se fijó en la sonrisa que vaciló en el rostro de Molly antes de sustituirla por una cara de contrición algo más adecuada. «¡Vaya! ¡Si se alegra de estropearme los planes! ¡Pues se va a enterar de quién soy yo!» Y, sin dejar de cepillarse el cabello, le dijo:

—No te apures; yo pienso ir de todas todas. Alguien tiene que aprovechar la reserva.

—Pero ¡Ellen! ¡No es posible! —El tono de voz de Molly sonó desesperado—. No puedes ir tú sola... ¿Qué va a decir la gente si te ve allí sola?

—¿Y qué iba a decir la gente si nos viera allí a las tres? —Se dio la vuelta y miró de frente a su compañera, disfrutando de su incomodidad—. Sabes tan bien como yo que ninguno de los alumnos o alumnas del conservatorio debe ir al Gato Negro bajo ningún concepto. Es una cuestión sobre la cual el director puso un aviso en el tablón de anuncios. ¿Qué mas da que vaya sola o acompañada?

Molly se puso en pie y se dirigió a su cama, para desplomarse sobre ella. Comenzó a aporrear la almohada con el puño cerrado.

—¡Ellen, no puedes! Las chicas buenas y bien educadas no van solas a sitios como ése. ¡Lo que pasa es que quieres quedártelo todo enterito para ti sola!

Había dado por concluido el cepillado del cabello, pero siguió mirándose en el espejo. Molly había vuelto a sentarse y la miraba con expresión de reproche, la boca prieta, los ojos encendidos de emoción.

—¿Y qué si lo que quiero es estar a solas con él? —le preguntó—. ¿Qué tiene de malo?

Molly no dijo nada. Se puso en pie bruscamente y se acercó a su cómoda, pasando junto a Ellen con malos modales. Cogió un lápiz de labios y se embadurnó la boca, para aplicarse luego maquillaje en las mejillas. Después se dio la vuelta, cogió el abrigo del armario, se dirigió a la puerta y la abrió de golpe, airada.

—Si tienes intención de salir, mejor será que tengas en cuenta la lluvia —advirtió Ellen.

La puerta, empero, se cerró de golpe sin darle tiempo a terminar. Volvió a mirarse en el espejo y dedicó una sonrisa a su reflejo. Mientras observaba su rostro en el espejo, lo vio oscurecerse, titilar y ensancharse. Y a lo lejos, muy lejos, casi en el umbral de lo audible, una orquesta comenzó a sonar: agreste, discordante, si bien, sincopado, sintió el ritmo regular de un timbal, el débil gemir de los saxos, el estampido punzante de las trompetas. Se echó hacia adelante para verse con más claridad, pero cuanto más aprisa se acercó al espejo, que oscurecía a ojos vista, tanto más débil e indistinta percibía su propia imagen. Mientras se miraba, el espejo pareció disolverse o desvanecerse, igual que las olas dejan paso, al retroceder, a la arena de una playa que ilumina la luna, revelando así una profundidad, un vacío, un interior tremendamente aumentado. Antes de tener conciencia plena de lo que sucedía, esa enorme extensión pareció avanzar, rodearla y cercarla... Y se encontró de repente sentada ante una mesa, en medio de una sala de baile en penumbra, fijos los ojos en un punto del espacio no muy lejano de un foco que proyectaba un plateado círculo de luz en el suelo. A su alrededor, las parejas estaban sentadas y charlaban. Oyó el tintineo de los vasos, las voces seductoras y amorosas de los hombres, los amortiguados susurros y las risas desvalidas de las mujeres. El aire estaba cargado de humo, cerrado, y el vaso que tenía en la mano estaba frío y húmedo. Sin embargo, no se sintió incómoda, ni siquiera enajenada; todo su cuerpo temblaba de ansiedad, y el persuasivo latir de la música que había terminado hacía un breve instante dejó paso a una expectación que podría cortarse con cuchillo, un urgente deseo de experimentar aquello que estaba a punto de suceder.

Sonó un aplauso, y otro, y otro más. Muy pronto, un creciente rugir de aplausos se sumó a su propia tensión en el momento en que también ella batió palmas, contribuyendo con ello al acto propiciatorio de la muchedumbre. El foco de luz plateada parpadeó y osciló, y de pronto barrió el suelo hasta el extremo opuesto del escenario, de donde pareció entresacar un perfil alto y el barniz amarillento de una guitarra. Alguien silbó en un rincón, y al otro extremo se oyó una voz femenina que gritaba: «¡Ése es mi Jimmy!» Aquella alta figura parecía tímida, casi a punto de pasar inadvertida. Se hallaba de pie y se mostraba torpe, al filo mismo del haz de luz que proyectaba el foco, sonriendo con ademán vacilante a la muchedumbre, antes de avanzar hacia el centro de la pista de baile a largas zancadas, arrastrando la guitarra tras él, desgarbado. Un micrófono que relucía bajo el foco empezó a descender hasta quedar colgado de un cable, flotando a la altura de su boca. Lo miró con cierta indecisión y adelantó la mano para acariciarlo y decir «Hola a todos», con lo que los altavoces propagaron por la sala su voz de tenor, lanzándola a las cuatro esquinas de aquella sala atiborrada de humo. «Hola a todos», volvió a decir, al tiempo que acariciaba de forma vaga el micrófono y le dedicaba una sonrisa conciliatoria, como si de hecho le desconcertase. «He venido para cantaros un par de canciones. Supongo que son de las que os gustan.»

Y sin terminar de hablar, antes de que sus sílabas suaves y arrastradas dejaran de volar por la sala en brazos del eco, la estentórea bienvenida que le había deparado el público cesó por completo, y en su lugar se hizo un silencio sobrenatural, como si alguna bestia de tamaño descomunal hubiese dejado de gruñir y rascar el suelo y se dispusiera a escuchar, consciente y perceptiva. Esta calma se hizo más densa hasta convertirse en un opresivo silencio, como si aquel hombre alto que se había plantado ante el micrófono hubiese lanzado un sortilegio sobre la sala entera. Siguió sin moverse, sonriendo para sí, gozando con picardía de su dominio sobre el nutrido público, sobre la bestia. Los ojos le rebrillaban bajo el foco, bajo la cruda luz que lo había escogido inmisericorde para extraerlo de la oscuridad circundante. Sabía que muy pronto debía cantar, que se lo exigía el animal salvaje que tenía delante, pero sabía también que era obligación suya mantenerlo a raya tanto tiempo como le fuese posible. El silencio pareció estirarse hasta estar a punto de romperse; pareció que si pasaba otro instante la tensión aumentaría hasta extremos insospechados, y que un horroroso rugido se desataría en el millar de gargantas de la bestia... Ese fue el instante que escogió Jim Shad para empezar a cantar.

Cantó con calma, con la misma suavidad con que hablaba, y fue como si cantara sólo para ella. Poco importaba lo que cantó; ella no se fijó en la letra, ni siguió tampoco la melodía, ni la separó del ritmo, de la estructura o la cadencia. Su canción, empero, tuvo para ella un significado mayor que el de cualquier otra música que hubiese podido oír en su vida; tuvo el efecto de un encantamiento, de una magia que la transformó por entero. Mientras cantaba, ella acariciaba la carta que él le envió en respuesta a la suya y que había recibido aquella misma mañana; una invitación para reunirse con él en la barra nada más terminar la actuación, para ir después a un sitio tranquilo donde poder conversar. Se le secó la garganta al oír que terminaba la canción y empezaba otra; una canción más rápida y vivaz, y notó que le ardían las mejillas al recordar que no había dicho ni palabra a Molly ni a Ann acerca de la carta, pues dio por sentado que ninguna de las dos vería con buenos ojos el que se reuniera con un hombre sin compañía de ninguna clase, y que insistirían en que no permaneciera con él a solas. Pero, claro, ¿por qué iba a preocuparse de lo que pensaran sus amigas? Tenía edad suficiente para saber qué se hacia, ¿no? Lo único que tenía claro era que él le había contestado por escrito, que quería conocerla y hablar con ella, que en ese momento cantaba para ella.

Al terminar la segunda canción, cuando el público, sumido en la oscuridad, empezó a aplaudir y a aporrear las mesas, cuando giró un poco la luz plateada y sus dedos tentaron las cuerdas de la guitarra para arrancarles unos cuantos acordes algo extraños, Ellen se levantó y avanzó por el pasillo, lleno de sillas y de gente de pie, para llegar al fondo, a la barra. Desde allí todavía alcanzaba a verlo, todavía oía su plañidera voz al relatar la historia de *El moscardón*, pero su figura había encogido, se había tornado impersonal, y el frenético latir de su corazón había adoptado un ritmo más reposado, de modo que pudo respirar más a sus anchas. Para quedarse en la barra tenía que pedir algo de beber, con lo cual sería la tercera consumición de la noche. Sorbió muy despacio, pero a pesar de todas sus precauciones pronto se sintió algo atontada, contenta, sonriendo para sí e incluso emitiendo alguna risita entrecortada cada vez que pensaba en Jimmy y en cómo le había dedicado sus canciones. Y así fue hasta que, por fin, cayó en la cuenta de que el público aplaudía otra vez, que ya no oía ni su voz ni su guitarra, que incluso los aplausos iban callando. Y supo que la actuación había terminado y que muy poco después él estaría a su lado. Se enderezó y se puso tan tiesa como pudo, aunque también se le ocurrió que había algo muy gracioso, algo que, con sólo poder pensar en ello durante un momento, para averiguar qué era, la haría reír a carcajadas. Sin embargo, no osó tomarse el tiempo necesario para averiguarlo, pues Jim estaba a punto de aparecer. Así pues, miró el espejo que había a espaldas del barman, observó su propio rostro reflejado en medio de aquella luz tamizada, esbozó una ligera sonrisa y adoptó la actitud que le pareció más indicada: inclinando la cabeza con un ángulo que había estudiado con paciencia muchísimas veces, el ángulo del que tenía la seguridad que proyectaba su mejor perfil, la inclinación de cabeza que más misteriosos tornaba sus ojos, que más y mejor ponía de manifiesto la seductora sombra que revoloteaba a veces sobre sus labios, que la hacía parecer digna y dueña de sí misma. Y estaba observándose en el espejo cuando le vio acercarse, cuando vio descollar toda su estatura, rodeado por la oscuridad, y vio aproximarse su rostro atezado, con los labios prietos.

Asustada y tímida ahora que tenía al alcance de la mano la cita con la que había estado soñando durante la semana entera, apartó la vista del espejo y la bajó, para centrarse en su copa y en la guinda que todavía flotaba en la superficie, a la espera de que él le dijera algo. Allá atrás la orquesta rompió a tocar con estruendo y, entre el ruido de las sillas y el murmullo de las voces, el gran animal se puso en pie y comenzó a evolucionar por la pista de baile. Fue consciente de tenerlo a su lado; pudo incluso sentir el calor de su cuerpo, y caso de haberlo deseado, podría haberse arrimado a él. Sin embargo, siguió sin levantar la vista. Un súbito repicar, producido por un objeto metálico, duro, la hizo sobresaltarse, sorprendida. Miró a un lado y vio una de sus manos, con una moneda, golpear la barra para llamar la atención del barman. Luego oyó su voz, aquel sonido inconfundible, antes incluso de entender las palabras. Por un momento pensó que se dirigía a ella —tal como esperaba— y, en consecuencia, lo miró y sonrió sin darse cuenta de que se había dirigido al descuidado barman.

—¡Eh, Jack! ¿Qué pasa con lo de siempre?

Él, en cambio, la vio sonreír, y esa sonrisa le agradó; ella, tras dirigirle una mirada, se dio cuenta de que no podía apartar sus ojos de él. Giró levemente la cabeza, en un gesto de deferencia hacia la chica, de modo que sus brillantes ojos castaños se clavaron en los suyos, interrogándola sobre el porqué de su sonrisa, aun sin abrir los labios más que para soltar un largo, sosegado silbido de admiración. A ella se le arrebolaron las mejillas y sintió que se le congelaba la sonrisa, irremediable, azorada. En ese momento le resultó evidente que no la había reconocido, que de hecho no podría haberla reconocido, ya que no la conocía, pues ella era una simple desconocida que le había dedicado una provocativa sonrisa. Pese a todo, no fue capaz de articular una palabra, ni mucho menos de decir lo preciso para hacer desaparecer la aprensión que a buen seguro iba tomando forma en su mente; ni siquiera reunió la fuerza de voluntad necesaria para bajar la cabeza y apartar la mirada. Él tomó su desconcierto por arrojo, y ensanchó su sonrisa.

—¡Hola, preciosa! —le dijo suavemente—. ¿Cómo es posible que no hayas aparecido hasta hoy?

La única respuesta que pudo esbozar fue apretar con más fuerza su copa, llevársela temblorosamente a los labios y tragársela de un golpe, con la guinda incluida. Él elevó ligeramente las cejas y volvió a silbar, esta vez hacia el barman.

—¡Eh, Jack! ¿Por qué nos haces esperar tanto? ¡Esta señorita y yo estamos a punto de morirnos de sed!

El barman apareció entre ellos y tomó la copa de la mano de Ellen. Sin la copa, no supo a dónde mirar, excepto a él. Bueno, ¿qué había de malo en eso? Había soñado con ese momento, ¿no? Había concertado una cita con él. Suspiró y se relajó algo su sonrisa, tornándose un poco menos miedosa. En cuestión de unos momentos, lo supo con seguridad: podría dirigirle la palabra, decirle quién era y por qué le había sonreído. Pero antes de que las palabras adecuadas se hubiesen formado en su cabeza, él cubrió suavemente su mano con la suya, ejerciendo una presión amistosa, confidencial.

—¿Qué te pasa, bonita? —dijo con su acento arrastrado—. ¿Se te ha comido la lengua el gato, o qué?

Su pregunta, aunque ella supo que la había formulado en broma, que lo había dicho sólo para mostrarse agradable, que no entrañaba la necesidad de una respuesta, la inquietó y le puso aún más difícil el tomar la palabra. Por el contrario, se puso a enredarse continuamente el pelo, apartándose de él con la misma frialdad con que osó mirar el pálido reflejo de sus ojos azules en el espejo. Ni siquiera así consiguió escapar a su mirada interrogante. También él se movió y miró al espejo, con el codo apoyado contra la barra, la imagen de su rostro exactamente encima y al lado de la suya, las hileras de botellas ambarinas a uno y otro lado, como una especie de marco, con lo cual a ella le dio la sensación de estar mirando una foto en la que aparecían los dos; una foto algo nublada, con un marco de ámbar, una foto tomada un día lluvioso y oscuro. Entonces, casi como si su intención hubiera sido completar el efecto, la rodeó con un brazo a la altura de los hombros, con suavidad, persuasivamente.

—¿Qué te parece —oyó que le decía— si nos tomamos una copa y luego vamos a dar una vuelta, preciosa? Tengo el coche aparcado ahí fuera, y me han dicho por ahí que esta noche hay una luna...

Mientras miraba, mientras era presa de una perplejidad tal que le impedía hacer nada con el brazo que se apoyaba de forma sumamente familiar sobre sus hombros, como si siempre hubiese estado allí, el espejo tembló y estalló en mil pedazos, lo invadió la noche, el remolino de negrura, y se sintió atrapada y elevada, suavemente pero con una firmeza que en cualquier caso le devolvió cierta confianza... Y se sintió transportada. Por todas partes oyó infinidad de voces, unas agudas y exigentes, otras más calmas y apacibles, pero por encima de todas oyó una que dominaba a las demás, con suavidad y persistencia, y después sintió que toda la algarabía de voces desaparecía, que todo se tornaba más sosegado y más fresco, y cerró los ojos para entregarse a lo que estuviera sucediendo, aun sin saber qué.

Poco a poco, la extraña sensación se hizo más

fuerte, se apoderó de ella lentamente, pasó a formar parte de ella, una parte esencial de su ser; era una sensación de libertad, de disociación, que flotaba allá arriba, por encima de todas las conexiones terrenales, glorificada en su ascensión. «Esto no puede ser real —se dijo—; tiene que ser una ilusión.» Para ella, en ese momento, era sin embargo la única realidad posible. Mantuvo los ojos cerrados, temerosa de abrirlos, al tiempo que se iba sintiendo más y más ligera, hasta parecerle que carecía de peso, de sustancia, que se había transformado en pura esencia, que no era sino una abstracción. Lo más maravilloso de todo, cayó en la cuenta en seguida, era la felicidad que había alcanzado, la sensación de contento, de equilibrio perfecto, inmutable. Se hallaba en paz, descansada, completamente libre del señorío tiránico del tiempo y el espacio. Y entonces, sin pensar más en ello, supo qué le había ocurrido, y supo también qué era exactamente lo que siempre había deseado, aunque antes nunca hubiera tenido la agudeza de expresarlo con palabras: se había convertido en música.

Sí, se había convertido en un sonido majestuoso, en una estructura en continuo movimiento, evanescente, que se henchía y retozaba, que proyectaba luz sobre el tiempo y el espacio por haber surgido de ellos, por ser un compuesto de ambos elementos, por ser un resultado inevitable. Era tono y melodía y ritmo, era armonía y color. En ella soplaban los instrumentos de viento y reverberaban los metales, habitaba en la dulce turbulencia de las cuerdas, la inteligencia de los teclados. Aquello era lo que había ansiado, aun sin saberlo; ésa era su gracia, su bienaventuranza...

Abrió los ojos y vio que flotaba muy alta, en el aire; que la luna era su vecina y que unas nubes pequeñitas correteaban juguetonas a su lado. Abajo, como un plato volcado, la tierra seguía existiendo. Y descubrió que aunque el mundo estuviera allá lejos, allá abajo, era capaz de ver todo lo que sucedía en la superficie, con sólo tomarse la molestia de mirar. Así fue como descubrió el automóvil, el largo y esbelto cuerpo rojo con los tubos de escape cromados, que avanzaba por una carretera campestre a la sombra de las nubes, aquellas nubes «suyas» que correteaban a su lado como buenas compañeras. Y así fue, observando un poco más aquel coche intrépido, siguiéndolo con la vista y con la mente, encantándolo con su melodía, así fue como descubrió a sus ocupantes, a los dos: el hombre flaco y de rostro curtido, que conducía como un demonio, fijos los ojos en el negro asfalto de la carretera, el brazo en torno a la diminuta figura de la chica, la niña de ojos soñadores que se acurrucaba contra su hombro, la estudiante de conservatorio que se había enamorado de un cantante de cabaret. Al darse cuenta de que la que miraba era otro de sus muchos yoes, otra Ellen más tangible, un estremecimiento interrumpió el flujo de su sonido; un estremecimiento discordante como un trueno o como el mugir de una galerna, una disonancia que fue como la premonición del desastre.

Empezó a oír sus propios sonidos, a escuchar una procesión de notas elegíacas sobre el mortuorio crepitar de los timbales amortiguados, el paso solemne de una marcha fúnebre. Y, mientras la escuchaba, apartó la vista del rápido automóvil, de la amorosa y acurrucada figura de la díscola muchacha, para entrever otra escena, para dar así el siguiente paso en el camino hacia la catástrofe. Vio, allá abajo, una habitación mal iluminada. Fue como si el tejado se hubiese abierto como una tapadera, y observó el interior como quien asiste a una representación teatral por encima del escenario. Había transcurrido algún tiempo —esto lo sintió a medias, o a medias lo recordó—: habían pasado varias semanas, y con ellas se habían sucedido muchas citas clandestinas, muchos viajes despreocupados por las carreteras de la campiña. En aquella habitación estaban el hombre y la chica, ella sentada bajo el charco de luz que arrojaba una lámpara, tendida con languidez, las piernas largas y descubiertas, el torso a medio desnudar, bañada toda ella en una escueta fluorescencia. El hombre estaba sentado en la cama, apoyado contra la cabecera de bronce, con el pelo revuelto y los ojos enrojecidos por la falta de sueño, mientras un hilillo de humo se rizaba al ascender desde un cigarrillo que a punto estaba de quemarle los labios, con una guitarra amarillenta abandonada sobre el regazo. También él estaba vestido sólo en parte; los brazos morenos y los recios hombros eran todo un despliegue de músculos, mientras el tórax lo ocultaba una camiseta gris, empapada del mismo sudor que daba un lustre reluciente al resto del cuerpo. Se miraban fijamente el uno a la otra, la chica y el hombre, con un despliegue de animadversión que sólo puede darse en los adversarios que además son íntimos, y el pecho de la chica subía y bajaba, acalorado bajo las lentejuelas azules, ya casi sin brillo, de su corpiño. Al mirarlos desde allá arriba, al caer sus ojos sobre las escorzadas figuras, la lúgubre música que formaba parte de ella se hinchó en un crescendo, una protesta poderosa, puramente desesperada... para callar de pronto y cesar de forma dramática en el momento en que el hombre acarició las cuerdas del instrumento y sonó un acorde quebrado con la misma resonancia del acero que golpea sobre la piedra. Ante este sonido claro, la chica se levantó grácilmente, pareció flotar de puntillas sobre el suelo rayado de la habitación. Vio que llevaba un vestido metálico, de un azul centelleante, con estrellas celestes en los pechos y los muslos. Tensas y temblorosas, prendidas en mitad de la espalda, dos frágiles alas de alambre y gasa se mecieron, levitando frenéticamente mientras ella ejecutaba una pirueta. Sin moverse de la cama, el hombre volvió a pulsar otro acorde quebrado y perentorio, pero esta vez lo acompañó con otro y otro y otro más, y entre cada uno y el siguiente la diferencia era sutilísima, cada uno menos alarmante, más apaciguado, hasta que su mano derecha entró también en juego y cobró forma una melodía. La chica empezó a bailar, todavía de puntillas, todavía con pasos melindrosos, trazando una serie de movimientos indecisos como el aleteo de un pájaro, y suavemente el hombre empezó a cantar:

When I was young I used to wait
On massa and give him his plate,
And pass the bottle when he got dry
And brush away the blue-tail fly.

Contra el sonido somnoliento y susurrante de su voz, los acordes de la guitarra, débiles aunque claros a pesar del tiempo y del espacio (ya que la habitación donde tenía lugar esta escena no sólo estaba allá abajo, sino también, de alguna manera, a sus espaldas, hasta el punto de que se sentía obligada a torcer el cuello para no perderla de vista, para evitar que se instalase en algún lugar donde tal vez ya nunca podría volver a localizarla), contra este sonido que surgía de la habitación y que vino a sustituir la mortífera música que hasta hacía poco había formado parte de ella, oyó una orquesta, el estampido de una banda de metal que daba cierto *swing* a la melodía que en ese momento cantaba Jim —ya que el hombre era Jim, de eso no podía caberle ninguna duda, así como de que ella era la chica—, en una flagrante parodia. Este ruido —le hubiera sido imposible llamarlo música— aumentó y aumentó de volumen, ahogando así las plañideras insinuaciones de la guitarra, asfixiando la melancólica voz de tenor de Jim, para emprender una subida de fanfarria estridente, un redoblar de los tambores y un rugido colectivo de los trombones. Y mientras la fanfarria se lanzaba en pos de su clímax, ella perdió pie entre las nubes, se eclipsó la luna y aquellas mismas nubes se convirtieron en negros espíritus presurosos que, de pronto, se disponían a sofocarla. Abajo, abajo, más abajo, se precipitó hacia las profundidades, oprimida de pronto al sentir de nuevo el peso y la sustancia, atraída por la fuerza de gravedad terrestre a una velocidad de vértigo. Cayó aprisa, más aprisa. La negrura comenzó a arremolinarse a su alrededor, tomó forma, se espesó y se hizo sólida y palpable. El terror le apretó el corazón al ver una daga de luz azul e intensa que se abatía hacia abajo, que pasaba junto a ella como un rayo, que iba a parar a un lago, a una elipse, a una reluciente mancha de fuego azul. El pánico le atenazó la garganta, se apoderó del aullido que acababa de iniciar, devorándolo, a medida que la reluciente mancha azul avanzaba hacia ella surcando la oscuridad, acercándose más y más, buscándola, a sabiendas de dónde iba a encontrarla exactamente, inexorable, dispuesta a engullirla. Se quedó rígida, fría como el hielo lunar, tensos los tobillos. Se balanceó, conteniendo la respiración, extendidos los brazos, la cabeza hacia atrás y los ojos fijos en aquel cuajarón azul. Entonces, al verlo acercarse, se abalanzó sobre ella y la empapó de color, de una luz obscena, estigmatizándola: era un martillo acusador, y ella un yunque sumiso, dispuesto a recibir el mazazo. Se levantó, mantuvo el equilibrio un brevísimo instante como una hurí azul, y alzó la vista y miró atrás, siguiendo la masa de azul hacia la fuente de la que procedía, una astilla de fuego color zafiro, reconociendo así su dominio sobre ella. Y en este punto la liberó uno de los acordes de la guitarra de Jim, de forma que enderezó la cabeza y pudo mirar de frente lo que de sobra sabía que estaba allí, lo que oiría en un segundo, pero no vería jamás: la muchedumbre. Y con el segundo acorde, antes de que entrase la voz de Jim, se puso a bailar, titubeante, delicada, presa de aquel sonido lastimero que la ponía en trance. Fue como una escaramuza, luego una batalla, y después Armagedón: el animal de mil cabezas rompió a aplaudir, batiendo al unísono sus millares de palmas, dando zapatazos con sus millares de pies, silbando, chillando a manera de aprobación. Ella, sin embargo, continuó entregada a su danza, inventando pasos y más pasos mientras Jim repetía acordes, hasta que la muchedumbre se aquietó y pudieron continuar con el espectáculo.

Más tarde, sentada a solas en el camerino, se preguntó o fingió preguntarse por qué no se había reunido Jim con ella, como solía hacer después de la última actuación. Había pasado más de media hora desde que repitió su reverencia de costumbre ante el público, desde que dejó a un lado los asientos de la banda, corriendo, para atravesar el estrecho pasillo que llevaba al desaseado cuarto en que solían vestirse. Jim debió haberla seguido minutos después. Siempre cantaba una canción de propina después que ella hubiese bailado *El moscardón*. Pero no había llegado, y esa semana llevaba varias noches sin ser puntual. Permaneció sentada ante el espejo lleno de manchas, vistiendo un quimono sobre los hombros desnudos, puliéndose las uñas y esperándole. Fumó un cigarrillo tras otro, echando la ceniza al suelo de linóleo, hasta que se formó un anillo de cenizas grises alrededor de su silla. Jim seguía sin aparecer. A la postre suspiró, dejó que el quimono le resbalara de los hombros hasta el suelo, trazando una onda de seda. Se miró en el espejo el rostro maquillado, fijándose en los oscuros círculos que ni siquiera las cremas de Max Factor habían podido ocultar, para arañar la fría crema y aplicarse otra capa. Estaba decidida, por descontado, a salir y encontrarlo, al igual que ya hiciera la noche anterior. Lo encontraría en la barra o sentado a una mesa con quién sabe quién. Eso le daba igual —encontrárselo en la barra o tomando una copa con alguien—: lo que temía era dar con él en la mesa a la que estuviera sentada Vanessa. Allí lo había localizado la otra noche. Casi se había echado encima de él, le había faltado un tris para abochornarlo en público, antes de caer en la cuenta de que la mujer que lo acompañaba era la bailarina cuyo número antecedía al suyo. Al verse en medio de la multitud, a punto de ponerse a gritarle, se acordó de que la noche de su primer compromiso lo había encontrado entre las sombras que proyectaba la orquesta, mirando a Vanessa. Le vio los ojos mientras él miraba a aquella mujer alta, pelirroja, ejecutar su ridícula danza con un loro. Danzaba desnuda, salvo una pequeñísima braga, y había entrenado al loro para que se aferrase a su cuerpo mientras ella adoptaba toda clase de posturitas, con lo cual el loro la tapaba obscenamente con sus grandes alas verdes y con su pecho amarillo y colorado. Vanessa, sin embargo, sólo tenía un loro, al cual había enseñado a cubrirle esa parte de su cuerpo que ella pretendía mostrar ante el público: al tiempo que ella daba vueltas y saltaba y el loro se aferraba a sus formas, cualquiera que estuviese donde la banda, o acechando por allí cerca, podría adivinar sus secretos bajo la claridad del foco rosáceo que tanto le agradaba. Cuando recordó aquello, vio a Jim sentado frente a Vanessa y adivinó en sus ojos la misma mirada que tenía aquella noche en que permaneció un buen rato recostado sobre uno de los atriles de la banda, observando cómo se exhibía con el loro. Se le encendieron las mejillas por la certeza, y no dijo nada; optó por darse la vuelta y salir del club, marchar a su hotel y meterse en la cama, para pasarse la noche en vela hasta que regresó Jim. Pero ni siquiera entonces le dijo lo que había visto, lo que sospechaba.

No tenía nada que echarle en cara. Esto lo sabía de sobra, al igual que aquel mismo año, meses antes, supo, cuando cedió a sus insinuaciones, cuando huyó del conservatorio sin decir nada a nadie, cuando consintió que le comprase el vestido azul y le enseñara a bailar, que aquello no podía durar; que para él ella no era sino un episodio más, una colegiala tontuela que demostró tener el talento necesario para actuar en su espectáculo. A sabiendas de todo esto, huyó con él de todos modos, en parte porque al sentirlo cerca de ella, al sentir que la miraba directamente a los ojos como aquella primera noche en la barra, aquella noche en que ella no fue capaz de apartar la mirada, sentía una excitación, una sensación tal de estar viva, de ser ella misma y de conocerse hasta el más oculto recoveco, como no había sentido nunca. Pero también, en parte, por su padre, por la rabia de que iba a ser presa en cuanto recibiese el telegrama del colegio, porque de noche, mientras yacía junto a Jim, envuelta por el aura de su calor, pensaba en la cólera y la impotencia de su padre, en su hueco didactismo, y estaba segura de que por fin había triunfado sobre él.

Pero por más que supiera a ciencia cierta que aquello había de acabarse algún día, que iba a llegar el momento en que Jim conociera a otra y ella se vería ante el dilema de abandonarle o quedarse a su lado e ignorar sus infidelidades, todavía no se había animado a calibrar las dimensiones del aprieto en que estaba metida. Ni tampoco lo hizo en ese instante. Al contrario, se frotó la cara llena de crema con verdadero vigor, arrojó a un lado la toalla sucia, abrió el armario y se introdujo en otro vestido sin quitarse el disfraz con que actuaba. Le importó un comino que se le arrugase: «¡Que se ocupe él de comprar otro!» ¿Acaso no había sido todo idea suya? ¿No había sido él quien se inventó lo del baile, quien insistió en lo del traje especial, quien la obligó a permanecer despierta noche tras noche, hasta altas horas, hasta dar por bueno que ya lo hacia con precisión y con soltura de profesional? Bueno, pues si había decidido echarla, a ella no le importaba. «¡Que le enseñe a esa cerda gorda y a su asqueroso loro a bailar de puntillas!» ¡Estaba harta!

Se puso el abrigo y salió por la puerta de atrás, para evitar encontrarse con Jim. Fuera arreciaba un viento frío y húmedo; terminaba agosto con tiempo desabrido. Apretó la mandíbula y se introdujo en la brisa racheada, rumbo a su hotel, mientras la falda se le arremolinaba alrededor de las piernas y las finas gotas de lluvia le empapaban el rostro como si fueran lágrimas. Antes de llegar al hotel, sin embargo, los helados dedos del viento habían tentado sus piernas y habían acariciado el tejido metálico de su traje. El cuerpo se le quedó helado, rígido y los dientes le castañeteaban. La luz de neón de un bar abierto toda la noche parpadeaba allí cerca, de modo que abrió la puerta de par en par y entró en aquel local caldeado.

Se sentó ante el mostrador y pidió una taza de café antes de darse cuenta de que todos los demás clientes eran hombres de lo peorcito que una puede encontrarse. A su lado estaba sentado un tipo enorme con una nariz bulbosa, un matojo de pelo rojizo y unas cejas prominentes; soplaba sobre su cuenco de caldo y parecía ajeno a su presencia. Ella miró hacia el otro lado y vio a un tipo pequeñajo y tembloroso, con rostro de hacha y ojos acuosos, uno de los cuales lo tenía caído, como si lo hubiese guiñado de forma excesiva. Se aferró al filo de la barra con ambas manos, de forma convulsiva, y no miró a izquierda ni a derecha; a pesar de todo, vio en el espejo empañado que todos los hombres presentes la miraban a ella. Ante sí apareció como por ensalmo una taza de café: resbaló, se detuvo de pronto como si hubiese llegado al extremo del cordel al que estaba atada, derramando de ese modo un líquido con olor a achicoria, pegajoso, que se desbordó sobre el platillo y le empapó una mano. Esa súbita aparición y ese nuevo medio de locomoción la sorprendieron; a pesar de su resolución de no mirar a su alrededor, sí miró al otro lado de la barra, y vio un sucio delantal y una panza silenciosa que subía y bajaba al ritmo de una pesada respiración; la panza del hombre al que había pedido un café. Incluso se fijó en los dientes que su sonrisa ponía al descubierto.

Tomó su taza, la separó del platillo y colocó una servilleta de papel sobre el charco que se había formado, momento en el que decidió tomarse un tiempo, sorber con calma aquel líquido azucarado y caliente, sin permitir que todos aquellos hombres le inspirasen miedo. Se las había visto ya con los peores. En otra ciudad, a comienzo del verano, un hombre la había seguido hasta el camerino, había abierto la puerta de un empellón y la había contemplado en silencio mientras se cambiaba. La primera impresión que tuvo de que había alguien más en el camerino se produjo cuando notó otra respiración. Se dio la vuelta en redondo y le miró, pero no hizo ningún ademán de cubrirse con sus ropas, sino que se limitó a mirarlo fijamente hasta que el hombre puso pies en polvorosa. Jim lo agarró al otro lado de la puerta y lo derribó de un puñetazo, pero siempre se arrepintió de que hubiese sucedido eso. Ella lo había tratado a su manera, y la intervención de Jimmy resultó de todo punto superflua.

Por eso se limitó a beber su café lenta y ostensiblemente, fingiendo no oír los comentarios que empezaban a circular por la barra. Al terminar encendió un pitillo y fumó el tiempo necesario para resultar convincente, antes de depositar una moneda sobre la húmeda superficie del mostrador y abandonar el local. Sin embargo, nada más verse en la calle, cuando el viento helado le dio en la cara, volvió a sentir la incomodidad del disfraz que llevaba bajo el vestido, y perdió parte de su valentía. Había dado sólo unos cuantos pasos calle abajo, en dirección a su hotel, cuando oyó un portazo a sus espaldas y sintió que alguien la seguía. Y en cuanto oyó un silbido desafinado supo que era cierto.

Procuró avanzar a pasos más largos, mover los pies más de prisa, pero el disfraz era rígido en exceso. Tal vez fuese preferible mantener un paso firme, para que su perseguidor no tuviese la impresión de que estaba asustada. ¿Cuál de ellos, pensó, habría tomado la determinación de abordarla? No sería el camarero: su gordura lo descalificaba, aparte de que tendría que seguir al pie del cañón. ¿El de los ojos acuosos y cara de conejo? Confió de todo corazón que no fuera él, aunque, si había de suceder lo peor de lo peor, lo prefería al tipo enorme con cejas alborotadas y nariz bulbosa. Las pisadas a sus espaldas empezaron a sonar cada vez más cerca, casi a la carrera.

Fue entonces cuando se le cayeron las ropas, disolviéndose como la espuma en la cresta de una ola. Se detuvo avergonzada y, pese a todo, orgullosa. El viento, tan gélido poco antes, se le antojó cálido como una caricia. Por todo su cuerpo sintió extenderse un raro calor que le tintó las carnes con el matiz que caracteriza tanto el azoramiento como las más altas cumbres del ardor. Las alas de gasa, que creyó haberse quitado antes de ponerse el otro vestido, que debería haberse quitado pero que, de pronto, aparecieron sorprendentemente en su sitio, en el preciso instante en que toda otra cobertura, toda decencia se hubo desvanecido, aquellas alas parecieron centellear como si estuvieran en éxtasis, presa del viento cálido. Le dieron una sensación de poder, de conocimiento de la libertad, y —en vez de echar a correr por la calle como alma que lleva el diablo— se dio la vuelta para hacer frente a quien la estuviera siguiendo. Era su padre.

O, mejor dicho, no es que fuera su padre, sino algo que carecía de rostro e iba ataviado igual que su padre, con aquel traje de largas solapas, de sarga negra, con la corbata de terciopelo negro y un sombrero negro de ala curva, el paraguas plegado y prieto. Allí donde debiera estar el sombrío semblante de su padre encontró un espacio en blanco, un agujero en el tiempo, una fisura. Cuando aquella figura avanzó hacia ella, se sintió arrastrada como por un imán, y el sonido que poco antes había creído un silbido de seductor aumentó de volumen y de tono, para tornarse un lamento infernal. Al mismo tiempo, las alas que llevaba a la espalda ganaron peso y fuerza, dejaron de temblar y comenzaron a batir, pero en cuanto tuvo la certeza de que era capaz de elevarse del suelo, de alzarse y escapar a su padre, se lo encontró encima. Los negros, largos estandartes que tenía por brazos la atenazaron en un abrazo opresivo. Trataron de llegar a sus alas, que batían sin cesar, para desgarrarlas, desbaratarlas. No consiguió rehuirle, pero él fracasó en su empeño de inmovilizarla contra el suelo: abrazados en una pugna feroz, los dos comenzaron a elevarse, y por unos instantes se debatieron en un remolino, en el aire. Entonces, el agudo y penetrante ruido de condenación que salía del abismo de su rostro se elevó hasta tornarse un chillido, un aullido que rápidamente creció en volumen, que la abrazó en un violento clamor y que, una vez más, dio con ella en las profundidades.

Alrededor, arriba, por los cuatro costados, sólo existía la negrura. Se sintió existir en un vasto, gélido remolino que era en realidad la nada. Girando a una velocidad cada vez mayor, pasmosa, sintió que se desintegraba, que el vértigo, en aquel momento su única conciencia, era preludio del olvido, la destrucción. Ya no alcanzaba a ver, dado que todo a su alrededor era noche oscura; ya no oía nada, porque el aullido de la banshee* le taponó los oídos. Su única sensación fue

* Espíritu maligno y femenino que anuncia la muerte. *(N. del T.)*

una oscilación horrenda, a cada momento en un tris de irse a pique. El fluir del tiempo se había detenido en seco, se había tornado glacial; el espacio y los objetos que antes lo definían los había engullido el vórtice. Con todo, al rendirse, al someterse al frenesí, vio la luz.

Al principio no fue más que un punto, un átomo desde el que irradiaba una levísima luminosidad, una astilla radiante. Y pese a todo, fue creciendo mientras ella la observaba esperanzada y con un júbilo salvaje, histérico, alcanzaba el tamaño de una polilla, y luego un haz, y luego un rayo. Tenía el brillo de la luz del sol, la amarillenta calidez de la luz matinal. Al expandirse, al atravesar la noche arremolinada primero con un sutil resplandor y por fin con un estallido cegador, sintió que volvía a respirar, que le latía de nuevo el pulso y que el hielo que había envuelto el tiempo, deteniéndolo, se derretía, goteaba y permitía otra vez el flujo. A su alrededor descubrió cuatro paredes y un techo, una superficie cuajada de grietas, un mapa enigmático de un continente todavía no descubierto. Allí mismo, en algún sitio, oyó el llanto de un niño. Sonaron los pasos cerca y luego más lejos: en el descansillo, pues estaba tendida en la cama de un hotel. Sin embargo —pasó de pronto a otro nivel de conciencia—, algo había ocurrido, una negrura arremolinada, un torbellino, una sensación de vergüenza, su padre. Al intentar acordarse, de pronto se le apareció en la mente una imagen, una imagen de su propia desnudez, de una negra figura plantada ante ella, cerca, a punto de atenazarla, un torbellino negro que se alimentaba de su propio miedo con la voracidad de un monstruo. Se incorporó en la cama, los ojos bien abiertos, despierta pero aterrorizada aún por su pesadilla. Y mientras miraba la puerta, una puerta de metal pero barnizada de marrón, con aspecto de madera, mientras miraba el ojo de la cerradura y de cuya llave colgaba un tarjetón rojo y oscilante, supo que se hallaba en un sitio en el cual nunca había estado, y supo que algo terrible estaba aconteciendo de nuevo.

No puede ser. No podía despertar dos veces de ese modo, no podía morir dos veces en el mismo abismo y sobrevivir, y que además, al sobrevivir, al darse la vuelta, se encontrase dos veces ¡con aquello! Esta vez no se daría la vuelta, no se dignaría mirar. Se había engañado, había soñado con aquella época remota (poco a poco todo volvió a ella), con aquella noche, cuando no era más que una muchacha, en que se peleó con Jim; una noche en la que ocurrieron cosas de las cuales ni siquiera en la actualidad estaba segura, cosas que incluso hoy, en ese mismo instante, sentada en una cama extraña y temerosa de darse la vuelta, de mirar, no sabía si eran fruto de sus sueños de entonces o si las había soñado hacía un momento.

Y mientras miraba la puerta barnizada, que estaba segura de no haber visto nunca antes, incluso al asegurarse mentalmente de que al menos eso era real, se acordó de lo que le dijera el doctor Danzer cuando, tras el primero de sus «tratamientos», se acordó de aquella noche confusa, se acordó de punta a cabo de aquel terrible despertar. «Quiero que piense detenidamente en lo que me ha dicho. Quiero que se fije en la naturaleza equívoca de todo ello. Quiero que decida si lo que recuerda es un sueño, una reconstrucción imaginaria de un conflicto que tuvo lugar durante su infancia o si se trata de algo que ocurrió realmente. Pero también quiero que sepa, toda vez que me lo ha contado, que he hecho las comprobaciones pertinentes con la autoridad de la ciudad que usted menciona, y que según estas fuentes no existe ningún registro según el cual durante aquel mes, aquel verano, aquel año se produjera tal muerte violenta.» Y le pareció que el doctor Danzer se estaba dirigiendo a ella, de tan fuerte como le resonaron sus palabras en el oído. «La culpa que siente es una culpa puramente imaginaria. El crimen que cometió es imaginario. Pero no por eso es menos real. Para usted, es incluso más merecedor del castigo, ya que usted lo deseaba con todas sus fuerzas. Mentalmente, en su imaginación, ha cometido este crimen contra ese hombre, y a través de él ha asesinado a su padre. Para usted ha muerto, pero la culpa que siente no se debe a su muerte imaginaria, sino a la muerte real que se produjo aquel verano, mientras usted se encontraba lejos de su casa y en compañía de ese hombre: la muerte de su padre, acaecida por causas naturales. Me ha dicho que murió de un ataque cardíaco, sin que nadie le atendiera... Por lo visto, intentaron localizarla a usted en el conservatorio, pero en el conservatorio nadie sabía su paradero, y todo lo que el director alcanzó a decir fue que hacía varios meses que usted no asistía a clase, que creía haber entendido que usted se había marchado a su casa. He ahí la culpa que usted siente: usted deseaba la muerte de su padre y su padre murió por un descuido totalmente imputable a usted. A este hecho debe enfrentarse. Cuando se haya enfrentado a él, creo que podrá descubrir que el otro recuerdo no es más que una distorsión de éste, un castigo que ha inventado para infligírselo a sí misma.»

Volvió a acomodarse en la cama y cerró los ojos, pues el doctor Danzer le había devuelto la confianza. Le había dicho una y mil veces que siempre que se sintiera confusa, siempre que le diese la impresión de que existía una grieta, cuando olvidase algo que había ocurrido y quisiera recobrar un recuerdo determinado, lo único que debía hacer era remontarse al inicio de la cadena de los acontecimientos, recordar cada eslabón, repasarlos uno a uno, hasta dar con el que faltaba. Por eso cayó en la cuenta de que debía intentarlo de ese modo. En primer lugar, debía desenmarañar la verdad de lo acontecido aquella noche de agosto de todos los sueños que la rodeaban, en la medida en que tal cosa fuera posible. Y es que, pese a saber que el doctor Danzer tenía razón, que todo aquello sólo poseía sentido si consideraba que lo que en su opinión había ocurrido aquella noche sólo había ocurrido, en realidad, en su imaginación, nunca fue capaz de disipar del todo la sombra de la duda. Además, debía tener en cuenta lo que acababa de soñar, que en muchos sentidos correspondía exactamente a la realidad de aquel verano, a aquel clímax, pero que distorsionaba otros fragmentos sin piedad ninguna. Era cierto que había ido ella sola al Gato Negro, que allí conoció a Jim Shad, pero no le dio a entender quién era hasta haber conseguido que él flirtease con ella e incluso pasase a mayores. Y también era cierto que había seguido viéndolo sin permitir que Molly o Ann se enterasen de sus andanzas, que se había fugado del conservatorio con él porque le quería y porque deseaba ser libre. Sabía que era cierto que él le enseñó a bailar y que la utilizó en su actuación, y que le encargó un traje especial, un traje que se adecuase al título de aquella canción que tanto le gustaba cantar. Evidentemente, en el sueño había dado por sentados todos estos hechos, que habían acontecido a lo largo de varios meses, y los había embutido en una sola noche, metiendo unos dentro de otros como si fueran cajas chinas. Con todo, era cierto que Jim había ligado con Vanessa, que ella se puso celosa, que una noche en que Jim no volvió a su camerino después de la actuación, a ella le entró una rabieta y decidió volver caminando sola al hotel. También recordaba haber tenido mucho frío en aquellas calles que barría el viento, haberse detenido en una cafetería a tomar un café, y que cuando reemprendió su camino, alguien la siguió. Pero en ese punto el sueño se tornaba pura fantasía, se extraviaba en un laberinto de símbolos y en un terror de pesadilla. Y fue precisamente en ese punto cuando perdió también la pista de la realidad. Supo que había echado a correr, que fuera quien fuese —o lo que fuese— el que la seguía, se acercó a ella cada vez más y más...

Se estremeció y se puso rígida, todavía en la cama. A pesar del buen consejo del doctor Danzer, no consiguió que funcionara la memoria. Había dado con el eslabón, pero todo cuanto lograba recordar era la fantasía sustitutoria, aquello que en el fondo sabía que no había sucedido jamás, aquello que de ningún modo pudo haber ocurrido... ¿No se había tomado el doctor Danzer la molestia de consultar los archivos? Aquello no podía ser más que una invención que brotó de su neurosis. Sin embargo, para ella constituía la única realidad. Pero, y esto era todavía peor, ¿qué explicaba su incapacidad para darse la vuelta y mirar? ¿Qué era lo que tanto miedo le daba encontrar? ¿Por qué le inspiraba pavor que lo que nunca había ocurrido, lo que el doctor Danzer le había garantizado que no pudo haber ocurrido de ninguna manera, excepto en su imaginación, pudiera, sin embargo, haber vuelto a ocurrir?

Se sentiría mejor si supiera de qué forma había ido a parar a aquella extraña habitación de hotel que en el fondo le resultaba tan incómoda como aquella otra, en otra ciudad, muchos años atrás. Pero por más que lo intentaba, no conseguía recordar los sucesos de la noche anterior, ni tampoco del día anterior. El único modo de descubrirlo todo, de eso se había dado cuenta por experiencia propia, sería utilizar el método del doctor: recorrer los eslabones de la cadena que formaba la memoria —si alguno le resultaba vago y dudoso, siempre podría saltárselo— para seguirlos uno a uno hasta llegar al presente.

Pasada aquella noche tuvo celos de Jim y huyó del club nocturno. Después de aquello que probablemente no había ocurrido jamás, a la mañana siguiente se sintió aterrorizada y abandonó la ciudad, tomó un tren con rumbo a su casa, que estaba casi al otro lado del país, y llegó en el momento en que acababan de colocar la corona funeraria de su padre en la puerta. Su padre había muerto de noche a causa de un fallo cardíaco, pocos días antes, según le comentó un vecino. Intentaron localizarla, pero en el conservatorio creían que había vuelto a casa. Tras esta conmoción, se quedó en casa el resto de aquel verano menguante, hasta que todos los asuntos de su padre quedaron resueltos. Vendió la librería, vendió la casa y todo el mobiliario, incluido su piano, y descubrió entonces que tenía dinero y podía viajar. Aquel otoño no regresó al conservatorio, sino que se trasladó a Nueva York, donde se puso a estudiar bajo la tutela de Madame Tedescu, una señora vieja y frágil, con cabellos cenicientos, cuya fama era conocida en dos continentes. Tocó algunas piezas para ella y Madame la aceptó por alumna. Durante los diez años siguientes su vida estuvo volcada en la música: tres años con Madame en Nueva York, de nueve a doce de la mañana y de una a seis de la tarde, todos los días del año, sin vacaciones, con la sola excepción de los domingos; dos años en Roma, después de ganar una beca, con un animado maestro italiano, experto en instrumentos antiguos; siguieron otros cinco años más, con Madame, durante los cuales dio conciertos por toda Europa, desde París a Moscú, pasando por Bruselas, Viena, Berlín, Nápoles y Londres. Y por último, no hacía tanto tiempo, su primer concierto en el Town Hall, en Nueva York. Recibió ramos de rosas y un ramillete de orquídeas procedente de un hombre alto y rubio que aquella temporada causó sensación como director de orquesta: Basil.

Después se sucedieron los años felices: su matrimonio y aquellas idílicas semanas en una granja de Nueva Inglaterra, días como la mantequilla, con su blanca espuma, en el cuenco en que se bate, y su nueva casa en Nueva York, sus amistades, Madame Tedescu, las opiniones favorables de los críticos. Y luego llegó otro verano y con él las dificultades, la negrura que surgía de su clavicordio; incluso cuando ejecutaba a su muy amado Bach, la negrura que se adueñó de ella. Aquel recuerdo la obsesionaba. Las cosas fueron a peor, los trocitos en que se deshicieron los días se fueron mezclando unos con otros o se perdieron para siempre, entre sus delirios. Y la enfermedad, los días y las semanas en que sólo hubo tinieblas, el sanatorio, la ventana enrejada y la vista de los olmos...

Hasta ahí todo estaba bastante claro, todo lo que alcanzaba a pensar, y colocaba cada eslabón en su sitio. Aparte aquellas primeras semanas negras y perdidas, recordaba todos y cada uno de los incidentes que se sucedieron durante su estancia en el sanatorio, recordaba todas las noches en que había combatido contra el pasado y había salido victoriosa. Todos los días de la semana pasada, el día en que salió del sanatorio, los días que pasó de compras, la entrevista con el doctor Danzer, el almuerzo con Nancy y la tarde que pasó en su estudio, incluido aquel pavoroso episodio... Sí, todo encajaba a la perfección, incluido su encuentro con Jim Shad, la carrera en el taxi, su fuga, la mujer que salía del portal de su casa a contraluz, la puesta de sol, aquella carta que inexplicablemente ya no estaba en la consola... Y entonces recordó lo que había ocurrido a continuación. Subió a la biblioteca y se encontró a Basil ante el piano; se paró a observarle, temerosa de hablar, por si sus palabras traicionaban sus pensamientos. Le vio tocar un buen rato, y después se dio la vuelta y salió de casa. Mientras callejeaba, con dirección al centro de la ciudad y en concreto a un pequeño restaurante francés en el que creía poder cenar con tranquilidad, pensó en aquel extraño bolso cuadrado que había encontrado en uno de sus cajones, y pensó en la vulgaridad de aquel maquillaje derramado en la cómoda. Sentada a solas en el restaurante, bebiendo un vaso de clarete, pensó en la advertencia del doctor, relativa a que tal vez su marido hubiese cambiado, y se acordó de que Nancy había insinuado algo en el mismo sentido, durante aquel almuerzo. Y se sintió asustada y triste, y bebió tal vez demasiados vasos de clarete.

Después, impulsivamente, compró un periódico y miró y remiró la sección de espectáculos, en busca del club en el que actuaba aquella noche Jim Shad. Sabía que, a la vista de lo ocurrido aquella tarde, lo último que debía hacer era ir a donde trabajaba él, pero deseaba ardientemente volver a oírle cantar, deseaba formar parte de aquella muchedumbre anónima, estar cerca de él pero sin relación ninguna con él. Hizo un alto en otro bar y tomó otra copa, esta vez un martini, para armarse de valor, y luego paró un taxi para que la llevara al club, un antro del Village.

Una vez en aquella sala pequeña, de techo bajo y paredes extrañamente decoradas, paredes que parecían converger en el minúsculo escenario y en una pista de baile más diminuta aún, ya no pudo escapar. No había caído en la cuenta de que el sitio le parecería muy íntimo —imaginó todavía a Jim Shad cantando en uno de aquellos enormes graneros del Medio Oeste en los que solía actuar—, ni tampoco le pasó por la cabeza que a las diez y media el local estaría casi desierto. El *maître* la acompañó a una mesa cercana a la pista de baile, y sólo tras mucho insistir le permitió buscar un rincón más oscuro, un sitio en el que confió que nadie la descubriera. Pero tan pronto se hubo sentado se dio cuenta de que entre la docena de personas que estaban en la barra o a las mesas figuraban precisamente aquellas dos que no quería que la vieran bajo ningún concepto: Jim Shad y Vanessa. Todavía fue peor que Shad, sentado de cara, la hubiese visto, hubiese contemplado al parecer su discusión con el *maître* y le dedicase una sonrisa por encima del hombro o de Vanessa, guiñándole incluso un ojo para hacerle saber que se había percatado de su presencia, que deseaba verla y que se acercaría tan pronto pudiera desembarazarse de Vanessa.

Le entraron ganas de irse, pero supo que hubiese sido inútil. De haberse marchado, él la habría seguido. De hecho, estaba perfectamente a salvo dentro del local. Cuando empezase su actuación, llamaría a Basil y le pediría que acudiese a recogerla. Antes o después tendría que hablarle a Basil de todo aquello, pero temía que, al hacerlo, le daría la oportunidad que probablemente estaba buscando, el pretexto para solicitar el divorcio. En fin, aquella noche sería un momento tan apropiado como el que más. Pero entretanto tuvo muy claro que debería aguantar a Shad.

Pidió una copa y mantuvo la vista apartada. Esta estratagema no surtió efecto: aunque no le mirase, sentía sus ojos clavados con insistencia en ella, y no pudo impedir que ante sus ojos se formase la imagen de su rostro, su sonrisa despreocupada. No pudo apartar de él sus pensamientos. El camarero le llevó su copa y un cuenco de palomitas y galletas saladas; sorbió despacio el martini, saboreando cada trago, y tomó una galleta tras otra, desmigándolas una por una hasta encontrarse con un montículo como un hormiguero encima de la mesa. El sótano fue llenándose poco a poco de público. Oyó hablar al *maître* con cada pareja, a medida que bajaban las escaleras, y escuchando con atención el ruido de sus pasos dedujo dónde se había sentado cada cual. El pianista acercó su piano miniatura a su mesa, colocándolo de tal forma que le tapó la visión de Shad y de Vanessa o, mejor dicho, la visión que habría tenido con sólo levantarse. Tocó unas cuantas piezas más bien de mala manera, pero le alivió poder levantar la mirada durante unos momentos, y al terminar le dio algún dinero. Entró la orquesta —una formación que constaba de piano, contrabajo, trompeta y batería— y empezó a tocar los clásicos de siempre, con un estilo Dixieland algo cambiado. Tocaban con limpieza, y de no haber tenido la mente fija en Jimmy probablemente habría disfrutado de la música. De pronto se dio cuenta de que el local estaba lleno. Fue como si todos hubiesen llegado a la vez. Echó un vistazo al reloj y vio que casi era medianoche. La orquesta siguió tocando, cada vez de forma más libre: se alargaron los solos, las improvisaciones se tornaron más ingeniosas. Se puso a mirar al trompetista, un tipo enjuto como una caña que daba la sensación de tener temblores, pero que llevaba el ritmo de maravilla y sabía cómo desarrollar una melodía en todo momento. Minutos después observaba al batería, y luego al negro grandullón que zarandeaba el contrabajo. Al desgaire, como si fuera puramente accidental, pasó la mirada sobre la mesa en la que había visto a Jim y a Vanessa. La pelirroja se había ido, pero Shad vio cómo le miraba y se puso de pie en el acto. Acarició con los dedos el tallo de la copa, dándole vueltas en uno y otro sentido, y le temblaron los labios al verlo avanzar hacia su mesa. Se lo encontró de pie ante ella, una sombra oscura sobre el mantel blanco y circular de su mesa, diciéndole:

—¿Puedo?

«Claro», asintió ella con la cabeza.

Jim tomó asiento frente a ella sin decir palabra. Se dio la vuelta e hizo una señal al camarero, que le sirvió de inmediato un bourbon. Se lo bebió de un trago, entrecerrando los ojos al hacerlo, como antaño, pero sin hacer comentario ninguno. Ella no dijo nada. Jim tomó un puñado de palomitas y se puso a triturarlas una por una sobre el montoncillo de migas que ella había formado antes. Cuando terminó de triturar las palomitas ya había demolido el montículo.

—He hablado con el jefe —dijo sin arrastrar el acento.

Ella no le miró, ni manifestó de ningún modo que le hubiera oído.

—No tengo que cantar esta noche.

Ella sorbió su copa y apartó la mirada para fijarse en la orquesta.

—He pensado que podíamos ir a otro sitio. Ha pasado mucho tiempo, Ellen.

Su voz y su presencia la conmovieron; le resultaron alternativamente reconfortantes y estimulantes. No confió en sí lo suficiente para mirarle, pero cada vez se le hacía más difícil evitar sus ojos.

—Si te preocupa ella, olvídate. Ya me he ocupado de eso.

Se sorprendió al darse cuenta de que le creía.

—Eres la única que de veras me ha importado, la única que para mí ha tenido verdadera importancia. Habría acudido a ti mucho antes, pero no supe cómo acercarme. Te has convertido en toda una mujer, Ellen... Eres grandiosa. No sé por qué me he comportado así esta tarde. Creo que ha sido por tu forma de mirarme... Me mirabas como si te diera miedo.

Hablaba con calma, titubeando. Ella nunca le había oído tartamudear. Le pareció sincero.

—Déjame que vaya a por tu abrigo —le decía—. Te quiero, y quiero estar contigo.

Y ella asintió.

Volvió a abrir los ojos. Estaba sentada en la cama, pero mantenía la vista fija en el barniz de la puerta. Así había sido. Se había ido con él. Pasearon por Washington Square, se sentaron en un banco y se hicieron toda clase de arrumacos, como una joven pareja. Ella ardió en deseos de preguntarle qué había sucedido aquella noche, hacía tantísimo tiempo; deseaba averiguar de una vez por todas si lo que recordaba era verdad... o si era el doctor quien estaba en lo cierto, y tan sólo habían sido imaginaciones suyas. Pero no le pareció el momento oportuno.

Él la llevó a un hotelito cercano, un sitio en el que conocía al portero de noche. La única habitación disponible era pequeña y no tenía cuarto de baño. Ella miró al techo. Recordó haberse fijado en una grieta en el yeso cuando el botones los llevó a la habitación, sólo que tenía mucho peor aspecto iluminada por las bombillas que ahora, con la tenue luz de la mañana. Jimmy compró una botella y los dos tomaron un par de copas. Luego, ella apagó las luces y esperó a que volviera, pues había ido al otro extremo del pasillo.

Eso era todo lo que alcanzaba a recordar.

Sin dejar de mirar la puerta, se quitó de encima la manta y la colcha y salió de la cama. No llevaba nada encima, y en sus manos, sus pechos y sus muslos había manchas oscuras. Contuvo la respiración y esta vez decidió conservar la calma como fuera, razonarlo todo antes de tomar una iniciativa, de forma que luego pudiera recordarlo.

Se encontró el cuerpo de Jim entre la puerta y la cama. Tenía la cara llena de arañazos y la garganta moteada. De la boca le había brotado un oscuro hilo de sangre que le había teñido el mentón. Al tocarlo, se tornó de un rojo intenso. La cabeza, sobre todo la coronilla, había sido aplastada, y tenía el pelo apelmazado por la sangre seca. Al volver a mirar la cama descubrió que la sangre teñía uno de los postes del cabezal, y que las sábanas y el colchón estaban llenos de manchas oscuras. No cabía duda de que estaba muerto —si bien le tomó el pulso—, ni de que llevaba muerto un buen rato.

Se vistió a toda prisa, abrió la puerta nada más que una rendija y miró por si había alguien en el pasillo, antes de correr al otro extremo a lavarse las manos. Restregó a fondo el lavabo para cerciorarse de que no dejaba ninguna mancha, volvió a otear el pasillo y regresó a su habitación. Una vez dentro, lenta y cautelosamente la registró de punta a cabo para asegurarse de que no dejaba ninguna prueba de su presencia. Encontró una horquilla, tres cabellos rizados, uno de ellos con la punta abierta, y su barra de labios. Se plantó junto al cuerpo de Jim y lo miró, tratando de recordar. No sirvió de nada. Abrió la ventana y comenzó a bajar velozmente por la escalera de incendios.

Cuando bajaba la ventana desde fuera, dejando resbalar el polvoriento cristal entre sus manos, alguien golpeó con fuerza la puerta de la habitación. Ese sonido la aterrorizó más que la visión del cuerpo de Jim. Apartó las manos del cristal, dejándolo golpear ruidosamente contra el marco. Se apartó en el acto de la ventana, tropezó con la barandilla de la escalera, perdió por un momento el equilibrio y vio en un abrir y cerrar de ojos la calle, muchos pisos más abajo. Por un momento se mareó. Eso fue todo lo que pudo hacer para no precipitarse por encima de la barandilla de hierro, y cuando recobró el equilibrio se sintió tan débil que se hincó de rodillas y apoyó las manos en la plancha de hierro.

En esta postura se atrevió a mirar una vez más por la ventana, a tiempo de ver cómo se abría la puerta de par en par, cómo reventaba el cierre endeble y saltaba la llave del cerrojo. Una mujer alta y pelirroja, con la cara entre pálida y gris por la ansiedad, se abalanzó al entrar en la habitación. Abrió los brazos al ver el cadáver, echó a correr y se desmoronó al lado de Jim. Ellen comprobó que era Vanessa.

Lentamente, Ellen comenzó a bajar por las sucias escaleras de la salida de incendios. Hasta que no estuvo a menos de un salto del callejón en que desembocaban no se irguió del todo. Entonces se dejó caer y aterrizó en el suelo. Al llegar a la calle principal se detuvo en la esquina y paró un taxi inmediatamente.

Vanessa debía de haberlos seguido cuando salieron del local; debía de haber esperado en la puerta del hotel, donde seguramente se pasó toda la noche esperando a que aparecieran. Cuando, devorada por los celos, se vio forzada a aporrear la puerta, probablemente esperaba encontrarse con Ellen en compañía de Jimmy. No podía adivinar, de ninguna manera, lo que en realidad iba a hallar.

Ellen iba sentada muy rígida en el taxi cuando éste dobló para enfilar la Quinta Avenida, y entonces miró atrás, hacia el hotel. No creyó que nadie la hubiese visto.

5

No creía que nadie la hubiese visto. Se había quedado quieta mirándose el tallo del brazo, la blanca flor de la mano y el resplandeciente cristal del vaso de vino que sostenía, viendo verterse el vino color sangre sobre la chimenea. Un sonido, un roce de tejidos, le hizo levantar la mirada hacia el espejo, donde se encontró con los ojos de Basil, que miraban gravemente los suyos, y la cabeza de Basil, que lenta, ligeramente —de manera que nadie le viese— negaba con ademán condenatorio, reprochándole algo.

—Ellen, el vino es para beber.

Ella se dio la vuelta en redondo y le hizo frente, llevándose con expresión de malicia el vaso a los labios, apretándolos contra el frío borde del vaso.

—Lo sé. No entiendo por qué he tenido que hacerlo. De veras, no lo sé.

—No tuviste por qué, Ellen. No te ha obligado nadie.

Pensó en eso durante un momento, considerando todas y cada una de las palabras que acababa de decir, escuchando con atención la cadencia de cada sílaba.

—Lo sé. Sé que no tenía ningún motivo. Lo que pasa es que me apeteció. De pronto me entraron ganas.

Le sonrió y le tendió el vaso.

—Llénamelo otra vez, Basil. Esta vez te prometo bebérmelo.

Él tomó el vaso de sus manos, pero no sonrió. Titubeó un momento y pareció a punto de hablar: ella vio que movía los labios. No obstante, echó a andar hacia el mayordomo.

En él había algo patético, decidió Ellen al verle caminar por entre las parejas que seguían conversando. Tal vez fuese su forma de sostener el vaso, con el brazo rígido, extendido al frente, como si fuera una señal o una advertencia. O tal vez se debiera a que ella lo veía en el espejo, con lo que su reflejo lo empequeñecía, le daba casi el aire de un niño. Fuera cual fuese la causa de la compasión que sintió por él —caso de que fuera compasión, y no una simpatía enaltecida—, no le importó; lo que de veras le importaba era que así debían ser las cosas, así se sentía ella y así tenía que ser. Al darse la vuelta en redondo, con agilidad, cerró los ojos un momento, y sintió el remolino y el susurro de su larga falda de terciopelo negro. Se palpó la gargantilla de diamantes, la gargantilla que aquella misma velada le había regalado Basil mientras esperaba temblorosa a que llegara el momento de salir a la brillantez de la escena, de erguirse junto a la gélida madera de caoba de su clavicordio, cerrar los ojos y dedicar una reverencia a aquella bestia enorme de múltiples rostros. Basil, durante la tensa espera, se le había aproximado por detrás; le había oído llamar a la puerta y luego había visto su rostro apareciendo en el espejo y pasando a primer plano. Ella le había hablado con los ojos cerrados, por temor a leer en su rostro el mismo temor que la asediaba, y solamente los volvió a abrir al sentir aquella dureza, aquel peso en el cuello, como si una mano metálica la hubiese acariciado para devolverle la confianza. Pero lo que había encontrado al abrirlos era la grandeza, la gloria y el fuego, la sonrisa de Basil. Ahora, al abrir los ojos, solamente vio el salón atiborrado de humo, la confusión de los brazos y las espaldas desnudas, los trajes oscuros y las camisas blancas, los vestidos multicolores y las arrugas esmaltadas de rosa que se marcaban en la cara de su anfitriona, de la pobre y chocha señora Smythe.

Un espectro gris y vacilante, coronado por una máscara pequeña y fruncida, reluciente, en vez de rostro: la señora Smythe la había tomado de la mano y se la aferraba con su ramillete de dedos resecos. Se disponía a halagarla.

—¡Querida, ha estado usted maravillosa! ¡Qué tono, qué colorido! ¡Ah, ése es el verdadero virtuosismo!

Sonrió a la señora Smythe, percibió el estiramiento en la piel de su boca, y sintió que se le entreabrían los labios en ese gesto puramente social. Con la mano se había anclado a las duras piedras que custodiaban su cuello, allí asida como se aferra un gorrión a su nido en medio de la tormenta. Sostener la sonrisa, ostentar un rostro impávido ante la señora Smythe y ante la sala entera, le costó emplear todas sus fuerzas: se le abatieron los hombros, sintió que algo se vaciaba en su interior, que algo se le escapaba cruelmente como el agua por el desagüe, como el vino al verterse un vaso. Pero precisamente cuando tuvo la seguridad de que sus rodillas iban a ceder, convencida de que iba a desplomarse de un momento a otro, ahogada, sintió encenderse en su cerebro una centella de cólera, parpadear y prender fuego a la yesca. «¡Maldita sea, maldita sea! —pensó mientras prolongaba la sonrisa ante la anfitriona—. ¿Qué derecho tendrá usted a dar fiestas, a conocer a todas las personas que cuentan y que pueden y deben, por tanto, otorgarle sus favores? No tiene usted ni la menor idea de lo que es la música, no sabe nada de mi mundo de sonidos, de lo que significa disponer los tonos en el tiempo y en el espacio de forma que se relacionen, de forma que sobre ellos sea posible la construcción de otras gamas tonales, de ensamblarlos con el ritmo, de darles peso y significación, de construir toda una realidad a partir del sonido. Usted sólo conoce a la gente, gente a la que puede presionar y retorcer y obligar a que cumpla sus órdenes: lo único que le importa es el poder. Y por eso estoy yo aquí, y por eso ha venido Basil, y usted lo sabe de sobra. Sí, lo sé yo y lo sabe usted también: usted tendría que ser la que diera la recepción en mi honor, la que celebrase mi concierto de "regreso", pues en caso contrario habría perdido un ápice de ese prestigio que tan encarecidamente atesora. Y las dos sabemos de sobra que no me quedaba otro remedio que aceptar su invitación, al igual que Basil, pues por algo viene siempre a sus fiestas el viejo Jeffrey Upmam, por algo es usted la que le indica cómo debe opinar. ¡La opinión de Jeffrey! ¡La fama de crítico que tiene Jeffrey! ¡Su opinión, su poder! ¿De dónde, señora Smythe, de dónde demonios sale su opinión, eh? ¿De la música, de las escasas migajas de mi música que ha podido entender esta noche mientras no parloteaba con uno u otro de sus amigos? ¡Ah no! De la música no: usted no sabe cómo escuchar la música. Usted se forma sus opiniones de manera mucho más sutil, caso de que de veras tenga opiniones. A usted le agradan esos músicos y compositores que hacen lo que usted les sugiere, esos que de hecho subrayarán su fama, que se apiñarán a su alrededor y que comerán de su mano sin decir ni pío. Y eso es como una bola de nieve, ¿o no, señora Smythe? Según baja por la ladera va haciéndose más grande, y con ella se agranda usted, al igual que todos los copos de nieve. Pero si uno esquiva la bola de nieve que se le echa encima, si uno se resiste a ella, será arrojado a una esquina, donde se le ignorará y se le hará el vacío. ¡Maldita sea usted, señora Smythe!»

Lo cierto es que la señora Smythe no recordaba en modo alguno a una bola de nieve, sino a un fantasma. Aparte el rostro y aquella juventud de palimpsesto, era alarmantemente insustancial. Parecía una mera sombra de lazos grises, una sombra trenzada en sólo dos dimensiones. Sus manos eran huesos rosados, sus pies, unos zapatos con movimiento propio. Sin embargo, no era una persona que moviese a compasión, ya que nada tenía de desamparada, sino que semejaba más bien una reliquia entregada de lleno al vituperio, un tótem que inspiraba verdadero temor, tal vez interpuesto en el camino de cualquiera por un enemigo decidido a hechizarlo. Y mientras esa mujer repartía halagos, mientras sonreía con sus arrugas, era de las que miden a su interlocutor, tomándole el pulso de su lealtad, calculando la fama potencial y la parte de su futuro que merecía la pena tenerse en cuenta.

—¡Qué hermoso vestido, señora Smythe! ¡Y qué agradable fiesta! Por si fuera poco, tiene usted la amabilidad de piropearme. Bueno, debo decir que estoy abrumada.

Mientras decía todo esto, acomodando su respuesta a la situación, se percató, presa de cierto helado asombro, que todas sus frases aparecían en orden, cobraban sentido e incluso parecían contar con la aprobación de la señora Smythe. Claro que nunca se podía saber con seguridad qué pensaba la señora Smythe. Sus ojos, como gemas engastadas en un cristal agrietado, no revelaban jamás clave alguna; sus gestos nada tenían que ver con sus intenciones. Quienes la conocían bien afirmaban que la principal fuente de su poder, aparte su riqueza, claro, era su personalidad inescrutable.

—Me gustaría presentarle a un joven delicioso —le decía, en tanto su mano prensil aferraba con verdadera avidez la dolorida muñeca de Ellen.

Cabeceando con solemnidad, se dispuso a conducirla por entre la muchedumbre, dejando a un lado a un pintor que departía con su amante, a una bandada de querubínicos compositores que reían entre dientes por algún chiste infantil, a una escultora de semblante severo que parecía recién desbastada por su propia mano de uno de sus bloques de alabastro, hasta llegar ante un hombre alto y larguirucho, un tipo con el mentón huidizo y una mano furtiva que se llevó en secreto a la boca, boca que le cubría un vago bigote. Pero se dio cuenta de que era tarde, de que ya estaban encima de él, con lo cual dejó caer la mano y, avergonzado, se la llevó al bolsillo, pero, al no dar con la abertura, le cayó al costado, desvalida. Vio el matojo de vello sin afeitar, como sucio, que tenía por bigote, demasiado descuidado para ser producto de uno o dos días sin afeitar, y sin la densidad necesaria para servir de adorno. El personaje, por lo demás, estaba tan colorado que sólo podía pasar por fatuo.

—Ferdinand —ordenaba la señora Smythe—, sé que llevas tiempo deseando conocer a nuestra invitada de honor, es decir, a mi querida Ellen. Ellen, éste es Ferdinand Jaspers. Estoy segura de que los dos os llevaréis de maravilla.

Tras lo cual, la señora Smythe se dirigió hacia otra víctima solitaria, que estaba boquiabierta en el extremo opuesto de la sala donde se encontraban Ellen y Ferdinand. La señora Smythe había hecho un brevísimo alto en su recorrido para presentarlos. Ferdinand no estaba ni mucho menos acostumbrado a la señora Smythe, de esto se dio cuenta Ellen. Por encima del cuello de la camisa había empezado a ponerse colorado, y a ese paso no tardaría en ponérsele la cara como un tomate. Volvió a llevarse la mano a la boca, la mano revoloteó allí por un instante, titubeó y volvió a caer, inerte.

—He... he disfrutado mucho de su recital, señora Purcell. He disfrutado mucho.

—Gracias —le dijo, a sabiendas de que debería añadir algo más, a sabiendas de que por su parte sería una descortesía no ayudarle sosteniendo su parte del diálogo, por innecesario que fuera éste, aunque disfrutaba de la incomodidad de que era presa su interlocutor.

Él se humedeció los labios, como si esa acción la controlase un mecanismo automático, y sus manos le pasaron rozando la cabeza, para aplastarse el cabello color arcilla. A ella le fascinó ver cómo se le formaba una gota de sudor en la frente, cerca del nacimiento del cabello, y mientras aguardaba a que él volviese a tomar la palabra prefirió especular, apostar contra sí misma sobre cuál de los dos lados de su nariz iba a recibir la caída de la gota. En ese momento, el silencio que había sostenido sólo la vergüenza del joven, lo rompió una voz que sonó en alguna otra parte de la sala; una voz perteneciente a otra de las personas allí congregadas; una voz que a punto estuvo de reconocer, aunque no supo de quién procedía; una voz que, sin embargo —lo supo en el acto—, mencionaba algo que de ninguna manera hubiese querido oír, algo que confiaba se hubiese olvidado del todo.

—... cómo es posible que no hayas tenido noticia? ¡Si salió todo en los periódicos! Los más sensacionalistas llegaron a publicar fotos de los dos, los dos muertos. Sobre su cuerpo habían arrojado una toalla, claro, y ella estaba vestida de pies a cabeza. Pero, aun así, yo no creo que debieran publicarse tales cosas. Dijeron que ella lo había matado, no sé si lo sabías. Oh, la suposición se basaba en la autopsia, en la hora de la muerte de los dos: de acuerdo con los médicos, él murió varias horas antes que ella. Así fue la cosa, o al menos eso se ha dicho. Así, ella le mató, por celos o por la razón que fuera, y luego se arrepintió del crimen. El portero de noche dijo que había alquilado la habitación a un hombre y una mujer. Claro que ¿quién iba a esperarse que le dieran sus nombres reales? Sí, ella sin duda tuvo que sentir el remordimiento... y luego se dio muerte. Querido, cuánto me extraña que no hayas oído hablar del tema... Ha sido un notición, todo un notición. Es tremendo, fíjate; lo había visto cantar uno o dos días antes, lo fui a ver en un club del Village...

Ferdinand carraspeó y ella hizo un esfuerzo por recobrarse. Se dio cuenta de que en todo momento había prestado atención a la otra conversación, pero, temerosa de darse la vuelta y ver quiénes estaban hablando, debía haber estado mirando fijamente al joven, transfigurada e inexpresiva; tal vez él había tomado su actitud por una muestra de curiosidad, por indicación de cierto interés. En cuanto se dio cuenta, bajó la mirada.

Él tosió.

—Soy... soy poeta.

¿Por qué, por qué —se preguntó— le había dicho eso? ¿Qué sentido tenía para ella que aquel hombre fuese poeta o dejase de serlo? Siguió mirándolo fijamente, convencido de que si él había querido ver un deje de coquetería en su mirada, ahora ya no podía seguir haciéndolo. Al ver cómo se tensaba su rostro, cómo le temblaba su ridículo amago de bigote, ante la hostilidad que ahora le demostraba, comprendió que su mirada era una arma.

—Qu... quiero decir que he publicado un libro. Un librito de versos, en realidad.

Y su mano, como un sabueso deseoso de atrapar un pájaro abatido, subió hacia el labio superior y cayó de nuevo. Aunque no esquivó su mirada, no le estaba prestando ninguna atención. Volvió a oír la otra voz, una voz que le sonaba conocida, una voz que, con sólo pararse a pensarlo, podría colocar en su sitio. Había vuelto a elevarse por encima del continuo murmullo de la multitud, se había liberado del ruido monótono de la masa, y al escapar fue como si hubiese creado una zona de calma y de silencio en el centro del bullicio generalizado, en la cual sólo ella existía y se hacía oír.

—Lo cierto —decía en ese momento la voz— es que recuerdo haberle visto incluso antes. Sí, ahora que lo pienso, no sólo lo vi actuar pocas noches antes del suceso, sino que estuvo en mi estudio aquella misma tarde... Oh, sí, claro que le conocía, y muy bien... Fíjate, solía venir a verme con cierta frecuencia... ¿Que quién era ella? Nadie que tú pudieras conocer, querido. Una persona horrible... Creo que una bailarina; sí, en algún sitio he leído que era una bailarina... ¿Cómo habrán podido...? Lo quería, digo yo. ¿No suele ser ése el motivo más común? ¿Que cómo se llamaba? No me acuerdo, lo leí sólo una vez... Bueno, aparecía en los periódicos, claro está... Pero ahora mismo no caigo, no me acuerdo...

Reconoció la voz, y de pronto supo sin asomo de duda que no podía pertenecer a nadie más que a Nancy. Y al tener esta repentina seguridad se sintió arrastrada a la otra parte de la sala, impulsada a localizar a la autora de aquellas palabras, a hacer frente a Nancy para demostrarse que no tenía nada que temer. La voz sonaba a sus espaldas, a cierta distancia; debía de estar cerca de la chimenea. Pensando en esto, se dio la vuelta, a ciegas, y empezó a abrirse paso entre la muchedumbre. El joven se quedó pasmado, blanco como el papel, esto lo vio por el rabillo del ojo, al pasar junto a la pareja más cercana. Sintió lástima por él. Pero ya no podía tomarse la molestia de volver a donde lo había dejado y pedirle disculpas. Encontrar a Nancy pasó a revestir una importancia de primerísimo orden: tenía que entrometerse en su conversación, oír con toda claridad lo que estuviera diciendo.

Sintió que su impulsivo avance por la sala atestada de gente había dado pie a ciertos comentarios, sintió que los ojos de la mayoría se habían clavado en ella, pero no le importó. Sin embargo, se propuso caminar más despacio, desviarse incluso y dar un rodeo, en vez de pasar por entre un hombre de considerable estatura y una mujer robusta que en ese momento le impedían el paso; buscar a Nancy en vez de guiarse solamente por su voz. De hecho, incluso se quedó momentáneamente quieta, mirando a su alrededor, y obtuvo por recompensa la localización de la persona que estaba buscando. En efecto, Nancy estaba apoyada en la repisa de la chimenea, contorsionado su rostro granítico por el énfasis que ponía al hablar, acompañado por los amplios gestos de sus manos de campesina, con los dedos gruesos. Sintió alivio al verla, pero ya no vaciló un momento más. Al contrario, avanzó con resolución, tal vez de forma más impulsiva que antes, tropezando contra un sofá, y a punto estuvo de derribar al camarero, bandeja incluida.

Nancy la vio acercarse. Se apartó de su acompañante, un hombre de tez muy pálida, con el cabello lustroso y una expresión intensa, para dirigirle un saludo.

—¡Ellen! —le gritó—. Querida, has estado incomparable. ¡Ha sido todo un acontecimiento! Ah, Ellen, ahora que apareces (cuánto me alegra que te hayas acercado), creo que podrás ayudarnos. Ellen, dime una cosa: ¿recuerdas haber conocido a un hombre, un músico o, mejor dicho, un cantante de baladas, por cierto muy famoso, al que te presenté el verano pasado en mi estudio?

Asintió en dirección al hombre, al cual no había sido presentada. Luego miró de lleno el imponente rostro de Nancy.

—¿Te refieres a Jim Shad?

Aminoró el ritmo de su respiración mientras esperaba a que Nancy reaccionase, a que le mostrase alguna señal de *lo que sabía*. El rostro de Nancy no se transformó.

—Eso es. Bueno, también yo recuerdo ese nombre. En cambio, Ellen, soy incapaz de acordarme cómo se llamaba la mujer (una bailarina, una persona horrible) que lo asesinó. Porque sabrás que fue asesinado, ¿no? Pensé que lo sabría todo el mundo, que todo el mundo lo habría leído en los periódicos. ¡Fue todo un notición! Le golpeó en la cabeza... Jack, en cambio, me ha dicho que él no tenía ni idea. Tú sí que lo sabías, ¿no, Ellen?

Sonrió, divertida por el parloteo de Nancy.

—Fue terrible. Sí, lo leí en la prensa. ¿Averiguaron alguna vez quién lo hizo?

Se sintió orgullosa de su calma, de su inventiva. A Nancy se le pusieron los ojos como platos, y manifestó a las claras su incredulidad.

—Pero ¡querida, eso es lo que intento deciros! Esa mujer, como se llame, fue la asesina. Le destrozó la cabeza de un golpe y luego se pegó un tiro. Aunque nunca he logrado entender por qué no le pegó un tiro también a él. En fin, no consigo acordarme del nombre. Creí que tú lo sabrías. Era una bailarina...

Nancy pareció haber agotado sus recursos. Ellen la miró más a fondo, la vio apoyada sobre la repisa, se fijó en su pose distendida, se aseguró de que en su cara dominaba la curiosidad (¿o acaso era malicia?). «Aunque nunca he logrado entender por qué no le pegó un tiro también a él», había comentado. ¿Lo habría dicho con intención irónica? ¿Habría querido utilizar esa vía para hacerle saber que sospechaba de ella? Este pensamiento la torturó y le inspiró deseos de hurtarse a la mirada de Nancy. Sin embargo, supo que no era conveniente, que si Nancy sospechaba de ella, su huida confirmaría sus suposiciones. Tenía que aguantar con buena cara.

—Ahora me acuerdo. Sí, creo que leí algo acerca de una bailarina. Ella le asesinó, ¿no es cierto? ¿Tú la conocías? —preguntó con cierta violencia, de forma espasmódica.

Jack, que se había dedicado a acariciar el mármol de la repisa con las yemas de los dedos, la miró con cara de asombro. Nancy, caso de haberse percatado, no se dio por enterada.

—Eso es, Ellen. El portero de noche del hotel declaró que se inscribieron los dos con nombre falso. Y a la mañana siguiente los encontraron muertos a los dos: ella lo mató y luego se pegó un tiro. ¿Cómo no te acuerdas tú tampoco del nombre de ella?

Se llevó la mano a la garganta y palpó la gargantilla de diamantes, cuya presencia inflexible le devolvió la confianza.

—Lo siento, pero me temo que no seguí el caso muy de cerca. Debió de ocurrir antes que nos marchásemos Basil y yo. Fuimos a la cabaña que tiene en Catskills, ¿no te acuerdas? Yo tenía que alejarme de todo para poder ensayar a fondo, y Basil se metió de lleno con sus partituras. No vimos ni un periódico durante todo el verano. Me temo que me perdí los detalles más espantosos.

—Claro, es imposible que te acuerdes —sonrió Nancy—. Había olvidado que Basil y tú no estabais en la ciudad. Fíjate, seguramente os marchasteis aquella misma semana. Bueno, en el fondo no tiene importancia. Lo que pasa es que preferiría que la memoria no me jugase estas malas pasadas.

En este momento se dio cuenta de que se había equivocado. Nancy no había querido darle a entender nada, sino que se había comportado de acuerdo con su carácter; era charlatana y curiosa. Pero toda vez que su mente se había internado por aquel camino, toda vez que había regresado a ella aquel miedo tan especial, un miedo que le secaba la boca, una especie de pánico en calma, se vio obligada a recordar todos los detalles de aquella mañana, aquella mañana de la que parecían separarle años enteros, aun cuando sólo había tenido lugar unos meses antes, la mañana en que volvió a casa y se encontró a Basil sentado en su sillón de cuero, en la biblioteca, muy rígido pero con la cabeza doblada a un lado, dormido. Se dio cuenta en el acto de que se había quedado dormido mientras la esperaba, que seguramente se había preocupado por su ausencia. Se arrodilló a su lado y lo despertó con un beso.

Se le abrieron los ojos con pesadez, lentamente; se llevó la mano a la frente y se la frotó antes de verla, antes de comprender con claridad que por fin había regresado. Se inclinó hacia delante, sintiendo los huesos doloridos y los calambres propios de la incomodidad pasada. La tomó de la mano y se la apretó fuerte. ¿«Estás bien»?, le preguntó.

Ella se sentía de todas las maneras posibles, excepto bien. Se había asustado, se había mareado, había estado a punto de matarse. Al volver a la parte alta de la ciudad, en el taxi, el rostro de Shad se le apareció continuamente, e incluso en aquel momento sintió la sangre que le manchaba el cuerpo como un peso muerto, como un hierro al rojo. No supo cómo hablarle de lo ocurrido. Se dio cuenta de que algo no iba bien en su interior, de que, de alguna forma, se sentía a un tiempo confusa y maltratada. Sin embargo, la presión de las manos de su esposo sobre la suya le dieron la fuerza necesaria para mentir. «Sí, estoy bastante bien», le dijo.

Más tarde, mucho más tarde, decidió no decirle nada del asunto. Había tomado esa decisión con absoluta claridad. Razonó que él no tardaría en estar enterado del caso, gracias a otros; quizá de forma más brusca, pero con menores implicaciones emocionales que si ella intentaba explicárselo. Se marchó a su estudio, cerró la puerta con llave y, por primera vez desde que saliera del sanatorio, se dirigió a su instrumento. Pasó el día entero como si sus dedos, su cuerpo —sí, su mente también— no le pertenecieran, como si —o al menos ése era su recuerdo— la vacilante música que consiguió construir no la hubiese oído ella, como si ni siquiera su respiración fuera suya. Se sintió como si fuera un instrumento, el acero afilado y cruel de un instrumento quirúrgico sobre un paño esterilizado, preparado para su uso. Y la música, los sonidos a los que sus dedos dieron el ser, fueron como brillantes y agudas astillas tonales que laceraron el silencio.

Al atardecer, Basil llamó a su puerta y la convenció con dulces palabras para que bajase a cenar. Más tarde, sólo porque a él le apeteció y a ella no le desagradó la idea, salieron a dar un paseo. Él compró un periódico a la entrada del parque, tras lo cual se internaron por entre los árboles, en busca de un banco aislado donde sentarse a leerlo. Incluso al cerrar los ojos (aunque de ninguna manera se hubiese atrevido a cerrar los ojos en presencia de Nancy) era capaz de ver de nuevo aquel titular, vagamente negro a la luz indirecta que proyectaba la farola, en el cual se explicaba el asesinato de Jim Shad y el suicidio de Vanessa. Echó mano al periódico, arrancándoselo prácticamente a Basil, y leyó de punta a cabo todo el reportaje. Al principio no alcanzó a entender por qué se había dado muerte Vanessa, y entonces comprendió que la policía tampoco lo entendía. Le pareció cómico que, según la versión oficial, Vanessa fuera la autora del homicidio; le entraron ganas de echarse a reír, de sollozar, de levantarse y ponerse a bailar como si fuera una niña deseosa de agitar las trenzas, pero cayó en la cuenta a tiempo de que jamás hubiera sabido explicarle sus actos a Basil. De hecho, él quiso saber por qué le interesaba tanto aquel asesinato. «En este periódico sale un asesinato todas las noches en primera página», dijo. Pero no le costó trabajo dar con una explicación. Le dijo que había conocido a Jim Shad precisamente el día anterior, y además en el estudio de su hermana, de Nancy. Comentó que era la primera vez que asesinaban a un conocido suyo; de ahí su lógico interés.

Pero pocos días después, cuando Basil sugirió la conveniencia de ir a pasar una temporada en la cabaña de Catskills, sintió verdadero alivio ante la perspectiva de marcharse de la ciudad, de estar a solas, de sentirse desgajada de todo y de todos, para poder repensar todo lo sucedido. Basil, claro está, iba a pasar con ella la mayor parte del tiempo (aparte dos semanas, en agosto, durante las cuales tenía que dirigir la orquesta en varios conciertos de verano). La estancia con Basil, sin embargo, había sido muy especial, pues cada uno se organizó su propia vida. En efecto, mandaron transportar el clavicordio y el piano a la cabaña, y se repartieron las horas de ensayo como buenos amigos: por las mañanas, ella tocaba y él hacía lo que le venía en gana, y por la tarde Basil se dedicaba a leer sus manuscritos o a interpretar los pasajes más críticos, mientras ella subía por la falda de la montaña, a buscar laurel, o encontraba un remanso en el que podía chapotear y mojarse los pies. Por las noches estaban juntos, salían a pasear en coche por las tortuosas carreteras de la montaña o se tumbaban sobre la hierba recién cubierta de rocío, a mirar las estrellas y a abrazarse.

Nunca volvió a pensar en todo aquello. Sí intentó hacerlo en varias ocasiones, pero no llegó al final del asunto. Una vez decidió ir a ver al doctor Danzer, al cual ya debería haber llamado para concertar una cita, y contárselo todo. En otra ocasión concluyó que todo aquello no tenía ningún sentido, y que el doctor Danzer le repetiría lo que ya le había dicho otras veces. Insistiría en que aquello no había ocurrido, que era pura alucinación, una ficción que brotaba de su neurosis al igual que tantas otras, generadas por una antigua culpabilidad. Pero esto sólo lo creyó durante una breve temporada. Luego, el otro aspecto de su personalidad, su yo más escéptico, se burló de tal suposición. Sabía que fuera lo que fuese lo ocurrido durante aquella última noche que pasó con Shad, sucedió de veras: fue algo real. De sueño no tenía nada. Shad había perecido, y su muerte hasta salió en los periódicos. E incluso era más que probable que ella lo hubiese asesinado, aunque, cosa extraña, ella misma se mostraba capaz de formular ese pensamiento y lo daba por sentado con absoluta frialdad, sin el menor rastro de alarma.

—Siempre he comentado que en ese caso hay algo que jamás ha terminado de salir a la luz. —El comentario de Nancy le sonó como un trompetazo. Bruscamente se hizo pedazos su ensoñación, y tuvo conciencia, con una sacudida eléctrica, de la cercanía de Nancy y de la peligrosidad de su lengua parlanchina—. La policía dijo que la mujer en cuestión estaba celosa de él. Encontraron testigos que los vieron discutir y pelearse, que incluso la habían oído a ella acusarle de infidelidad la noche anterior a su muerte. Pero nunca mencionaron de quién podía estar celosa esa mujer, jamás se ha filtrado un atisbo relativo a la mujer con la que él pudiera estar liado... ¡Esa parte sí que la convirtieron en un misterio!

Nancy sacudió la cabeza para subrayar su comentario. Jack, su pálido acompañante, asintió a la ligera... Se estaba aburriendo con aquella conversación, sin duda. Ellen fue incapaz de precisar si Nancy sospechaba de ella o si no. Lo cierto es que a cada poco parecía estar más y más cerca de la verdad... Si de veras fuese inteligente, aquello podía suponer toda una prueba.

—¡Oh, yo en cambio creo que la policía lo sabía! —exclamó, procurando que su voz sonase exasperada, como si estuviese harta de hablar de un antiguo, sórdido crimen—. No cabe duda de que interrogaron a la persona en cuestión, probaron su inocencia y decidieron no dar a conocer su nombre. ¿Quién querría ver arruinada la reputación de una mujer inocente?

Nancy la miró atentamente y esbozó una sonrisa.

—¡Ellen, querida! Debes de pensar que soy un auténtico espanto. Por supuesto, yo no soy de las que desearían ver impreso en los periódicos el nombre de esa persona. Pero sí me gustaría saber de quién se trataba. Entiéndeme: Jim Shad era amigo mío. No puedo evitar sentir curiosidad, y yo creo que a ti debería pasarte lo mismo. ¿O no lo conociste en mi casa, el mismo día en que fue asesinado?

Abrió la boca con intención de decir algo, lo que fuese, con tal de conjurar el silencio y darse unos momentos para pensar. Sin embargo, antes que pudiera decir esta boca es mía, se materializó a su lado la señora Smythe, como un espectro. Sus dedos resecos se aferraron a su brazo y su rostro arrugado dibujó una sonrisa aduladora.

—Queridísima Ellen, aborrezco tener que

separarle de estas personas tan encantadoras, pero mi querido Jeffrey aguarda para verla. Ha asistido al concierto, no sé si lo sabe, y en el periódico de mañana piensa publicar un breve comentario. De todos modos, querida, desea saludarle antes: quiere sostener una pequeña conversación con usted, y tiene que llegar antes de la hora de cierre. En fin; estoy segura de que sus amigos sabrán disculparla...

La presión de aquella garra de pájaro que sentía en el brazo era excesiva. Descubrió que la señora Smythe la había hecho rotar sobre su eje y que la arrastraba escorada, por entre la muchedumbre, hacia otra zona de la sala en la cual estaba sentado Jeffrey Upman, a solas, cauteloso, en una silla sobredorada, marcando un ritmo inexistente sobre los cuadros más oscuros del parquet, con la contera de su paraguas. Era un hombre enjuto, viejo, poco menos que paralítico, cuyo liviano perfil adoptaba la forma de un signo de interrogación. Que esta postura suya tuviera algo que ver con su predilección estética por las preguntas retóricas había sido una cuestión largamente debatida, desde antaño, entre los guasones de la calle Cincuenta y siete. Aun así, sus reseñas aparecían salpicadas de signos de interrogación como las pasas que proliferan en un buen pastel. «Ayer noche, en los augustos locales del Carnegie —era capaz de escribir—, entre la pompa de costumbre y aprovechando el silencio de respeto, el señor Tal y Cual se descubrió como uno de los artistas más consumados de nuestro tiempo. Había algo en su tonalidad que se fundía en la vaguedad, si bien en ningún momento careció del ritmo vertebrado, propio de la autoridad, ni de algo que despertó en definitiva nuestras más sutiles emociones, y que exigió al asistente ponerse al altísimo nivel de su ejecución. ¿Hubo alguien, entre la nutrida concurrencia, que se fijara, de cuando en cuando, en una ligerísima divagación respecto del tono primordial? ¿Acaso se fijaron otros en que, aquí y allá, incurría en una serie de inflexiones que se salían por completo de la tradición, que hubiesen sido de todo punto cuestionables? Tal vez más de un asistente se percató de cierta y reiterada inconsistencia en el tempo, de un trémolo infortunado, de algunos ritardandos francamente mal escogidos. De ser así, estos expertos fueron la excepción que confirma la regla, ya que el aplauso que, como un cataclismo, saludó al artista tras su segundo número, atestiguó de manera espontánea que aquel reconocimiento inequívoco, aquella aprobación entusiasta, estaban a la altura de los merecimientos del señor Tal y Cual. Más adelante, el programa nos prometía que este artista sin parangón volvería a ejecutar conciertos de Mendelssohn, Chaikovski y Sibelius, así como piezas menores de Lalo, Debussy y Thomson; ahora bien, por desgracia, lo avanzado de la hora y la atroz, larguísima extensión de los modernos programas, nos impidieron asistir hasta el final.»

Jeffrey había sido crítico musical en la ciudad de Nueva York desde los tiempos de Gustav Mahler. A aquellas alturas no sólo estaba pasado de rosca, sino que padecía además una aguda somnolencia, hecho que más de uno de los asistentes a los conciertos de costumbre habían podido comprobar con sólo mirarle de reojo y verle cabecear en su asiento precisamente durante los pasajes más atronadores de las sinfonías. Por norma general, se las apañaba para permanecer despierto durante los dos o tres primeros números del programa, pero en seguida lo arrasaba el sueño. Para muchos músicos, un crítico adormilado no se distingue en nada de un perro en el momento de la siesta, y puede que la somnolencia de Jeffrey no hubiera sido objeto de burla de no haber tenido aquella exagerada propensión a roncar. Más de un violinista, mientras ejecutaba sin acompañamiento un pasaje de una suite de Bach o uno de los movimientos más tranquilos de las sonatas de Debussy, había percibido con incomodidad el involuntario pero habitualmente desastroso *obbligato* de Jeffrey. Por curioso que fuera, su reputación no se había resentido por ese hábito de sestear en medio de un concierto. Algunos decían que eso se debía a la influencia de la señora Smythe, que sin lugar a dudas desempeñaba un papel relevante, pero era más probable que fuera sencillamente una manifestación más del respeto que se tiene en nuestra sociedad por todo lo que sea viejo y producto de la costumbre. La gente estaba habituada a ver la firma de Jeffrey Upman en los periódicos, y hacía más o menos una década había escrito varios libros sobre «apreciación musical», libros que la señora Smythe se las había apañado para que los distribuyera un club del libro, de modo que para el público en general Jeffrey era un fenómeno inmutable, una pieza respetada del mobiliario cultural, una especie de hombre de Estado cada vez más viejo; además, casi nadie se dedica a leer las secciones de crítica musical.

Ellen sabía muy bien todo esto, y además se había dado cuenta de la futilidad que hubiera sido sentir amargura ante la senilidad. Aun así, al situarse frente a él y verle la cabeza temblorosa, los ojos marchitos, los párpados cargados, la piel pálida y surcada de venas azules, propia de un viejo, sintió ganas de reírsele en la cara, de ponerlo de pie de un tirón, de darle la vuelta y mostrarlo a la concurrencia y gritar: «¡Aquí lo tenéis! Miradlo. He aquí el que aprueba o condena la música que vais a oír, he aquí la persona cuya reseña leeréis mañana para descubrir si lo que habéis oído era bueno o no.» Claro que, evidentemente, no lo hizo.

Su presencia era pura formalidad, al igual que la del anciano. Los dos lo sabían, y se lo comunicaron mutuamente al vacilar en la elección de las palabras más indicadas. La señora Smythe rompió el silencio.

—Estaba segura, Jeffrey, de que deseabas hablar con mi querida Ellen. Todos, absolutamente todos los presentes se han asombrado ante la brillantez de que ha hecho gala esta noche.

Tales fueron las instrucciones que dio a Jeffrey, instrucciones que él había esperado con atención, estaba segura. Y también se dio cuenta de que la señora Smythe había forzado el encuentro, de que Jeffrey no estaba en modo alguno «deseoso de charlar con ella», sino únicamente a la espera de descubrir cuál iba a ser el veredicto de su amiga.

De qué modo había llegado la señora Smythe a su veredicto, eso era algo imposible de saber (y, menos que nadie, podría adivinarlo Jeffrey). En cualquier caso, no era un veredicto irrevocable, y por eso tendría que jugar y defender su juego, mostrarse cortés ante aquel viejo enteco que daba conterazos con su paraguas mientras la observaba con aire inquisitivo, aunque con los ojos casi cerrados, pues lo único que deseaba era salir cuanto antes de aquella sala ruidosa y acalorada, alejarse de aquel enjambre de personas, volver a dormir en cuanto le fuera posible.

—Ha sido muy amable de su parte, señor Upman —dijo (¿qué otra cosa iba a decir?)—. Estoy deseosa de leer su reseña.

Jeffrey se alborotó en su silla, y el paraguas golpeó con más fuerza contra el parquet. Tosió con sequedad una, dos veces. Ella recordó que ése era el prefacio habitual de todos sus comentarios. Cuando tomó la palabra, su voz sonó como una tiza al rascar sobre una pizarra, como una melodía desafinada.

—¡Espléndido! ¡Espléndido! ¡Espléndido! —graznó. En ese momento se miró la mano, que viajó hacia su chaleco para sacar del bolsillo un reloj de oro, cuya tapa abrió con un chasquido. Las manecillas, como patas de araña, convergían sobre una esfera de marfil—. ¡Espléndido! —estornudó al levantarse poco a poco, con las piernas rígidas y el torso inclinado, sus pies como el punto de un signo de interrogación—. En fin, es tarde. Debo marcharme ya.

—¡Jeffrey! ¡No es posible! —dijo con firmeza la señora Smythe y, en tanto él proseguía su lenta maniobra para ponerse en pie, subrayó sus palabras empujándole hasta sentarlo de nuevo—. Ellen ha prometido tocar una pieza para nosotros, y sé de sobra que te apetecerá escucharla.

Al viejo se le hundió el mentón contra el pecho, y los labios le temblaron, quejumbrosos.

—¡Espléndido! ¡Espléndido! —fue todo lo que acertó a decir—. En ese caso... Sí, cómo no. ¡Espléndido!

La conversación, si así podía llamarse, terminó tan perentoriamente como había comenzado, es decir, con la inexorable presión de la señora Smythe sobre su codo. Dócilmente, Ellen se dio la vuelta y se alejó de Jeffrey, consintiendo que su ansiosa anfitriona la condujera por entre los distintos invitados que le salieron al paso. Esta vez avanzó hacia el extremo de la gran sala, hacia un estrado decorado con cortinajes de terciopelo y dos altos jarrones llenos de rosas, sobre el que se hallaba el clavicordio que la señora Smythe, con su buen ojo característico, había conseguido para aquella velada. A lo largo de la noche las cortinas habían estado echadas, ocultando el instrumento, e incluso ahora el mayordomo estaba ocupado en recoger los pliegues y ajustar un poco la simetría de los dos jarrones. ¿Qué señal habría dado la señora Smythe para invocar ese milagro, ese súbito, inesperado aquietarse de las conversaciones, esa curiosidad de pronto concentrada? Tal vez ninguna, o tal vez el mayordomo hubiese recibido con antelación la orden de retirar los cortinajes cuando las viera a las dos departir con el viejo Jeffrey o —y esto era todavía más probable— toda la velada se iba desarrollando de acuerdo con un programa estrictamente ideado. Cualquiera que fuese el método, resaltaba el hecho de que las recepciones de la señora Smythe siempre se ajustaban a aquellos cambios de escena tan ágiles y apropiados, y siempre delataban la presencia, entre bambalinas, de un experto director escénico, sin duda alguna la propia señora Smythe... en persona.

Al pensar en esto, vio de refilón a una persona diminuta, una figura ligeramente encorvada, con un vestido de seda a aguas: Madame Tedescu. Se hallaba ligeramente a la izquierda de un grupo compuesto por dos hombres y una mujer muy vivaz que la señora Smythe y ella estaban a punto de dejar a un lado. Olvidó de pronto a la señora Smythe y se dirigió hacia ella, sonriendo abiertamente a la anciana dama cuya sola presencia tanto significaba para ella. Madame Tedescu era una señora bien entrada en la sesentena, con el rostro encogido a causa de los años y con una debilidad que le obligaba a utilizar un bastón de ébano con la empuñadura de oro. Tenía un cabello blanco que le caía suavemente sobre los hombros, pero sus ojos conservaban la brillantez y su sonrisa el ingenio de aquel primer día en que Ellen apareció en su estudio.

Madame la vio acercarse. Ensanchó su sonrisa, le resplandecieron los ojos. Recordó que Madame le había dicho repetidas veces, y con el corazón en la mano, que era su alumna predilecta, «la única a la que quisiera confiar la continuación de mi tradición musical». Sabía muy bien que Madame no le mentiría jamás, que ella le diría con absoluta sinceridad si había tocado bien aquella noche.

La señora Smythe, sorprendida por su fuga, la alcanzó en el momento en que llegaba junto a su antigua amiga y maestra. Como si de hecho hubiese pensando que Ellen tenía serios motivos para huir, se las arregló para situarse entre una y otra y ser la primera en romper el fuego:

—Esta noche debería estar muy orgullosa de nuestra Ellen, Madame. Mi querido Jeffrey me decía hace tan sólo un instante que este recital ha sido uno de los acontecimientos más memorables a los que ha asistido en su vida. Bueno, es evidente que mañana podrá leer su reseña y averiguar sus opiniones, pero puedo adelantarle que serán elogiosísimas.

Creía estar sobradamente acostumbrada a la falta de modales de la señora Smythe, a sus afirmaciones arbitrarias, pero también había considerado imposible que la señora Smythe se portara de forma tan grosera. Si se puso colorada, si sintió que se le secaba la garganta, no fue sólo por el lógico azoramiento, sino porque de pronto cayó en la cuenta de que, por alguna extraña razón, la señora Smythe habría deseado impedir que se reuniera con su vieja amiga, y que por eso mismo intentaba influir en su opinión, tal como había influido en la de Jeffrey; tal vez, pensó, todo ello se debía a que incluso la señora Smythe, cuyo gusto musical era asombroso por la ausencia de todo tino, se había dado cuenta de que esa noche había algo que no funcionaba.

—No es menester que me diga nada de Ellen. —Madame Tedescu hablaba con lentitud, con un rastro de acento vienés, a pesar del tiempo transcurrido—. He estado en el concierto. He escuchado con atención. —Asintió con solemnidad, pero en ese momento la observó y sonrió. En sus ojos había un brillo grave, y su sonrisa era toda amabilidad, pero mediante un sencillo cambio de expresión, mediante una especie de reconocimiento de la melancolía que la embargaba, a ella le transmitió con meridiana claridad que estaba preocupada—. Hace años que no te veo, Ellen —dijo, aunque en su voz no había ni rastro de reproche—. ¿Serías tan amable de pasarte mañana por mi estudio? El mejor momento sería a media mañana... Allí podremos hablar con toda tranquilidad. —Y, sin dejar de sonreír extendió la mano y le acarició el hombro.

El mayordomo había terminado de trajinar con los cortinajes y los jarrones. La señora Smythe estaba ansiosa por llevar a su estrella invitada al estrado.

—Ellen ha accedido a tocar para nosotros, Madame. Es cuestión de unos minutos...

Cambió el peso de un pie a otro, inquieta, permitiendo que los grises faldones de su vestido oscilaran misteriosamente, como dando a entender una prisa que ella era demasiado educada para mencionar.

Madame Tedescu dejó de sonreír, y su expresión adoptó una seriedad súbita y cabal.

—Pero Ellen, ¡estás cansada! ¿O no es así, Ellen? Esta noche has tocado ya más que suficiente...

Su tono resultó un poco severo. La señora Smythe puso de manifiesto su especial presencia de ánimo. Se dio la vuelta en redondo, con simpatía, sin duda, pero con voz firme.

—Ellen, querida, si de veras está cansada, lo último que quisiera es que tocase para nosotros —dijo—. ¡Tengo plena conciencia de lo cansados que deben de ser los conciertos! Sólo que, querida, si no toca, Jeffrey se sentirá muy descorazonado...

Aunque en modo alguno deseaba tocar, aunque su único deseo era abandonar aquella absurda recepción, aquella sala llena a rebosar de gente tediosa y molesta, de salir por la puerta y sentir el viento de la noche en el rostro, de mirar a lo alto y ver el cielo oscurecido, de estar a solas, comprendió la amenaza implícita en las palabras de su anfitriona, y entendió que si no se plegaba a sus deseos y tocaba unas piezas para la concurrencia, la señora Smythe era sobradamente capaz de hablar de nuevo con Jeffrey y cambiar su veredicto, o sea el dictamen del crítico. Y mucho se temía, no tanto por lo que Madame había dicho cuanto por su actitud, que al día siguiente necesitaría los elogios de Jeffrey.

—Por supuesto que tocaré —dijo a la señora Smythe. Y se dirigió acto seguido a su vieja amiga, apretándole la mano—. Ya verás cómo en el fondo no estoy tan cansada. Ah, prometo pasar a visitarte mañana por la mañana.

A Madame Tedescu no le desagradó su decisión, por más que su forma de asentir fuera breve y su sonrisa, algo torcida. Pero la señora Smythe ya le tiraba de la manga, de modo que supo con toda claridad que si la hacía esperar un momento más, sus reticencias serían demasiado obvias. Por eso se dejó arrastrar al estrado.

Mientras su anfitriona elevaba la voz para anunciar a la concurrencia que había condescendido a tocar para ellos, tomó asiento ante aquel instrumento extraño y cerró los ojos. En cuestión de segundos tendría que colocar las manos sobre el teclado, arquear los dedos y pulsar las notas, dejar de pensar en su mundo propio y concentrarse en su mundo sonoro. Al menos, así debiera ser. Sin embargo, durante mucho tiempo, y con sólo alguna que otra excepción ocasional, no había sido así. Desde comienzos de aquel verano, desde la semana en que salió del sanatorio, todos los días había tocado un poco. Mejor dicho, sus dedos habían tocado, habían sonado las notas a medida que sus ojos registraban la página de la partitura o su memoria la llevaba por aquellos vericuetos. Había rescatado todos los viejos trucos; su virtuosismo era, incluso, mayor que antes. Pero en muy pocas ocasiones le había salido *bien*. Invariablemente, o poco menos, aparecían todos los sonidos en los lugares indicados, el tono era el exacto, y el fraseo, tal como ella lo había querido interpretar. Con eso y con todo, le daba la sensación de que sus ejecuciones no pasaban de meras procesiones de sonido, una alternancia tonal, un cajón de sastre lleno de frases. No había un conjunto homogéneo. Funcionaba, si es que funcionaba, a trompicones, sin ningún sentido. Sin embargo, su técnica seguía siendo impecable, sus dedos respondían a las exigencias de su mente, y todas las notas estaban en su sitio. Si ése ya no era su mundo, si había dejado de tener sentido para ella —y, de hecho, así era—, ¿dónde se había equivocado?, ¿qué era lo que había salido mal?

La señora Smythe dio por concluida la presentación, y una oleada de aplausos la informó en ese momento de que los concurrentes estaban a la espera del comienzo. Abrió los ojos y miró al público, vio sus repulidos rostros de color rosa, los brazos y las espaldas desnudas, las resplandecientes pecheras de las camisas y las ondas de los vestidos, pensando cuánto se parecían a una prosaica colección de figuritas de porcelana sobre un estante, en una vitrina. En su cabeza se formó una estructura sonora, se perfiló con toda nitidez y la hizo sentirse contenta de estar viva: los primeros compases del aria de Anna Magdalena. ¡Si al menos pudiese ejecutarla tal como la estaba oyendo...! Y es que Madame se encontraba entre el público, y la escucharía con toda su atenta inteligencia, de modo que si todo le saliera bien, tal como solía salirle antes, ella se lo diría sin dudarlo. Entre el amontonamiento de rostros sonrosados buscó la cara de Madame, moviendo los ojos de acá para allá, departiendo aún con el hombre de pálida tez. Se fijó, muy cerca, en una asombrosa muchacha de cabellos rojizos y encendidos, una muchacha muy hermosa, con un vestido negrísimo, una muchacha que en ese momento le resultó conocida. Hablaba con un hombre rubio; hablaba con seriedad, tranquila, como si le amase. ¿Quién era el hombre? También él le resultaba conocido, claro que sólo alcanzaba a verlo en parte: veía la parte de atrás de la cabeza, el hombro y el brazo alzado en un gesto que estaba segura de conocer, de haber visto muchísimas veces. La muchacha se hallaba parcialmente delante de él, de perfil, dándole la cara, tapándoselo. ¡Oh, se movían! Él la había rodeado con el brazó por el talle; se desplazaron hacia un hueco en la pared, una esquina más oscura, donde nadie les vería. Estaban sin duda enamorados. Ellen se alegró de haberlos visto, de haber posado sus ojos en aquella pareja inmediatamente antes de pulsar el primer acorde: era una buena señal. Ahora bien; ¿quiénes eran? ¿Por qué tenía la sensación de conocerlos? Los observó desplazarse, cogidos del brazo, hacia aquel rincón, los vio desaparecer, y en ese momento vio por vez primera el rostro del hombre, cuando apartaba el cortinaje de terciopelo. Era Basil.

Su mano cayó pesadamente sobre el teclado, y la otra la siguió mecánicamente. Acomodó la vista sobre el laberinto de franjas blanquinegras, miró con fijeza las dos ratas que corrían de acá para allá, a ciegas, alocadas, tratando de escapar. Oyó una risa, tras unos minutos, y una conversación excitada..., pero fue incapaz de apartar la vista de aquellas dos ratas y de su intrincado juego, en el laberinto blanquinegro. Hubo también un ruido, el ruido de una copa al caer, el ruido de la sangre frágil al fluir, un tintineo, como si fueran mil las copas que se habían roto. Pero este ruido se entreveró con otros, con las risas y los murmullos; no tenía ninguna relación con aquellas dos pobres ratas como atrapadas en un laberinto aterrador...

De pronto, sin ninguna razón aparente, el laberinto volvió a concordar, cobró sentido. Alguien, en alguna parte, aplaudía: un ruido solitario. Se miró el regazo y vio que las dos ratas habían anidado allí, se habían quedado dormidas como los niños, después de una larga y ardua carrera. El tintineo, el ruido del cristal al quebrarse, del fluir de la sangre, persistían en su cabeza, pero de pronto reconoció en todo ello una melodía, una cantinela muy conocida, que había confiado no volver a oír jamás, una canción que, por cierto, acababa de interpretar:

Jimmy crack corn, and I don't care!
My massa's gone away...

6

Las palabras «¡Jimmy desgrana el maíz! ¡Jimmy desgrana el maíz!» la devolvieron a la conciencia, colocadas como un cartelón en el escaparate de una tienda, extraídas de su ensoñación como un dedo acusador que señalara su pecado... Y aún revolotearon unos instantes, como un eco, al igual que persistía el eco del grito que había oído en sueños, para ceder luego al silencio, como una piedra arrojada a las aguas de un estanque. Permaneció en cama, muy quieta, callada, tensa. ¡Con tal de que consiguiera dejar de acordarse...! ¡Con tal de que aquella noche, por lo menos una sola noche, no tuviese que experimentarlo todo de nuevo...! Mediante un voluntarioso esfuerzo abrió los ojos, para dejar que su conciencia avanzase por el mundo en sombras de su habitación, y se esforzó con denuedo por ver, por distinguir formas, en vez del torbellino de tinieblas que la aprisionaba por todos lados.

Esa oscuridad, esa terrible negrura formaba parte de su sueño, y ella lo sabía. La oscuridad reinante en la habitación era distinta, cosa que bien podría ver con sólo mantener los ojos abiertos un momento más, lo suficiente para acostumbrarlos a la escasísima luz que filtraba la ventana. Esa oscuridad pertenecía a una noche, una noche muchísimo tiempo atrás, y a otra noche anterior... que en ese instante sólo soñaba. «¡Dilo! ¡Dilo en voz alta! Si consigues oírte decirlo, sabrás que es verdad, y por fin podrás dejar de vivir de nuevo esa noche, esas noches. ¡Dilo! ¡Pronuncia esas palabras! ¡Más alto! ¡Más alto! *No me da miedo la oscuridad. La oscuridad sólo existe en mi sueño. Ahora no está aquí, sólo aparece cuando sueño. ¡No me da miedo la oscuridad!*»

Su voz resonó desnuda, sola, enloquecida. No fue su voz, sino la voz de una niña, aguda, a punto de gemir. Y tenía miedo, tenía un miedo atroz de la oscuridad. Estaba allí con ella, tal como estuvo antes, en su sueño. La oscuridad la rodeaba como un manto enorme, ruidoso, maligno, que la cubría por completo. No había luz en ningún sitio, nada le servía de alivio; todo eran sombras devoradas por las sombras, penumbras y tinieblas. Era incluso peor, porque sí existían la distancia y el tiempo, un hoyo enorme al cual debía caer, en cuyos bordes titubeaba, temblorosa, en ese instante. Muchas veces había caído al abismo, muchas veces se había arrojado de forma espantosa, para descender, para descender con la cabeza dándole vueltas, durante un larguísimo trecho, en un vuelo incesante hacia las honduras del pasado, a otro lugar, a otra época. Y siempre había empezado así, con una súbita sensación de vigilia, con esas palabras en los oídos, con el eco de un chillido. Luego, con dulzura, los bordes del abismo comenzaban a desmoronarse. Se descubrió aferrada desesperadamente, en busca de algún asidero en medio de aquella tierra que se movía, que se desmigaba, que iba desintegrándose a toda velocidad. El chillido que durante tanto tiempo había sido amordazado volvía a oírse, convertido ya en un simple hilillo sonoro. Sólo existía dentro del agujero, y ella resbalaba inexorablemente hacia él. Combatió con valentía, trató de reptar y agarrarse a algo, como si fuera un perro empantanado en una ciénaga de arenas movedizas. Luchó contra aquel suelo carente de sustancia, contra las sombras que iban cerniéndose sobre ella, contra la cruel atracción del abismo...

Esta vez terminó tan repentinamente, tan asombrosamente como siempre. Se produjo un estallido luminoso, una explosión —si así podía decirse— de oscuridad absoluta, una repentina violencia de negrura que era, de hecho, la nada misma. Así cesaba su existencia, perdía toda sensación de su propio yo, todo atisbo de conocimiento, de ser, y se fundía completamente con aquel espejo de la nada... Sin embargo, también este momento transcurría y terminaba, y volvía a sentir. Volvió a ver una luz, y se encontró sentada en el parque, con el sol sobre la espalda, ante una extensión de hierba muy verde y de cielo azul, con algunos niños.

Estaba sentada en un banco, viendo cómo una ardilla devoraba una nuez que ella misma acababa de darle. Era un animalillo muy inteligente: sostenía la nuez entre las pequeñas garras y la mordisqueaba industriosamente con sus agudos dientes de roedor. En tanto parecía ocupada con esta tarea, sus ojillos opacos, como relucientes dianas de visión, se mantenían muy fijos en ella, calculadores, tratando de decidir si echar a correr y esconder la nuez o comérsela entera allí mismo, tratando de entender si a esa nuez seguirían otras o si aquello había sido todo. La sola visión de la ardilla le devolvió la confianza: era un animal vivaz, inteligente, amoral; era su semejante. La ardilla tenía su nuez y ella tenía su vida o, al menos, el momento presente. Una y otra se aferraban a lo que tenían, sin dejar de mirar en derredor por si aparecía alguna posibilidad susceptible de transformarse en realidad. Rió y la ardilla se asustó, se echó la nuez al carrillo y echó a correr hacia el árbol más cercano, para trepar por el tronco. Pero cuando había recorrido un metro se detuvo, se asió a la corteza, como si deseara fundirse con ella, la cabeza escondida y los ojos relucientes, mirándola. Ellen volvió a reír, a manera de experimento, pero esta vez el animal no se movió. Permaneció en calma, y tras unos minutos de precaución emprendió el regreso, dando un rodeo, para exigirle el pago de su deuda: otra nuez.

Era la última que le quedaba en la bolsa de papel, pero se la dio a la ardilla, arrugando la bolsa después y dejándola caer a sus pies, a fin de que el viento la transportase erráticamente ladera abajo, para dejarla abandonada, como si fuera un gato borracho que jugueteara con un ratón cojitranco. La ardilla observó despectivamente la bolsa de papel, pero ni siquiera se movió. «Sabe que ya no quedan nueces —pensó—; sabe que si todavía quedasen nueces yo no la habría tirado. Y me dejará dentro de poco, para ir en pos de otras nueces, de otras personas, cada cual con su bolsa. Pero ¿y yo? ¿Adónde iré? ¿Qué voy a hacer ahora?»

Se puso en pie y echó a andar por el sendero, en dirección al zoo. Era ridículo compararse con una ardilla: ridículo y melodramático. Dio una palmada en el periódico que llevaba doblado bajo el brazo. Era una persona notable, una intérprete musical que la noche anterior, sin ir más lejos, había dado un concierto que fue todo un éxito. La prueba estaba allí mismo —volvió a dar una palmada sobre el periódico—, en las palabras de Jeffrey: «... Una experiencia genuina... Nos ha revelado un mundo resplandeciente, un mundo hecho de prístinos sonidos.» Le vino a la cabeza la imagen del viejo Jeffrey, aleteó ante sus ojos, oscureciendo momentáneamente la luz del sol, los árboles y los niños. Vio al anciano tal como lo había visto la noche anterior, sentado precariamente en su silla sobredorada, golpeando nervioso el suelo de parquet con la contera del paraguas. Le oyó exclamar débilmente aquel «¡Espléndido! ¡Espléndido!», pero sufrió un acceso de cólera, parpadeó e hizo añicos la visión del avejentado crítico. Para completar la destrucción, se arrebató el periódico de un tirón y lo arrojó al sendero, ante sí, deleitándose al pasar por encima, al pisotearlo y rechazar así de plano las mentiras de Jeffrey. Y es que lo que decía Jeffrey, todos sus endulzados eufemismos, su retórica y sus alusiones veladas, no guardaban la menor relación con la verdad. Ella sabía a la perfección cuál era la verdad acerca de la noche anterior: había ofrecido una actuación más que mediocre, no había tocado —ni mucho menos— como ella hubiese deseado, como era capaz de tocar en otro tiempo. Había dejado de ser una artista.

Madame Tedescu se lo había dicho con toda franqueza, aunque es cierto que aguardó a que ella misma le preguntara su opinión. Estuvo en su estudio aquella misma mañana, tal como le prometió. Hacía poco menos de una hora que se había despedido de ella. El timbre de la casa enorme, suntuosa, que tenía Madame Tedescu cerca del río Hudson, había resonado con entusiasmo cuando lo apretó; sin darle tiempo a apretarlo otra vez, sin darle tiempo a oír cómo se esparcía aquel clamor tintineante, le abrió la puerta Madame en persona. En su cavernoso estudio, la anciana se le antojó más reducida, más parecida a una frágil marioneta que a una persona de carne y hueso. En cierto modo, sus cuadros la hacían disminuir a ojos vista —tenía un Léger enorme, un Dufy larguísimo, muy estrecho, y un Rouault imponente—, al igual que sus instrumentos: los dos grandes pianos concertantes, el clavicordio, el raro y virginal clavecín de ébano, intrincadamente decorado, que, al parecer, había pertenecido a Mozart. Tomaron asiento en un diván estilo Imperio, en la sala más alejada, un estudio de altísimos techos, con aire de catedral, cuyos balcones daban a las dársenas en las que se alineaban, amarrados, los remolcadores. Allí embarcaban los viajeros con destino a todos los puertos del mundo.

Al principio, Madame le hizo las preguntas

al uso, sobre su salud y demás. Departieron como dos buenas amigas, acerca de las amistades comunes y las experiencias respectivas, y charlaron acerca del mundillo musical de Nueva York y de la vieja Europa, de los extraños efectos que en la vida de algunos músicos apacibles había desencadenado la guerra, de cómo había afectado a los más concienciados, políticamente hablando, y a las víctimas; comentaron los éxitos de los otros y hablaron de aquellos para quienes la música era el arte, era la vida misma, a los cuales el público en general solía ignorar. Pero una vez pasado un rato, una pausa hasta cierto punto natural en una conversación así se convirtió en un silencio más prolongado.

Madame la observó con los mismos ojos que cuando era su alumna. Sus ojos, grises y calmos, se mostraron inquisidores, y su cara adoptó una expresión reservada y amable, pero firme en su propósito.

—Háblame de ti, Ellen.

Ella apartó la mirada hacia la ventana, observó la luz que se refractaba en olas hasta sentirse algo aturdida, y cuando volvió a mirar a su anciana amiga vio un rostro desvaído, una sonrisa indistinta.

—Me he dedicado a trabajar a fondo —dijo, y se miró las manos, nerviosa—. He mejorado en la técnica. Mis dedos me obedecen a la perfección. Cuando miro la partitura, la oigo tal como debiera sonar, ni más ni menos... Es decir, como siempre. Estoy muy bien.

Madame asintió con un movimiento de cabeza, pero en sus ojos mantuvo la misma tenacidad de antes, como si en el fondo no compartiera ese gesto de reconocimiento.

—Te oí tocar ayer noche. Sé de sobra que has recuperado todo tu dominio técnico. Pero no es eso lo que quiero saber. —Vaciló, como quien se para a pensar con cuidado lo que va a decir. Se humedeció los labios y prosiguió—: Ellen, en tu vida hay muchas más cosas: la música no lo es todo. Está Basil, están las otras cosas que te gustan. Háblame de todo eso.

—Basil está muy bien. Le va de maravilla con su nueva serie de conciertos. Seguro que has tenido ocasión de leer las reseñas en la prensa. Basil se ha asegurado el éxito.

Esta vez, la anciana negó breve pero vigorosamente con la cabeza.

—No te pregunto por la carrera de Basil... Ni por la tuya. De vuestras trayectorias profesionales ya sé todo lo que necesito saber. Ahora quiero que me hables de ti... De ti y de Basil.

¿Cómo iba a contarle algo que ni siquiera ella misma sabía a ciencia cierta? Podía decirle que, como marido, Basil era amable, considerado, atento, de cuando en cuando distraído y, por lo general, no tan interesado por las cosas de ella como ella por las de él. La carta descubierta en la consola, el maquillaje derramado en un cajón de la cómoda, aquella muchacha a la que había entrevisto cuando salía de su casa, dorada por el sol poniente... Podría hacer mención de todos estos hechos. Pero ¿qué significaban? No pasaban de meras impresiones, de sospechas sin confirmar. Podía hablarle del verano que habían pasado en Catskills, de aquellos días lentos y apacibles, de aquellas noches largas, de aquellas noches de éxtasis. Y también podía hablarle de las dos ocasiones en que, durante el verano, cuando Basil tuvo que ausentarse para ir a la ciudad por razones de negocios, al preguntarle si le permitía acompañarle, él se mostró tan desconcertado que prefirió no insistir y lo dejó marchar. Podía comentarle aquellas noches que había pasado sola, sin hablar de las dos semanas que tenía comprometidas en su gira de otoño. ¿Y la noche anterior? ¿Debería referirle a Madame la verdadera razón por la cual se olvidó de todo e interpretó una canción popular en vez del aria de Bach que tenía previsto interpretar en la recepción? ¿Qué diría Madame si le describiera la belleza de aquella muchacha de cabello encendido y le dijera que la había visto con Basil, que los había visto besarse? En fin; no tenía ningún sentido pensar en ello, pues no podría contarle ninguna de aquellas cosas. Al contrario, en lo que dijo tal vez puso excesivo énfasis.

—Basil ha sido muy amable.

Madame volvió a negar con la cabeza.

—Todos los maridos pueden ser amables, Ellen. Y pueden ser también poco o nada atentos con sus mujeres. No creo que importe. Lo que de veras importa es si te hace feliz. Eso es lo que quiero saber.

Por fin pudo decir unas palabras cargadas de significado:

—No. No soy feliz con él.

—¿Qué es lo que no marcha?

Madame se mostró inexorable. La miraba, con las manos entrelazadas, dirigiéndole una sonrisa paciente, justa y firme.

—No parece el mismo de antes desde... desde que volví. Oh, por descontado, cumple con todos sus deberes. Y se preocupa mucho por mí. El verano pasado, durante una breve temporada, fuimos felices, ya lo creo. Fuimos parte el uno del otro; algo maravilloso... Pero ha ocurrido algo...

—¿Puedes contármelo?

Ella negó con la cabeza.

—No, no hay nada que pueda contarte. Basil me da la sensación de encerrarse en sí mismo, de alejarse de mí siempre que puede. Es como si se limitase a tolerarme, decidido a no permitir que me acerque más de lo debido.

—¿Le has hablado a él de todo esto?

—No, no le he dicho nada. Tal vez todo sean imaginaciones mías; no sé si me explico. Hace algún tiempo pensaba muy a menudo que la gente me estaba haciendo determinadas cosas, lo cual luego resultó ser completamente falso. He aprendido a no hablar de mis temores, a guardármelos.

Madame se acercó a ella y le tomó la mano, para apretársela entre las suyas.

—Debes hablarle de ello, Ellen. Estoy segura de que es lo mejor. Si no le dices nada, todo esto crecerá dentro de ti, y este miedo destruirá vuestra vida en común. Si algo no va bien, no puede haceros ningún mal que lo habléis abiertamente, que lo discutáis los dos juntos. En realidad, eso sólo puede ser para bien. Y si luego resulta que todo ha sido falsa alarma, si resulta que sólo se trata de imaginaciones tuyas y que él te quiere, podrías saber que te equivocas. Cuando él tenga noticia de tus temores, podrá ayudarte a afrontarlos. Pero si nunca llega a saberlo...

Madame se levantó y se acercó despacio al clavecín de ébano. Abrió la tapadera del asiento y sacó un volumen de Bach, lo abrió por la primera página y extendió la partitura sobre el atril. Acarició con una mano la superficie de ébano, la apoyó livianamente y luego accionó el cierre para abrir la tapa y poner al descubierto el doble teclado.

—Recuerdo que siempre te entusiasmó esta aria, Ellen. —Suspiró—. Que a Bach también le entusiasmaba, que la quería con todas sus fuerzas, es algo que se nota hasta en las menores variaciones. Y un rey llegó a obligar al músico de su corte a tocársela todas las noches antes de acostarse. —Hizo una pausa, sonriendo, como si quisiera sopesar los caprichos de los reyes. Luego le preguntó, con cierto titubeo—: ¿Quieres tocarla para mí, Ellen?

Si de veras iba a poder tocar debidamente, había llegado el momento. Y nada más sentarse ante el antiquísimo instrumento, le pareció evidente que, en efecto, así sería, quizá por hallarse en la famosa y vieja sala en la que había tocado tantísimas veces antaño, y en momentos tan diversos de su vida. En ese instante se sintió libre de toda compulsión, relajada, segura, dueña de sí misma, en paz. No le hizo ninguna falta mirar la partitura; se sabía todas las notas de memoria. No tuvo que aguardar a que el público callase, ni tampoco hubo de esperar a que otra persona anunciase su presencia en el escenario, ni ponerse por máscara el rostro que lucía en público. Si quisiera, podría quedarse allí sentada para siempre; era su momento y su lugar indicados. Y al darse cuenta de hasta qué punto era esto verdad, el aria de Anna Magdalena empezó a cobrar forma dentro de su cabeza. Allí estaban todas las notas cristalinas, y el espacio que las rodeaba existía tal cual, los trinos eran limpios y claros como un volante de encaje, como los arpegios; el ritmo, vigoroso; la cadencia, precisa. Separó las manos, se inclinó sobre el teclado. Arqueó los dedos e inició el ataque: las teclas, flexibles, cedieron bajo sus dedos. Acababa de empezar e iba bien.

El movimiento sonoro, el paso que llevaba al fluir, se mezcló con el movimiento de sus manos. Las subidas y bajadas de la melodía se acompasaron a sus inspiraciones y espiraciones, la música empezó a vivir dentro de ella, y ella vivió el tema que ejecutaba. Su ser estuvo firmemente arraigado en los acordes que tocaba, en la contramelodía del bajo, al igual que sus pies sobre los pedales. No hubo divisiones, no hubo desunión; aquel mundo que acababa de construir no era posible desmembrarlo en dos partes: era un todo poderoso. Ella pasó a ser la propia esencia del tiempo, el movimiento que transportaba el fluir del tono. Se encontró, de pronto, en el centro exacto de cada nota, de sus filos suaves y reverberantes, en los que el sonido casaba con otro sonido y nacía así una nueva armonía.

El pasado concluyó antes de que todo esto empezara, y el futuro no comenzó hasta que esto formó parte del pasado. Aquél era el ahora, el aquí, algo innegable, un instante eterno. Irrevocable, irrefutable, tenía una fuerza y una realidad que desafiaban el olvido. Con esto ella era única, al igual que aquello era único: si no lo tuviera dejaría de existir, pasaría a formar parte de la nada. Esa capacidad de evocar la música dependía de su lectura de los negros símbolos esparcidos sobre la página rayada, de la destreza de sus dedos y de su conocimiento de cómo tenía que ser, de la calidad del sonido. Sin embargo, también ella dependía de todo aquello, pues, desprovista de ese conocimiento, no sería capaz de reconocerse. Fuera de aquella órbita no era más que un manojo de sensaciones, un temor andante, un apetito, un ser ajeno a toda ley. Ahora bien, cuando se imponía la existencia de aquel sonido era capaz de entender, y su vida cobraba significado, orden, moral. Aquella era su finalidad: ella era un simple medio.

Ejecutó de mala gana la cadencia final, elevando las manos de las teclas y liberando los mecanismos, pero manteniéndolas casi rozando el teclado, dejándolas allí suspendidas, por si era su deseo continuar. Sería capaz de volver de inmediato a la primera variación, pasar a la segunda y a la tercera, tocar y tocar hasta haber recorrido de nuevo las treinta y dos variaciones, y volver al principio. Podría hacerlo con sólo desearlo.

Pero no fue ese su deseo. Sus manos descansaron sobre su regazo y ella bajó la mirada, sonriéndose por los temores que la acosaron la noche anterior, confiando de nuevo en ella misma. No se daría la vuelta para mirar a Madame Tedescu y preguntarle si había tocado bien, no, pero sintió la necesidad de mostrarse cortés.

El rostro de Madame era impasible. Se diría que no deseaba hablar. En cambio, habló, y habló de prisa, tal como habla un cirujano en uno de los momentos críticos de la operación que lleva a cabo.

—Has tocado de forma muy competente, Ellen. Tal como dices, estás en plena posesión de todos tus recursos técnicos. Tus dedos obedecen tus deseos. Y mientras te escuchaba he sentido que comprendes la música tal como comprende un crítico un cuadro determinado. Sin embargo, un crítico no es capaz de pintar; un crítico nunca será un músico. Lo que has tocado no era Bach, Ellen...

Calló, pero su mirada siguió hablando con elocuencia. «Las dos sabemos que en otro tiempo sí lo fue», decían sus ojos.

Se sintió con ánimo de discutir. La noche anterior... Sí, la noche anterior había sido pésima. Eso estaba dispuesta a admitirlo sin que nadie le insistiese. Hoy, en cambio... No, hoy había tocado bien. Había oído a Bach mentalmente, y había ejecutado a Bach tal como lo había sentido. De eso no le cabía ninguna duda. Así era, *así tenía que ser.*

Pero incluso al pensar en esto, incluso al insistir para sí en que Madame se equivocaba, tuvo muy claro que Madame no se equivocaba en absoluto. Había fracasado, al igual que en tantísimas otras ocasiones, pero aquel fracaso era definitivo. Esta vez no se había dado cuenta de su fracaso: a ella le había sonado bien. Solamente gracias a la honestidad de Madame, contra la cual había querido encastillarse, pudo tener conocimiento de su fracaso.

Madame se acercó a donde estaba ella, sentada ante el clavecín. Cerró cuidadosamente la tapa del teclado y giró la llave en la cerradura.

—Hay muchos que jamás lo harán así de bien —dijo—. Y, sin embargo, tienen fama y tienen dinero... Han obtenido el reconocimiento del público.

Eso era verdad. Ni siquiera podría decirse que su carrera hubiese concluido. Jeffrey acababa de redactar una reseña muy elogiosa. La señora Smythe había aprobado su concierto, tenía asegurada cierta popularidad. Podía seguir tocando de forma sumamente hábil y en salas de conciertos llenas hasta la bandera, podía alcanzar un gran éxito, y muy pocos se darían cuenta de la diferencia. Sin embargo, no estaba dispuesta a ello.

—Madame, no entiendo. A mí me ha sonado bien.

Miró esperanzada a su anciana amiga, esperó que dijera algo más, algo que le abriera una puerta por la cual continuar. «Dime que ensaye las veinticuatro horas del día y lo haré sin dudarlo —pensó—. Dime que me aprenda de memoria la obra completa de Couperin, que vuelva atrás y estudie digitación, que toque a Czerny... Haré cualquier cosa, lo que sea, con tal de recobrar lo que he perdido.»

Pero Madame se limitó a sonreír y a sacudir la cabeza, sin decir nada más. Hablaron de otras cuestiones, más o menos intrascendentes, durante otro cuarto de hora. Y luego se marchó. Se marchó y se fue directamente al parque, compró unas nueces y se sentó en un banco, dio de comer a la ardilla hasta que se largó, hasta que se le acabaron las nueces, y después volvió a caminar... a caminar... a caminar.

Ya no estaba sola. Caminaba por entre una nutrida multitud, en su mayoría compuesta por gritos e interrogaciones infantiles, por globos que ascendían y cajas de galletas y caramelos que caían a sus pies. Se detuvo y miró a su alrededor, viendo a toda aquella gente por primera vez. Estaba en el zoo, se hallaba delante de la cuadra de los ponies, y obstruía a una fila de niños ansiosos que empujaban, que esperaban su turno para montar en el carro de los ponies. Una madre gruesa y sudorosa, con el rostro enrojecido —un dirigible de carne amarrado a dos mocosos diminutos— le gritó:

—¿Qué hace ahí parada, señora? ¿Por qué no se mueve? ¡Es usted demasiado mayor para subir ahí, y además estorba la circulación!

Avergonzada, siguió moviéndose, dejando a un lado al hombre con la bomba de helio, el vendedor de globos, y dejando atrás la piscina de las focas, que bufaban en las orillas, para subir la cuesta que llevaba al foso de los osos. No sabía adónde encaminaba sus pasos y le daba igual, con tal de llegar a un lugar en el que la multitud no fuera tan densa. Cuando por fin se encontró en un promontorio rocoso desde el que dominaba el recinto de los osos, decidió hacer un alto, permanecer allí un rato y observar el comportamiento de aquellos animales, al igual que se había fijado detenidamente en el de la ardilla.

Tomando el cálido sol de octubre, había dos osos pardos grandes y torpones, balanceándose al andar como dos juguetes estropeados. Se fijó en que cada vez que llegaban pesadamente a la muralla desnuda que conformaba una de las paredes, sobre la cual se encontraba ella, alzaban la cabeza, a veces se ponían en pie sobre los cuartos traseros y la olisqueaban. Luego, cada vez, desandaban el camino, trazaban el circuito completo del recinto y volvían a representar aquel ritual al pie de la muralla.

El poder bruto de sus cuerpos enormes como montañas le interesaba tanto como sus acciones compulsivas. Cada vez que asestaban un par de zarpazos al aire, en dirección a ella, el peso de sus pisadas, los martillazos de sus patas al golpear el suelo hacían retemblar la roca artificial sobre la que se hallaba Ellen, e incluso transmitían cierto temblor a su cuerpo. Iban de acá para allá, dando vueltas y más vueltas por el recinto, alrededor de la gruta, siempre juntos: el más corpulento, más oscuro también, delante, y el más pequeño y más enérgico detrás. Los movimientos de los dos estaban sincronizados a la perfección, excepto al llegar a un rincón determinado, en el que el oso que marchaba en cabeza tomaba un atajo, a pasos más cortos y pivotantes, mientras que su compañero se retrasaba ligeramente. No le dieron la sensación de cansarse, ni de modificar en ningún momento el trayecto ni una sola de sus acciones. Y cada vez que hacían un alto a sus pies, cada vez que alzaban la vista y husmeaban el aire para sentarse, sentía un raro placer.

La ardilla se había portado de forma inteligente, astuta, consciente de una curiosa ley de causalidad, y «sabía» a la manera en que «saben» los hombres. Los osos, en cambio, obraban impelidos por un rígido condicionamiento, poderosos pero carentes de la inteligencia más elemental, como dos autómatas. Sin embargo, habían pulsado en ella cierta fibra, cosa que la ardilla jamás hubiera logrado. Aunque no se sentía capaz de poner nombre a su reacción, ni tampoco de expresarla, la sintió con la intensidad suficiente como para dar la espalda al recinto y a sus dos inquietos habitantes, y mirar hacia la ciudad y hacia los edificios que, cual centinelas, vigilaban atentamente toda la periferia del parque zoológico.

Le pareció hallarse enajenada de su propia vida; que desde su conversación con Madame Tedescu existía al margen de todos sus deseos previos, de todas sus actividades de costumbre, a solas, sin rumbo. Hasta los propios osos, que seguían recorriendo su foso aunque ella ya les había dado la espalda, contaban con un albergue, con un hogar; de hecho, aquel recinto determinaba sus vidas, los condenaba a patrullar incesantemente en torno a las paredes de su guarida, paredes que jamás podrían escalar, y los condenaba asimismo a alzar la mirada, a recorrer con los ojos la escarpada cara de la muralla y las barras curvas que los empalarían si se atreviesen a saltar. Ella no estaba enjaulada: era libre.

Al menos, tenía esa impresión. Basil ya no la amaba. Le estaba siendo infiel con aquella hermosa muchacha a la que besó en público la noche anterior, o tal vez no le estuviera siendo infiel. En cualquier caso, aquello parecía importarle poco.

Se iba formando una gran masa de nubes oscuras tras las torres más altas, con lo cual resaltaba el perfil de los edificios como en un relieve, recortados contra la plúmbea opacidad de la tormenta que se avecinaba. Pocos minutos después se arracimarían las nubes sobre el parque y empezaría a llover. Supo que debería encaminarse hacia la salida, al menos si no quería quedar empapada. El ambiente, hasta ese momento cálido y húmedo, había refrescado mientras observaba las nubes. La brisa soplaba con más fuerza, racheada, y a su alrededor revoloteaban por doquier las hojas rojas y amarillas.

Ni siquiera se movió. Se había apoderado de ella una extraña tranquilidad, sobre todo después de darse cuenta de que todo le daba igual. En su interior se había aflojado cierta tensión, dejando de funcionar un enigmático mecanismo que ya no emitía su típico tictac, y de pronto flotaba en la charca de las circunstancias que habían ahogado sus deseos. Se hallaba presa en esa charca, como la espuma en la superficie de un estanque. Lenta, lánguidamente se dio la vuelta para volver a observar el recinto de los osos. Los dos monstruos pardos avanzaban hacia ella con pesadez y rítmicamente, como si estuvieran convencidos de alcanzarla esta vez. El mayor seguía un paso por delante de su compañero, dirigiéndole, y mientras Ellen los miraba fascinada, comprendió dónde se hallaba exactamente la semejanza entre los osos y ella. Pero antes de poder pararse a pensar en ello, antes de que llegaran los osos al pie de la muralla, sonó a sus espaldas la música de la que hacía varios meses no tenía noticia. Un murmullo extraño y quebrado, un sonido sin resonancia, que ella jamás podría imitar; una secuencia de acordes que parecía a punto de resolverse, aunque eso jamás ocurría... Esa música era el peor de los males que había podido conocer en toda su vida. Tan pronto la oía ya no lograba escapar a ella —no tenía ningún dominio sobre aquella melodía—, aunque sí podía resistirla, hasta sentirla ceder y fundirse en el silencio. Sin embargo, el mal no radicaba solamente en el sonido, ni en el terror, el terror elemental que transmitía; lo más vil era *quién* acompañaba la música. «Aún me queda tiempo —pensó— de saltar la valla y arrojarme a la guarida de los osos.» Mientras concebía esta idea, aquel murmullo discordante creció en volumen, y sintió una presión en el hombro. No tuvo que mirar siquiera para ver quién la agarraba, pues lo había visto muchísimas otras veces; sin embargo, se volvió a mirar y vio la mano, los dedos largos, blancos, terminados en forma de espátula, el anillo con una piedra de color muy oscuro, una piedra que al mirarla revelaba las honduras de la noche, el remolino de negrura, el vacío del abismo.

—Son casi como nosotras, ¿no te parece, Ellen? —le preguntó aquella dulce voz—. Los osos, claro. ¡Fíjate en el más viejo! ¿No es tremendo, poderoso? Es el que siempre va delante. ¿Ves? Ahora se dispone a sentarse, y su compañero le imitará dentro de un instante. ¿Lo ves? ¿Qué te decía yo? El segundo hace exactamente lo mismo que el primero. Igual que tú y yo, Ellen...

Era Nelle. No quiso mirarla a la cara. Había confiado no volver a verla nunca más. Aquella mañana en que fue al despacho del doctor Danzer, en el sanatorio, para concluir su «tratamiento», se había despedido para siempre de Nelle, le había dicho a las claras que si volvía a verla, no la reconocería. Y estaba convencida de que Nelle lo entendió perfectamente. Hubo un instante en que estuvo tendida en la camilla, mientras el doctor Danzer le tomaba de la mano y le decía que no había ningún motivo para estar asustada, que no iba a tardar más que un abrir y cerrar de ojos, que no sería más que una breve conmoción, un electrochoque que le atravesaría los lóbulos frontales y que de alguna forma reajustaría su equilibrio, de manera que todas las cosas, las cosas grandes y las de poca monta, volverían a encontrar su sitio correspondiente. En aquel instante, en el momento en que sintió los fríos electrodos en las sienes, absolutamente aterrorizada a pesar de la presión que ejercía el doctor sobre su mano, cuando, aun de forma muy débil y vaga, oyó aquel murmullo, vio a duras penas los dedos largos y curvos, aquel anillo oscuro, horrible, y supo que allí estaba también Nelle, agazapada, igual que siempre que Ellen estaba metida en un lío. Incluso después de concluido el «tratamiento», tuvo muy claro que Nelle no se había ido del todo. Pero esa impresión duró sólo unos segundos. El infierno ocupó su lugar, un infierno blanco, centelleante, henchido; un cegador, abrasador universo compuesto sólo de dolor. Horas después, cuando recobró el sentido, Nelle había desaparecido. Y no había vuelto hasta aquel momento.

Razonó que lo mejor sería hacerle frente, darse la vuelta y mirarla a los ojos para hacerle entender que ya no estaba a sus órdenes, que se negaba a acatar cualquier sugerencia. Con agilidad, se dio la vuelta en redondo y miró a la cara a Nelle. No había cambiado. Seguía siendo su gemela, como si se reflejara en un espejo. No es que fueran iguales; por el contrario, eran dos seres enteramente distintos. Nelle era el mal, todo el mal. Oh, por descontado que sabía ser agradable, halagadora; por ejemplo, en su modo de sonreír en aquel instante, con los ojos danzarines y sus largos dedos apoyados ligeramente, casi con verdadera alegría, sobre los suyos propios. Pero no duraría mucho esa actitud. Tan pronto se hubiese asegurado de que Ellen iba a irse con ella, de que iba a hacer lo que le indicase, su rostro cambiaría del todo. Aquellos labios sonrientes se alargarían para adoptar una mueca de bruja, aquellos ojos centelleantes empezarían a rebrillar con una luminosidad maliciosa, aquellos largos dedos se tornarían garras descarnadas, y aquel cabello castaño y suave se volvería áspero, apelmazado, y perdería todo lustre. Ellen tendría que observarla sin quitarle ojo; no podría perderla de vista un solo instante, y tendría que combatir contra ella a toda costa.

Era imposible que Nelle se quedara. No podía permitírselo. Por más que tuviese ganas de saber dónde se había metido durante aquellos meses de ausencia o a qué se había dedicado, no osó perder ni un minuto conversando con ella. En el acto, y sin pararse a pensar en ella ni un minuto más, tenía que hacer dos cosas que el doctor Danzer le aconsejó en caso de que Nelle volviera a presentarse ante ella. Tenía que decirle lo que el doctor le había sugerido, y después, inmediatamente, debía ir a ver al doctor. Daba lo mismo qué hora del día o de la noche fuese; daba igual que tuviera concertada una cita o que no:

debía acudir a visitar al doctor de inmediato. Y si no lo encontraba en su despacho, debía indicarle a la enfermera que se pusiera en contacto con él, u obligar a la enfermera —o a quien le contestase— a llevarla al hospital más cercano. Debía decir que era cuestión de vida o muerte. Pero antes, antes de ir a ver al doctor, debía hacer otra cosa: decirle a Nelle lo que él le había indicado.

Nelle seguía sonriendo. Cuando sonreía, era hermosa precisamente de la forma que Ellen siempre quiso serlo. La primera vez que Nelle apareció ante ella —la primera vez que conseguía recordar, pero el doctor Danzer le había dicho que casi con toda seguridad tuvo que haber otras veces, mucho antes, aunque ella no las recordase— estaba contemplándose en el ajado espejo que había encima del chifonier del cuarto de su padre. Aquella tarde se había escapado de la librería, con otras chicas, para asistir a un espectáculo, y al llegar a casa su padre la castigó sin cenar, y la obligó a subir a su cuarto y a encerrarse. Ello quería decir que tenía previsto subir a verla después de la cena, obligarla a quitarse las enaguas y azotarla con la correa del cinturón hasta que no pudiera sentarse ni tampoco tumbarse sin que le doliera: la azotaría una y otra y otra vez con aquella correa larga como una culebra, apretados los dientes y los ojos encendidos de furia. Ella le odió en ese momento, deseó matarlo, pero supo que lo único que podía hacer era acatar sus órdenes. Por eso subió arriba y se encerró, sola y hambrienta, en la enorme habitación de su padre, con el cabezal de la cama de caoba, el cuadro de Blake titulado *Yavé combate contra Satán y Adán*, y el alto chifonier con su espejo agrietado. Le fue imposible conciliar el sueño, y pronto se cansó de mirar por la ventana, de modo que se acercó al espejo y se miró largo rato, tratando de imaginar cómo sería su rostro si fuese una muchacha hermosa. Fue la primera vez que oyó aquella música, aquel extraño murmullo, aunque entonces no le dio miedo porque ignoraba su significado. Oyó los acordes quebrados, sintió una mano sobre el hombro, y vio la cara de Nelle en el espejo, al lado de la suya. Había creído que era su propia cara, que era ella la que murmuraba, pero al continuar mirando con atención, al oír el ruido de la llave de su padre en la cerradura, se dio cuenta, presa del pánico, de que no era su cara. Aquella cara era distinta por completo, hermosa. En sus oídos resonó la voz de Nelle, con calma y dulzura, dispuesta a convencerla. «Soy tu amiga, Ellen. Si quieres, puedes llamarme Nelle. Estoy a tu lado para ayudarte. Sé cómo puedes impedir que tu padre te azote, pero tienes que actuar muy de prisa. Coge el lápiz de labios... ¡Sí, tu lápiz de labios! Sí, ya sé que eso a él no le parece bien, que por eso te limpias los labios antes de verle... Pero date prisa, haz lo que te digo antes de que entre. Ya te lo explicaré después. Eso es. Píntate bien toda la boca, que te quede bien roja, tan roja y tan hermosa como la mía. Eso es, fantástico. Ahora, sonríe. Acaba de abrir la puerta, ya está a tus espaldas. Sonríe, sonríe de manera ensoñadora, entrecierra los ojos y ponle los brazos alrededor del cuello. ¡Eso es! Atráelo hacia ti, más fuerte, más fuerte. Ahora, bésalo. ¡No, ahí no! ¡En la boca..., en la boca! Ah, eso está mucho mejor.»

Su padre le apartó los brazos de un empellón, se la quedó mirando boquiabierto y le dio una bofetada en plena cara, con el dorso de la mano. «¡Eres una zorra!», susurró. La cogió en volandas, la arrojó sobre la cama y luego la azotó más fuerte que nunca. Y Nelle siguió un rato allí al lado, riéndose.

Bien; esta vez no iba a salirse con la suya. Esta vez no estaba dispuesta a escucharla. Haría exactamente lo que le aconsejó el doctor Danzer. Ahora bien, ¡qué difícil era mirarla con tranquilidad! Tenía un rostro tan hermoso, tan parecido y, a la vez, tan distinto del suyo... Lo único que pudo hacer fue pronunciar las palabras que tenía previsto pronunciar.

—Nelle, tú no existes. No eres más que una figuración mía. No tienes vida propia. No puedes obligarme a hacer algo que yo no quiera hacer.

Todo esto lo dijo en voz bien alta, con claridad. Nelle no había desaparecido, al contrario de lo que predijo el doctor Danzer, y siguió sonriendo de forma más burlona.

—Pero Ellen, ¿no has querido hacer siempre lo que yo te decía que hicieras? Además, ¿cómo puedes dudar de mi existencia si me estás viendo con tus propios ojos? No sería lo mismo si el doctor Danzer me hubiese visto. ¡Es lógico que él crea que no existo! Porque yo no soy tan boba como para mostrarme ante él...

—¡No te creo!

En ese momento, una gota de lluvia le cayó a Ellen en la mejilla.

Había oscurecido tanto que fue como si hubiese anochecido. En pocos instantes rompería a llover con fuerza. Si echaba a correr a toda prisa, podría escapar de la tormenta y de Nelle. Pero era primordial que no se enterase de lo que iba a hacer; debía contar al menos con cierta ventaja.

Sin pararse a mirar adónde iba, se dio la vuelta y echó a correr. Por el sendero, desde la piscina de las focas, subían un hombre y un chiquillo, con los cuales tropezó. El hombre la aferró, trató de detenerla y le gritó colérico. Ella, a aquellas alturas, iba corriendo a toda la velocidad que le era posible, aunque las piernas se le trababan con el cerco del vestido. Había empezado a llover: mientras doblaba para dejar a un lado las focas, vio el camino cubierto de gotas, y siguió corriendo hacia el vendedor de globos y la pista de los ponies. ¿Acaso la seguía Nelle? Si se daba la vuelta, ¿la vería correr tras ella, la alcanzaría tal vez? No merecía la pena... Tenía que correr más aprisa. Ya casi había perdido el resuello, y todavía le quedaba un largo trecho antes de llegar a la entrada del parque. Llovía intensamente, y sintió extenderse la humedad sobre su espalda y la lluvia golpearle la cara. Las piernas habían empezado a dolerle, y cada inspiración le aguijoneaba como una punzada, pero tenía que seguir corriendo si deseaba verse libre de Nelle. En cuestión de segundos o poco más llegaría a la salida del parque. Vio de refilón una mancha amarilla: un taxi. Se detenía ante un semáforo en rojo. Si consiguiera alcanzarlo antes que cambiara el disco, montar y cerrar la portezuela..., podría indicarle al taxista que partiera sin dar tiempo a Nelle. Pero por más que lo intentó, no consiguió mover más de prisa las piernas. Era como intentar correr con dos pesados péndulos por extremidades. A cada paso que daba tenía la sensación de levantar una enorme carga con los dedos de los pies. Pero ya casi había llegado. Un paso más...

Abrió de par en par la portezuela del taxi, saltó al interior y cerró bruscamente. Al mirar al taxista, se fijó que el semáforo había cambiado.

—¡Vámonos de aquí, cuanto antes! —exclamó. El conductor la miró de reojo, asintió y arrancó. El taxi salió catapultado hacia delante, y llegó a la mitad de la manzana antes de que el coche que tenía al lado en el semáforo se hubiese puesto en marcha—. ¡Siga, siga! En seguida le digo adónde vamos.

Lo había conseguido. Pero todavía no había recobrado el aliento. Lo único que pudo hacer fue recostarse en el asiento, agarrarse al asa de la ventanilla y mirar la calle. Iban dejando atrás las calles: la Cincuenta y nueve, la Cincuenta y ocho, la Cincuenta y siete, la Cincuenta y seis. El taxi tuvo que hacer un alto ante otro semáforo, pero en ese momento ya se sentía a salvo. Abrió el bolso y se dispuso a buscar la dirección del doctor Danzer.

—¿Qué estás buscando? ¿Puedo ayudarte?

El dulce retintín de la voz de Nelle la dejó abatida. Se le cayó el bolso, cuyo contenido se desparramó por el suelo del taxi. Fue como si le hubiesen asestado un fortísimo golpe en la boca del estómago.

Nelle iba sentada en el otro rincón. Todavía sonreía, pero en modo alguno parecía respirar con dificultad, ni tenía la cara arrebolada, ni un solo pelo fuera de su sitio.

—¿No habrías pensado que podías dejarme atrás corriendo, eh, Ellen? Sabes de sobra que siempre he corrido más que tú. En fin, dime ¿adónde vamos? ¿A ver a Basil?

No dijo nada, pero se inclinó a recoger su bolso del suelo. Al alcanzarlo, el taxista hizo una brusca maniobra para cambiar de carril, y la sacudida, por inesperada, le hizo perder el equilibrio. Aferrada al asa, se inclinó de nuevo a por su bolso, pero ya no estaba donde antes. Nelle lo había enviado a la otra esquina de un puntapié.

—¿Por qué no me contestas, Ellen? —Nelle tenía el pie sobre el bolso abierto—. No te daré esto hasta que me lo digas. ¿Adónde vamos?

No tenía ningún sentido ocultarle la verdad. Además, cabía la posibilidad de que si Nelle descubría su intención de visitar al doctor Danzer, tal vez la dejase en paz. En el sanatorio, mientras duró su tratamiento a base de electrochoques, Nelle no la acompañó nunca a ver al doctor. A menudo la estaba esperando cuando por fin despertaba, pero no la había acompañado durante todo ese tiempo.

Decidió decírselo.

—Voy a ver al doctor Danzer. Él me dijo que fuera a verle inmediatamente en el supuesto de que tú volvieras a aparecer.

La cara de Nelle experimentó una transformación espantosa. Su sonrisa dejó paso a una mueca burlona, los ojos se le saltaron de las cuencas, a causa de la cólera, y su pálida piel se encendió con la sangre caliente de la ira. Lanzó una abrasadora mirada a Ellen, como si la odiara, y luego se inclinó a recoger el bolso. Acto seguido se dispuso a registrar su contenido.

Ellen no podía permitirle que lo hiciera. Se arrojó al otro extremo del asiento —contra su enemiga—, golpeó a ciegas su rostro, sus manos, en un desesperado intento por arrancarle el bolso. Aunque consiguió agarrarlo, Nelle resultó mucho más fuerte que ella, y le plantó cara como si fuese una muralla de acero, haciéndole daño en la cabeza y produciéndole varias magulladuras en las manos. En plena riña, el bolso se volcó sobre el asiento y cayó la tarjeta del doctor Danzer. Las dos la agarraron o, al menos, consiguieron tocarla. Pero antes que ninguna de las dos lograra hacerse con ella, una súbita ráfaga de viento entró por la ventanilla, la levantó del asiento, la hizo revolotear a ciegas, como una polilla que, fascinada por la luz, da vueltas y más vueltas —en tanto las dos procuraban agarrarla—, para terminar saliendo y caer a la calle. En cuanto se produjo este desenlace de la pelea, Nelle se relajó, e incluso dejó de esforzarse, pese a estar debajo de Ellen. A su rostro regresó la sonrisa, una expresión de nuevo benigna.

—En realidad no tenías ganas de ver al doctor. ¿A que no, Ellen? —la arrulló.

Lágrimas de frustración y de rabia le anegaron los ojos, y se retiró a su rincón del asiento, débil y exasperada. El taxi se había detenido en otro semáforo, y en ese momento vio por el espejo retrovisor el rostro del taxista, que la miraba perplejo.

—Señora, ¿está usted bien? —le preguntó. Y, como Ellen no contestó en un principio, volvió a insistir—: ¿Seguro que se siente usted bien? No estará enferma, ¿verdad?

—Estoy bien, gracias. Tan sólo algo cansada...

—Es que he oído cierto jaleo ahí atrás —dijo el taxista, dándose la vuelta y mirando el rincón que ocupaba Nelle—. Le he oído hablar a voz en cuello, como si estuviera con alguien más, y... En fin, ¿ha decidido adónde quiere que vayamos?

—Creo que nos iremos a casa —contestó Nelle con dulzura, sin darle tiempo a Ellen a decir nada, ni a decidir siquiera lo que iba a decir—. Estamos un poco cansadas, y además nos hemos empapado. —Y dio al taxista la dirección de Ellen—. No entiendo por qué querías ir a ver a ese doctor imbécil —se quejó a Ellen—. No es amigo tuyo, y yo sí lo soy. Lo único que haría es llevarte de nuevo al sanatorio y aplicarte otro de sus «tratamientos». Prefiero ir a ver a Basil. Basil siempre me ha gustado mucho... Me parece un hombre muy atractivo, ya me entiendes. ¡Y hace muchísimo tiempo que no le veo!

Ellen no contestó. Permaneció muy quieta, sentada en su rincón, a pesar del dolor de cabeza, con los ojos cerrados. Si se callase, si no dijera ni una palabra, tal vez Nelle se aburriese y terminara por marcharse. Pero si optaba por seguir a su lado, Ellen sabía por experiencia propia que ya no había forma humana de librarse de ella. Se sintió mareada y débil, asustada, sola...

Nelle siguió hablando, suave y tranquilamente, pero con verdadera vehemencia.

—El doctor Danzer nunca nos ha entendido a ti ni a mí, a pesar de sus palabras grandilocuentes y sus absurdas ideas. A ti tampoco te ha ayudado nada. Eres exactamente la misma de siempre, Ellen... Una tontuela desgraciada, que se asusta hasta de su propia sombra cuando yo no estoy a su lado. Pero siempre estoy contigo, Ellen, siempre que me necesitas, tanto si lo reconoces como si no, tanto si después decides acordarte de mí como si no. Yo estaba a tu lado cuando no eras más que una niña y tu padre te azotó, y de no haber sido por mí nunca hubieses sido capaz de plantarle cara y desafiarle, y nunca te habría dado permiso para salir, sola o con tus amigas, ni habría consentido tampoco dejarte marchar al conservatorio. Y también estaba contigo aquella noche en que recorriste sola las calles y los hombres te tomaron el pelo, aquella noche en que volviste a tu habitación del hotel a esperar a que llegase Jim, humilde y mansamente, dispuesta a perdonarle con tal que regresara. De no haber sido por mí, le habrías perdonado, ¿eh? ¿Y cuándo me has dado las gracias? ¡Si ni siquiera te acuerdas de todo lo que he hecho por ti...! Incluso dejaste que ese doctor del tres al cuarto, con sus supercherías de psiquiatra, te convenciera de que nunca había ocurrido, de que yo nunca intenté matar a Jim aquella noche, de que lo poco que recuerdas de aquello era una mera expresión de la culpa que, en teoría, sentías por la muerte de tu padre.

Ellen se apartó de ella y de sus diabólicas palabras. Mirando por la ventanilla las fachadas de los edificios, los apartamentos, las columnas del «El» de la Tercera Avenida, casi consiguió dejar de oír aquellas afirmaciones que pronunciaba con tanta suavidad, las terribles mentiras —¿o verdades?— con que Nelle la atormentaba. Su indiferencia, sin embargo, no bastó para arredrarla. Siguió escupiendo acusaciones y palabras jactanciosas, urdiendo añagazas...

—¿Qué pasó cuando le hablaste de mí al doctor Danzer? Dime, ¿qué pasó?

Su tono era adulador. Como Ellen se negó a responder, ella misma se encargó de hacerlo:

—Te dijo que yo no era más que una invención tuya, un producto de tu imaginación... ¿A que sí? Y luego comentó que te habías alejado de la realidad... ¡Vaya tontería! Sí; dijo que al encontrar tu propia vida demasiado incómoda y frustrante me habías inventado para que fuese tu compañera. ¿Y tú te lo crees, Ellen? ¿De veras crees que me has inventado tú? ¿No será más bien que te he inventado yo, que por algo soy la mejor parte de ti? No podrías vivir sin mí, Ellen, y tú lo sabes. A ver, ¿qué más dijo acerca de mí ese doctor tuyo? ¡Ah, se me olvidaba lo más divertido! ¿Te acuerdas cuánto nos reímos aquella vez, Ellen? Sí, cuando te dijo que la mejor prueba que podrías tener de mi inexistencia (¡como si te fuera posible probar que yo no existía! ¡Yo, que soy más real que tú misma!), que la mejor prueba era que mi nombre fuera idéntico al tuyo, pero al revés. ¿Te acuerdas cuánto nos reímos cuando te dijo aquello, te acuerdas de que casi rodamos por el suelo de risa? ¿Y te acuerdas de aquel último concierto que diste antes de ir al sanatorio, aquel concierto en el que estabas tan asustada que los dedos no te obedecían, tan atemorizada, que tuve que ser yo quien tocase en tu lugar? Cambiamos de papeles y tú te quedaste a mi lado mientras yo interpretaba el programa. ¿Qué habrías hecho si no te hubiese ayudado yo, Ellen? ¿Te habrías quedado allí sentada delante del instrumento, en una sala llena hasta los topes de gente que había ido a oírte tocar, y te habrías quedado mirando fijamente el teclado, incapaz de mover un dedo, aterrorizada porque ni siquiera oías la música en tu interior? Pues sí, eso es lo que hubiese ocurrido (ah, ¡qué bien te conozco!) de no ser porque yo ocupé tu lugar, de no ser porque toqué yo delante de todas aquellas personas.

Ellen la dejó delirar. Algo de lo que decía era verdad, pero la mayor parte estaba sutilmente distorsionado. En su último concierto antes de que enfermase y Basil la llevara a ver al doctor Danzer había olvidado, ciertamente, lo que tenía que tocar, y fue incapaz de oír las notas en su interior. Sin embargo, ejecutó el programa: tocó ella y nadie más. De eso estaba convencida. A eso tenía que agarrarse como si fuera un clavo ardiendo. Le había salido francamente mal, lo mezcló todo desde el principio al final, sus manos vagaron sobre las teclas como dos seres salvajes y distraídos... Pero había tocado ella, no Nelle. Fue de hecho Nelle la que permaneció a su lado, la que se mofó y se rió de ella. Y fue Nelle la que echó a correr por el escenario cuando descubrió que no podía seguir tocando, cuando el esfuerzo por dominar sus manos espantadas terminó por hacérsele demasiado cuesta arriba; fue ella la que cruzó el escenario en dirección a aquella bestia enorme, a todos sus infinitos rostros, a la que tanto odiaba; fue ella la que se arrojó chillando sobre la audiencia, maldiciendo a los presentes, insultándolos. Fue Nelle, no Ellen.

El taxi aparcó ante su casa, y Ellen, que había recuperado el bolso después de perder la tarjeta del doctor, pagó al taxista. Al abrir la portezuela, Nelle pasó junto a ella bruscamente, y subió a todo correr las escaleras rumbo a la puerta de su casa. Mientras introducía la llave en la cerradura, Nelle permaneció a su lado, respirando con violencia, los labios entreabiertos, en una actitud pasional, con las manos cálidas, febriles, sobre sus hombros.

—Háblame de Basil, Ellen —decía sin cesar—. Háblame de él. ¿Sigue siendo tan alto, tan enjuto, tan rubio como antes? ¡Me muero de ganas de verle!

Había previsto luchar a muerte contra ella tan pronto abriese la puerta, porque había tomado la determinación de que, fuera como fuese, no debía permitir que Nelle viera a Basil antes que ella. Pero nada más abrirse la puerta las dos quedaron inmóviles, sorprendidas. El vestíbulo se colmaba con los acordes dulces, plenos de un violín. Y, mientras escuchaban, cesó el sonido, se quebró en medio de un pasaje, tal como habría ocurrido si alguien tirase de la mano con que el instrumentista empuñaba el arco.

Nelle condujo a Ellen por el vestíbulo de su propia casa y la llevó de puntillas a la biblioteca. Juntas, permanecieron tras la puerta mientras Nelle entreabría una rendija, lo justo para ver la gran habitación atestada de libros.

Basil se hallaba ante el piano, y rodeaba con ambos brazos a una mujer. El violín había quedado sobre la banqueta del piano, olvidado. La abrazaba apasionadamente, y a ella se le había soltado su largo pelo encendido, cayéndole profusamente sobre los hombros, como a veces cae un cobrizo y suave crepúsculo sobre las colinas y el mar.

Nelle cerró la puerta y se volvió a Ellen, sonriente.

—Ya lo ves —le dijo—: soy tu única amiga.

7

Nelle estaba presente en la oscuridad, en medio de aquella negrura que se revolvía de forma espantosa: «Soy tu única amiga.» Nelle estaba cerca de ella, inclinada sobre ella, que seguía tendida, rígida y tensa bajo las ropas de cama. El dulce susurro de Nelle se propagaba en el silencio de su habitación. Había terminado por esperar la aparición de Nelle en aquel momento de su compulsivo viaje al pasado; había terminado por aceptarla, decidida a no hacer nada por luchar contra ella, aunque supo así que el mayor terror imaginable se acercaba lentamente, que estaría encima de ella antes que la noche hubiese terminado. En ese momento sintió que la tocaba la mano de Nelle. Sus largos dedos crecieron a ojos vista, como estrechas franjas de sombra ligerísimamente más claras que la oscuridad amenazadora que la circundaba. Contra estas franjas vio unas barras verticales: los dedos parecían descansar sobre aquella especie de barrotes, sólo que del otro lado. Entonces, como las otras noches, tomó forma el anillo en el dedo más largo, y las horrorosas piedras engastadas en el centro parpadearon y cobraron vida, convirtiéndose en una hondura, en un vacío que le succionaba el alma y la arrastraba. Sobre ese vacío se concentraba toda su conciencia, y a ese vacío, irremediablemente, tendría que dirigirse. Sintió que se contraía, que se hacía más y más pequeña, y que al mismo tiempo avanzaba hacia los barrotes, hacia la oscura abertura de la piedra, arrastrada hacia ella como se introduce un hilo por el ojo de un aguja.

Resistió el magnetismo a sabiendas de que no podría aguantar durante más tiempo. Comprimiéndose hasta sentir que le dolían todos los huesos, hasta tensar toda la piel por el esfuerzo de los músculos, se las arregló para alcanzar cierto equilibrio, una postura precaria en el oscuro umbral de entrada al anillo. Y fue en ese instante cuando creyó que dejaba de existir. Mientras vacilaba, mediante un supremo esfuerzo de su voluntad, al filo mismo de la nada, el presente se detuvo. La dulce, halagadora voz de Nelle se congeló en mitad de una sílaba, y su futuro se precipitó hacia ella, arrastrando consigo un tremendo impacto de experiencias, como si todos los acontecimientos todavía por producirse se hubieran vertido en un embudo y ella se hallara bajo el chorro... Su pasado se apoderó de ella, la engulló y la rodeó, esparciéndose por todas partes.

Un nido de barrotes, un entramado de líneas verticales y horizontales, jaula tras jaula tras jaula, y ella en el centro de todas. Daba igual adónde dirigiese la mirada; por todas partes vislumbraba barrotes, algunos redondeados y blancos como el marfil, otros cuadrados y pintados de oscuro, curvándose hacia abajo para terminar en punta, otros, incluso, sombras en el rostro de un hombre dormido. De éstos había dos clases: una se veía a la luz plateada de la luna, y la otra aparecía rojiza bajo el parpadeo de un letrero de neón. Pero aún había otra clase, la más cercana, la más amenazante de todas, que parecía apretarse contra sus sienes, como si se esforzara por mirar a través de los barrotes, al otro lado de los cuales alcanzaba a ver a duras penas las vagas, oscuras formas de los olmos.

De nuevo se dejó oír la voz de Nelle, de nuevo comenzó a fluir el tiempo, pero la visión de aquel mundo enjaulado tras los barrotes no desapareció. «Esto es lo que eres —le decía Nelle—. Intenta creerlo, si puedes, ya que eso es lo que dice el doctor Danzer: que tú eres esa maraña de barrotes. He ahí los barrotes de tu cuna cuando eras niña, los barrotes que viste en el parque y que tenían por objeto protegerte de los osos, las barras de sombra que proyectaban dos persianas distintas en dos hoteles distintos y dos noches muy distintas, pero las dos sobre la cara de Jim Shad, aparte de los barrotes de la ventana de esta habitación, el enrejado que proyecta un dibujo a rombos en el suelo. Estas barras, al menos eso dice el doctor, son tu destino: no puedes huir de ellas, aunque sí puedes aprender a prevalecer sobre ellas sacándoles todo el partido posible, tal como hace un animal enjaulado al rascarse contra los barrotes que lo encierran. Míralas, Ellen: mira cómo te encierran, cómo deforman y retuercen todos tus actos, cómo influyen en tus pensamientos, cómo, en el fondo, son las que te han hecho tal cual eres.»

Sintió que la invadía un frío sobrecogedor —el frío de lo irrevocable—, y el temor al que hacía un tiempo que iba acostumbrándose creció con tal intensidad que recuperó toda su fuerza originaria: era el terror de una niña. Se dio cuenta de que había sido arrojada al pasado, a un período desconocido de su propia infancia, que era muy pequeña y estaba asombrada, despierta en medio de la oscuridad y sin otra cosa que mirar salvo las tinieblas; sin otra cosa que oír aparte los ruidos inexplorados que había oído cerca de su cuna. De pronto notó de nuevo el ruido: un crujido en los peldaños, una risa, la voz de su madre al esbozar una protesta. «Pero tengo que ir a mirar a la niña; puede que no esté dormida.» Luego, un ruido muy alto y un relámpago luminoso, del cual surgieron dos formas monstruosas, dos genios como los de los cuentos de hadas, brotados de la nada y a punto de llegar hasta su cuna. Se inclinaron sobre ella, obturando toda la luz, riéndose y peleando, a punto de alcanzarla. «*¡Ni se te ocurra!* ¡Te digo que es muy pequeña para tocar eso!» Más luchas encima de ella. Más sombras amenazantes, sombras que crecían y aleteaban y caían con violencia sobre ella. Una risa histérica, un chillido muy agudo. «¡No! ¡No! ¡Oh, eres terrible!» De nuevo, la sombra más grande se inclinaba encima de ella, se acercaba más y más, y exhalaba un extraño hedor. De pronto, las luces se volvieron más brillantes, cegándola; la mano —la mano de su madre, con aquella rara y oscura piedra— se posaba sobre los barrotes de la cuna, y allá encima descollaba un gran temor y un odio enorme: la descomunal, insensible fuerza del odio, que antes no había sentido jamás brotar de ella, dirigiéndose hacia la sombra en el preciso momento en que su madre volvía a gritar: «*¡Si le tocas un pelo de la ropa, te mato!*»

Las sombras volaban sobre ella, cubriéndola del todo, pero el terror había cesado; sintió que volvía a crecer, que avanzaba en el tiempo, que salía del diminuto mundo de la niña para ingresar en otro mundo más vasto y más complejo, el mundo de los adultos. Todavía la rodeaba la oscuridad, aunque ahora se trataba de la negrura natural de la noche. Sentía el aire fresco en la frente, y estaba tendida, descansando tranquila sobre el brazo de Basil, apoyada la cabeza en su hombro, mientras el carruaje en el que paseaban recorría con lentitud el parque. Sobre ellos, el aroma de la vegetación recién mojada impregnaba la atmósfera toda. Había concluido la tormenta, y la bóveda del firmamento, en lo alto, estaba encendida gracias al titilar de millares de estrellas. Nelle iba sentada enfrente, cariacontecida. Y es que hacía varias horas que Ellen ni siquiera la miraba, casi segura de que se hartaría de su juego y los dejaría a solas.

Basil la había tomado de la mano, su ágil figura se recostaba a su lado. Ella se sentía segura, sana y salva. Había pasado la larga tarde encerrada en su habitación, escuchando los intermitentes sonidos de un violín que pertenecía al pasado. A lo largo de la tarde, Nelle había intentado por todos los medios, una y otra vez, obligar a Ellen a bajar a la biblioteca y sorprender a los amantes. Si había rehusado hacer esto con verdadera tenacidad, no fue porque confiase que su impresión fuera errónea, ni por temor de verificar sus peores sospechas. Al contrario, se sentó en su habitación a contemplar un grabado de Picasso que le gustaba sobremanera, y centró todos sus pensamientos en aquellas formas, estudiándolas como si fuese la primera vez que las veía. Nelle no dejó de pasear de acá para allá, de un extremo a otro de la habitación, con una sonrisa de reproche, fingiendo incluso a veces que podía ver la habitación del piso de abajo, que podía ver a sus ocupantes y era capaz de describirle a Ellen sus arrumacos y carantoñas con todo lujo de detalles. Ella se negó a escuchar, y por fin redujo a Nelle a un silencio malhumorado, a pasear presa del frenesí.

Al final de la tarde cesó también el sonido del violín. Oyó que se abría la puerta de la biblioteca y que una voz de mujer, una voz aguda y musical, ascendía hasta su habitación. Nelle, rechinando los dientes, se arrojó sobre Ellen, tiró de ella con toda su fuerza y la maldijo, en un desesperado intento por obligarla a ponerse en pie y bajar a interrumpir aquel encuentro. Ellen, pese a todo, cerró los ojos y resistió a su apremio. Antes, al mirar por la rendija de la puerta y ver a la muchacha de cabellos encendidos en brazos de Basil, descendió sobre ella la calma propia de la certidumbre. Supo en ese instante que la infidelidad de su esposo era un hecho incuestionable. Desde ese momento y en lo sucesivo, todo lo que hubiese podido entrever habría sido mero detalle. No es que a lo largo de la tarde hubiese sido capaz de suprimir aquellas ideas, ni de acallar su imaginación: de cuando en cuando, oía el inequívoco rumor de la risa, de la conversación y —una sola vez— el ruido de un objeto que caía al suelo. Pero si hubiese hecho caso de las argucias de Nelle y los hubiese interrumpido, sólo habría conseguido aumentar sus propios celos.

Poco más tarde, segura ya de que la visita de Basil se había marchado, bajó a la biblioteca. Nelle la siguió de cerca, bajó tras ella las escaleras, entró con ella en la biblioteca y tomó asiento en uno de los sillones de orejas que había junto a la chimenea; es decir, se colocó allí donde mejor podría contemplar lo que fuera a suceder. Basil estaba sentado ante su mesa, pero elevó la vista al sentir que Ellen se acercaba. Se levantó, se dirigió hacia ella, la tomó en sus brazos y la besó en la frente. Ella le permitió hacerlo, por ser algo que en el fondo tampoco le importaba en exceso. Era su marido y ella su mujer, aunque él le fuera infiel. Estos tres hechos, a pesar de su aparente y contrastada relevancia, para ella eran cuestiones perfectamente separadas e inconexas. Lo que estaba ocurriendo y su propia forma de actuar le parecían cuestiones carentes de toda importancia, tal vez curiosas e incluso susceptibles de un debate, pero no realmente una parte de su vida. Nelle, sentada al otro extremo, burlándose de ellos, sí que era real. El odio que sentía hacia Basil —tanto más intenso por causa de su reciente pasión— era incontestable, y Ellen tuvo la sensación de sentir el calor de una enorme hoguera, incluso desde tan lejos. Claro que Nelle no era, a la vez, parte de ella.

Salieron después a cenar juntos, y pasaron un buen rato charlando mientras tomaban café. Nelle los acompañaba y permanecía cerca de ellos, observándolos. Durante la mayor parte del tiempo Ellen se las apañó para ignorar su mirada fija e insolente, pero no olvidó que seguía allí. La presencia de Nelle encalló en algún lugar de su mente, y no cesó de mortificarla, como una seria preocupación. Con la esperanza de que un paseo por el parque sirviera para derrotar a Nelle, sugirió a Basil que montasen en un carruaje después de la cena. Nelle no los dejó a sol ni a sombra cuando entraron en el parque, pero su presencia pareció hacerse menos opresiva, y Ellen tuvo la impresión de que pronto cedería y la dejaría en paz, a la vista de su clara felicidad. Nelle dependía de la violencia, de la frustración, del odio.

El carruaje rodó con suavidad por el ancho paseo. Los cascos del caballo trotaban con placidez, y la gorra del cochero, en el pescante, se bamboleaba mientras fumaba su pipa. Nelle los observaba con insistencia desde que subieron al carruaje, pero de pronto apartó la mirada. Ellen suspiró y se serenó. Nada encajaba en su sitio, se dijo, pero la vida seguía, dejaba atrás, poco a poco, cada nueva jornada, de forma muy similar al avance del carruaje, que iba dejando a uno y otro lado las pequeñas arboledas. El truco radicaba en aprender a mostrarse indiferente.

Basil, entonces, carraspeó y se enderezó en su asiento. A la luz de las farolas se le antojó flaco e inquieto, y vagamente infeliz.

—Ellen, hay un asunto del que quisiera hablarte.

Ella le dedicó una mirada y asintió, a la espera de que prosiguiese. Él, sin embargo, vaciló, buscó un cigarro en los bolsillos y se tomó un tiempo innecesariamente largo para encenderlo, antes de volver a hablar.

—Se trata de tu concierto, Ellen. Es decir, del concierto de ayer noche. No estoy muy seguro de que debas dar otro.

Aquello no se lo podía esperar. El rostro se le tensó y, pese a saber que era lo último que debiera hacer en aquel momento, miró a Nelle. No volvió a mirar a Basil. Nelle había levantado la mano, de forma que el anillo con su piedra negra atrajo la escueta luz de las farolas. La hondura de las tinieblas le provocó el viejo efecto de siempre: se sintió irresistiblemente atraída hacia aquel horrible vacío. Nelle esbozó una sonrisa, cobrando así mayor consistencia, apareciéndosele con mayor claridad. Ellen se sintió flotar hacia ella, pese a saber que no se había movido. Procuró apartar la mirada del anillo, pero su esfuerzo fue en vano.

—¿Por qué te sientas ahí? —preguntó Basil—. No era mi intención insultarte. Lo he dicho por tu propio bien.

Ellen se quedó de una pieza al ver que Basil no la miraba a ella, sino a Nelle, y que Nelle ya no la miraba a ella, sino directamente a Basil.

—No estoy ahí. Estoy aquí, a tu lado —le dijo.

Pero incluso antes de terminar la frase, miró hacia abajo, a donde debiera estar su cuerpo, y se dio cuenta de que no podía verse a sí misma. Nelle, en cambio, era aterradoramente visible. Basil no hizo caso de lo que había dicho. Siguió mirando a Nelle, cuyos ojos brillaban de forma salvaje, y cuyos cabellos se le habían despeinado del todo.

—He ido a ver al doctor Danzer —prosiguió Basil—. Le dije que ayer por la noche pasaste serias dificultades. Le pregunté qué puede ser lo que no funciona.

Nelle soltó una risa burlona.

—¡Pobre imbécil! Supongo que te habrás creído a pies juntillas lo que te dijera, ¿no?

Basil sacudió la cabeza con ademán de preocupación, apagó el cigarrillo y lo arrojó.

—No la escuches a ella, Basil. ¡Por favor, no la escuches a ella! —exclamó Ellen.

Pero fue como si Basil no la oyera. Se pasó al otro lado del carruaje y tomó asiento junto a Nelle. Cuando intentó rodearle los hombros con el brazo, ella se encogió y le arañó en la cara.

—¡Querida, estás enferma! Has trabajado con demasiado ahínco cuando aún era pronto, y ahora mismo estás a punto de sufrir otra crisis. ¡Tienes que escucharme! —Nelle volvía a reírse, enseñándole los dientes—. El doctor Danzer está muy preocupado. Quiere verte, quiere hablar contigo cuanto antes. Dice que en un músico es relativamente frecuente, después de una serie de tratamientos de choque, experimentar cierta dificultad a la hora de recobrar toda la destreza que tenía antes. Cree posible que sufras una recaída, que tal vez necesites más tratamientos.

Nelle le dio un bofetón en pleno rostro, con la palma abierta, hincándole las uñas en la mejilla, arañándole con fuerza, dejándole unas marcas largas y profundas de las que la sangre fluyó sin trabas.

—¿Y no te dijo el doctor que eso era muy probable que sucediera tan pronto diste tu consentimiento para someterme a esos «tratamientos»? ¿No te dijo que la destreza de un artista se echa irreparablemente a perder cuando esa corriente le atraviesa el cerebro..., y que si se realiza ese ajuste perderá buena parte de su habilidad?

Se puso de pie en medio del carruaje, que se balanceaba con suavidad, y le señaló, acusadora, con el dedo índice. Su rostro era una máscara de odio. Ellen se encogió, apartándose de aquella visión. Basil se frotó la mejilla, manchándose la mano de sangre.

—Sí, el doctor me habló de eso. También me dijo que tus posibilidades de recuperación eran muy escasas sin el tratamiento de choque. Tuve que tomar una decisión.

Nelle le escupió, y acto seguido saltó del carruaje. Con los cabellos sueltos y desordenados, al viento, echó a correr con rapidez por el paseo, rumbo al sendero que llevaba al zoo. Basil saltó tras ella y empezó a gritarle:

—¡Ellen! ¡Ellen! ¡Espera, escucha lo que tengo que decirte!

El cochero tiró de las riendas y detuvo el carruaje. Ellen saltó también del coche y echó a correr detrás de los dos, por aquel sendero tortuoso. Basil le sacaba una buena ventaja, y a Nelle casi la había perdido de vista. En su desesperado intento por alcanzarlos, por impedir lo que creía que iba a suceder, se salió del sendero y echó a correr por la colina, por entre las zarzas y las ramas bajas que no podía ver en la oscuridad. Nelle, lo sabía, estaba corriendo hacia el recinto de los osos.

Ellen llegó a tiempo de ver a Nelle, caída

cuan larga era, con las ropas desgarradas y hechas andrajos. En ese momento se levantaba y comenzaba a trepar por las barras que dominaban el foso. Cuando llegó a lo más alto de la verja, su perfil se recortó blanquecino sobre la negrura de los barrotes. Basil había empezado a escalar tras ella.

—¡No, Basil! —gritó Ellen—. ¡No lo hagas! ¡Déjala en paz! ¡Déjala hacer lo que quiera! ¡Yo no soy ella! ¡Estoy aquí!

Si Basil llegó a oírla, no dio señales de haberse enterado. Siguió escalando los barrotes, sujetándose a uno con una mano y con las piernas entrelazadas, mientras con la otra mano trataba de alcanzar a Nelle. Ella estaba en el límite mismo de aquella barrera, colgando, con descuido, de las arqueadas puntas de los barrotes. Allá abajo, los osos enormes, o sus sombras al acecho, se movían con pesadez, husmeando el aire, gruñendo. Nelle había empezado a balancearse, a columpiarse de un lado a otro, como si estuviera a punto de perder el equilibrio, y Basil redobló sus esfuerzos por alcanzarla a tiempo.

Ellen observaba, sumida en el más absoluto desamparo. No podía hacer nada. Cada vez que llamaba a su marido, éste la ignoraba; se diría que sólo tenía oídos para los blasfemos e insultos que le arrojaba Nelle a la cara. Pero mientras Ellen observaba en tensión aquella peligrosa escalada, recordó una experiencia similar —horrorosa— acaecida no hacía mucho. Recordó haberse despertado en la habitación de un hotel, junto a Jim Shad. Fuera, junto a la ventana parpadeaba un rótulo de neón, que proyectaba una sombra de barras negras y rojas sobre su rostro dormido. Se levantó de la cama para acercarse a la ventana y cerrar la persiana, de forma que aquellas rayas no le diesen en la cara, y en ese instante sintió una presión en el hombro que le resultó conocida. Se dio la vuelta y se encontró con Nelle. En aquella ocasión soltó un chillido, y su chillido despertó a Jim, que saltó de la cama y corrió, pero no hacia ella, sino hacia Nelle. Ella le golpeó repetidas veces con el pesado pie de una lámpara, le golpeó hasta verlo caer boca arriba, sin respiración, sobre la cama. Luego siguió golpeándole la cabeza contra uno de los postes del cabezal, mientras Ellen asistía a la escena y chillaba aterrorizada.

Esta vez supo que era inútil gritar. Ni siquiera habría podido gritar, por más que quisiera, ya que Basil había alcanzado la parte superior y más saliente de los barrotes y avanzaba con dificultad hacia las puntas, hacia Nelle. Chillar sólo habría servido para sobresaltarle, para causarle tal vez una pérdida de equilibrio que lo hubiese arrojado al fondo del foso. Ellen sólo pudo quedarse donde estaba y esperar.

Nelle, en cambio, sí soltó un chillido. En el momento en que Basil la alcanzaba, se puso a aullar, a soltar unos tremendos alaridos. Basil extendió los brazos en un intento por salvarse, pero ya había perdido pie. Según caía, se prendió la mano en una de las puntiagudas barras. Ellen vio desgarrarse la carne por efecto de aquella púa cruel. El cuerpo de Basil cayó luego al foso, produciendo un ruido sordo. Las voluminosas sombras del fondo se le acercaron, y gritó desesperadamente. Nada más caer, Nelle se bajó de los barrotes y corrió hacia Ellen, le tapó la boca con la mano y la sostuvo con fuerza, para impedirle huir en busca de socorro, hasta que ya fue demasiado tarde y los únicos sonidos que salían del recinto eran unos ruidos asquerosamente inhumanos.

La habitación estaba a oscuras. La oscuridad se había aposentado a su alrededor, revolviéndose, retorciéndose, reclamándole lo que le pertenecía. Hasta la ventana estaba a oscuras, ya que la luna se había ocultado tras una nube. Había sobrevivido a las tinieblas una noche más, y de nuevo había vuelto a ser testigo de todo lo ocurrido, impotente, incapaz de intervenir. En cualquier momento que cerrase los ojos, de día o de noche, lo más probable era que todo volviese a empezar, aunque para oír aquellos alaridos no le hacía falta cerrar los ojos. Aquel punzante ulular le atravesaba los tímpanos tanto si paseaba como si dormía, desterrando para siempre toda música, generando su propia sinfonía de dolor. Y a veces se sumaba a ella otro sonido: un susurro dulce y engañador, un susurro que le aconsejaba, la halagaba, la extraviaba. Rara vez se apartaba Nelle de ella, hasta llegar a parecerle una parte de sí misma: hablaba por ella, actuaba por ella, a veces incluso la obligaba a pensar lo que ella deseaba pensar. A veces le daba la impresión de no ser Ellen, de ser Nelle.

EL QUINTO HIJO

DORIS LESSING

Harriet y David se aman, se casan y se preparan a envejecer apaciblemente al amparo de un hogar y unos hijos felices. Sin embargo, el embarazo de Harriet y la espera de su quinto hijo introduce una nota de desasosiego en la familia.

El bebé se mueve en las entrañas de Harriet demasiado pronto y con demasiada violencia. Después de un parto difícil, el niño se desarrolla de forma inusual y se convierte en un extraño para los hermanos, que lo evitan: la paz que David y Harriet habían cultivado con tanto esmero se diluye así en una atmósfera tensa donde hijos y padres revelan el lado oculto de su personalidad.

Doris Lessing, mujer atenta a los trabajos de la mente y del alma, nos propone en esta ocasión un «retrato de familia» insólito que mucho nos dice de la insolidaridad humana.

LOS ÁNGELES CONFIDENCIAL

JAMES ELLROY

Los Ángeles, años cincuenta. Una década desquiciada y turbulenta; una ciudad atravesada por la corrupción, la violencia, la pornografía y las mafias, y sacudida de repente por un atroz asesinato colectivo de oscuras ramificaciones. En medio, moviéndose en terreno resbaladizo y siempre al borde de la ley, tres policías: Ed Exley, sediento de gloria y capaz de violar todas las normas; Bud White, una bomba de relojería con placa, que ansía vengarse de la muerte brutal de su madre, y Jack Vincennes, obsesionado por un secreto que quiere mantener oculto a cualquier precio...

«Por su vigor, energía y ambición, *Los Ángeles Confidencial* eclipsa las anteriores novelas de James Ellroy. Su fascinante e intricada descripción de la corrupción, la traición y las pasiones perversas desafía y supera los límites de la novela policíaca contemporánea. Ellroy es una voz singular en la novela norteamericana y ésta, su mayor creación, está destinada a ser un clásico.»

JONATHAN KELLERMAN